All Night with a Rogue
by Alexandra Hawkins

真珠は偽りの調べ

アレクサンドラ・ホーキンス
竹内 楓[訳]

ライムブックス

ALL NIGHT WITH A ROGUE
by Alexandra Hawkins

真珠は偽りの調べ

主要登場人物

ジュリアナ・アイヴァース……………………侯爵家の三女
アレクシウス・ロタール・ブレイヴァートン（シン）…………シンクレア侯爵
ダンカム侯爵夫人ヘスター・アイヴァース…………ジュリアナの母親。未亡人
コーディリア・アイヴァース……………………ジュリアナの姉
ルーシラ・アイヴァース…………………………ジュリアナの姉
オリヴァー・ブリストウ…………………………現ダンカム侯爵。ジュリアナのいとこ
ベリンダ（ベル）・スノー…………………………グレーデル伯爵夫人。アレクシウスの異母姉
ハンツリー公爵（ハンター）…………………………アレクシウスの友人
チリングスワース伯爵ヴィンセント・ビショップ（フロスト）…アレクシウスの友人
レインコート伯爵（レイン）…………………………アレクシウスの友人
ヴェインライト伯爵（ヴェイン）……………………アレクシウスの友人
セイントヒル侯爵（セイント）……………………アレクシウスの友人
ヒュー・ウェルズ・モンデア（デア）……………アレクシウスの友人
キッド男爵………………………………………………ジュリアナの友人。ベリンダの求婚者
ゴムフレイ伯爵…………………………………………貴族

1

一八二〇年五月二七日、ロンドン

レディ・ジュリアナ・アイヴァースの頭には、〝誘惑〟などという考えはこれっぽっちもなかった。だが、エスコート役のミスター・エンゲルハートのほうは違ったらしい。レトルコット伯爵夫妻主催の名高い舞踏会で、感じのいい食事相手だった彼は、ジュリアナが誘いに応じて庭に面したテラスへ出たとたん、いやらしい野蛮人に変わった。

当然のなりゆきとして、彼女はレトルコット伯爵邸の榛《はしばみ》の木にのぼる羽目となった。

頼もしい幹に唇を押しつけ、ジュリアナは短い感謝の祈りを捧《ささ》げた。美しい老木は若木のころに短く刈りこまれたらしく、四本の幹が地面から三〇度、五〇度、七〇度の角度で放射線状に伸びている。おかげでイブニング・ドレスという格好でも低い幹を踏み台にして慎重によじのぼり、生い茂る葉に身を潜められた。

ただし、美しいドレスは台なしになってしまった。

真珠があしらわれ、短い袖《そで》から黒いビーズが垂れさがる、白いサテンの洗練されたドレスには、今や土や苔《こけ》の染みがくっきりとついている。おまけにビーズやドレスの裾《すそ》飾りや結いあげた髪が、無秩序に伸びる枝や先のとがったぎざぎざの葉に何度も引っかかった。サンダルやキッド革の手袋も惨憺《さんたん》たる有様だ。

これを知ったら、母は嘆き悲しむだろう。五年前に父が突然この世を去って以来、彼女の家は破産寸前の状態だ。未亡人となった母――ダンカム侯爵夫人は一家の生計を支える一方、ジュリアナや彼女のふたりの姉、コーディリアとルーシラを社交界に送りこもうと多額の必要経費を工面した。ノーフォークの慎《つつ》ましい住まいにロンドンの仕立て人を呼び寄せたとき、母は娘たちの将来が保証されるよう全員結婚させると心に誓ったのだ。

花婿候補から逃れようと木の枝に座っている末娘を見たら、母はさぞかし衝撃を受けるに違いない。

「レディ・ジュリアナ!」

ミスター・エンゲルハートの声がして、ジュリアナは凍りついた。舞踏室の楽士たちが弦楽器やタンバリンで奏でる古いバラッド『蠟燭《ろうそく》を吹き消して』の陽気な調べが、遠くから聞こえてくる。若いレディと奉公人の恋人が登場する警告的な内容の曲だ。窮地に陥っている最中にこの曲が流れるなんて、皮肉以外の何物でもない。もっとも、彼女に逃げられた食事相手はその皮肉に気づいてもいないようだ。

もうてっきりあきらめたと期待していたのに。今からしばらく前、ジュリアナは望みもしない抱擁を振りほどき、輝く石段を駆けおりて広大な裏庭に逃げこんだ――曲がりくねった小道を照らす月光や、ちらちらとまたたくランタンの明かりに勇気づけられながら。あのときは彼が潔く降参すると思っていた。

困ったことに、ミスター・エンゲルハートは不器用なだけでなく石頭だった。

ジュリアナが輝く小道を選んで逃げると、彼はすばしっこい獲物をつかまえることに執念を燃やした。砂利道からそれて小さな雑木林に駆けこんだ彼女は、もはや思いきった手段を取るしかなかった。

それが榛の木だったわけだ。

「レディ・ジュリアナ？」かなりそばまで来ているらしく、ミスター・エンゲルハートのかすかな声の震えまで聞きとれた。「なにも恐れる必要はありません。僕はただ、あなたを舞踏室まで無事に送り届けたいだけです」

いったん口をつぐみ、彼はジュリアナの居場所を探るように夜の物音に耳を澄ませた。

彼女はきゅっと唇を引き結んだ。いったい、いつまで隠れていなければならないのだろう？　数分？　一時間？　ひと晩中？

枝からおりようと体の位置をずらした瞬間、折れた枝のとがった先がストッキングに突き刺さり、左のふくらはぎを引っ掻《か》かれて鋭く息を吸った。振り払おうとすると、葉が警告するような音をたて、もがけばもがくほど事態は悪化した。スカートがところどころ裂け、動くたびに裾がずるずるとあがっていく。ああ、なんてこと、木の枝に引っかかってしまった！

そのとき、春のそよ風に舞う花粉のように軽やかな女性の笑い声がして、ジュリアナは身をこわばらせた。

「できるものなら、つかまえてごらんなさい」女性が誰か――おそらく恋人――に向かって言った。彼女はなにも知らずにこちらへ駆けてくる――ジュリアナが自分のもののように感じ始めている、この木のほうに。

砂利道に響く複数の足音、束《つか》の間《ま》もみあうような物音、やがて甲高い笑い声があがった。どうやらレディは連れの男性につかまったようだ。

黒いドレス姿の黒髪の女性が近くの茂みを無造作にかき分けて、ふらつきながら榛の木の脇《わき》のベンチに近づいてくると、ジュリアナは純然たる恐怖に襲われた。女性はベンチに腰をおろし、手袋をはめた手を男性へと伸ばした。悠然とした足取りの男性が現われたとたん、ジュリアナの胸はなぜか早鐘を打ち始めた。

その紳士はミスター・エンゲルハートではなかった。忍び足で近づいてくる姿は、たっぷり栄養が行き渡った血気盛んな捕食動物を彷彿《ほうふつ》させる。うなじでひとつに結ばれたまっすぐな長い黒髪。愛人と戯れたときにほつれたのか、ゆるやかにカールした毛先が顎を縁取っている。興味をそそられる顔は、ちらりとしか見えなかった。ここからでは枝葉の陰に阻まれてはっきり見えないが、男性の目がベンチに手招きするレディに釘《くぎ》づけになっているのはわかった。

「今夜はずっとこのときを待ちわびていたわ」女性が喉を鳴らすように言った。

ジュリアナは当惑して眉間《みけん》に皺《しわ》を寄せた。どこか聞き覚えのある声だ。

「追跡のスリルがなければ、楽しみが半減してしまう」男性の低く滑らかな声が、幽霊の指先のようにジュリアナの背筋を撫《な》でおろした。彼はレディの手首をつかんで引っ張りあげると、互いの胸を密着させた。「それに、人前で抱きあいたくはないだろう」

ジュリアナははっと息をのみ、不埒《ふらち》な紳士を凝視した。

男性が頭をかがめてレディの唇を奪った。それからの数分は、あえぎ声や情熱的なキスの音しか聞こえなかった。

「それとも、ひょっとして人前で抱きあいたいのか？」男性の低い忍び笑いには賞賛にも似た響きがあった。彼がレディの長袖を引っ張って左の肩をあらわにし、素肌に唇を押しつけると、女性はしがみついてうめき声をもらした。

ジュリアナが見守るなか、レディは言葉にならない欲望の声を発し、男性の上着の内側に両手を滑りこませてベストの上で指を広げた。ドレスの胸元にとめられた鳥の卵ほどの大きなダイヤモンドが誰のものかに気づき、ジュリアナは皮肉っぽく唇をゆがめた。さっきはドレスの色を見間違えたらしい。あれは黒ではなくて紺色だ。豪華なダイヤモンドが樹上に向かってきらりと光った。眼下のなまめかしい女性は今宵《こよい》の女主人、レディ・レトルコットだ。彼女はジュリアナと好色なミスター・エンゲルハートをいそいそと引きあわせた、いやな女性でもある。連れの男性には見覚えがないけれど、レトルコット伯爵でないことはたしかだ。

「シン、最後に会ってから、ずいぶんご無沙汰《ぶさた》だったじゃない」伯爵夫人が息を乱して言った。右の乳房をてのひらに包まれて素肌にキスをされ、意識を集中するのが困難なようだ。

「も、もう……」ふっと息を吸う。「求められていないんだと思ったわ」

シンという男は愛撫《あいぶ》を中断し、欲望を隠そうともせずに伯爵夫人の頰に触れた。「手をおろせば、わたしがきみを求めていることがわかるはずだ、アビー。だが、つまらない感情のもつれで、ふたりの友情をややこしいものにするのはよそう。お互い、そんなことは望んでいないのだから。わたしたちは原始的な欲求を抱いているにすぎない。きみにとって幸いなことに、わたしは今夜きみの求めに応じるつもりでいる」

そのぞんざいで突き放した物言いに、ジュリアナは目を丸くした。幹にしがみついて眺めていると、伯爵夫人が平手打ちしようとシンの腕のなかでもがいた。彼は彼女の左右の手首を片手でつかみ、ぴしゃりと尻を叩《たた》いた。

「行儀よくするんだ！」

ジュリアナは思わず口元をゆるめた。伯爵夫人はとがめられて当然だ。社交界では目をみはるような出来事が公然と繰り広げられるというけれど、これは今まで舞踏会で目にしたどの光景よりおもしろい。

「本気でわたしに抗《あらが》いたいのか、アビー？」シンが伯爵夫人の片手を引き寄せ、てのひらを嚙《か》んだ。罰としては手ぬるいし、妙に官能的だ。ジュリアナはみぞおちのあたりがうずいた。

レディ・レトルコットも同じように感じたらしく、いたずらに抵抗するのをやめてシンにしなだれかかった。彼の圧倒的な力に降伏したと言わんばかりに、うめき声をもらす。

「あなたって本当にいけない人ね、シン。わたしに少しでも分別があれば、あなたのご自慢の立派な一物を硬くうずかせたまま立ち去るでしょうね」

シンは伯爵夫人の両手を放して退いた。「だったらそうすればいい」脅迫されたのに、さも退屈したような口ぶりだ。彼は腰をおろしてベンチの背にさりげなく左腕をのせた。「ひとけのない場所さえ見つかれば、このうずきは自らの手で処理できる」

ジュリアナは衝撃に目を見開いた。レディ・レトルコットが夫の怒りを買う危険を冒してまで逢《あ》い引《び》きしたいと思った紳士をもっとよく見ようと、首を伸ばす。ここからではシンの顔はまったく見えないが、堂々とした風格や物腰からハンサムであることは間違いない。この屋敷に到着したとき、ジュリアナはレトルコット伯爵と顔を合わせた。伯爵がすてきな風《ふう》貌《ぼう》だったことを考えると、伯爵夫人が夫に見劣りする男性で満足するとは思えない。

「わたしの両手に愛撫されるのがなにより好きだと言ってくれたこともあったのに」伯爵夫人はシンの膝にスカートが触れるほど詰め寄った。

「そんなこと言ったかな？」彼が平然とした態度で横柄に言い返したので、ジュリアナは唖《あ》然《ぜん》とした。

シンはだらしなくベンチに座り、長い脚を広げていた。レディ・レトルコットはその股間《こかん》を食い入るように見つめている。ジュリアナも、立派だと称されるズボンに覆われた下腹部についつい興味をそそられた。箱入り娘のせいで、嘆かわしいほど男性の体に関する知識が乏しい。いったいシンのなにがこれほどまでに伯爵夫人を魅了するのだろう？

驚いたことに、シンは伯爵夫人のあからさまな視線にひるむ様子もなかった。それどころか彼女の恥知らずな振る舞いを楽しんでいるようだ。ジュリアナはがっしりとした枝の左側へ静かに身を乗りだした。目がひりひりするのも無視して、男性の筋肉質な下半身をひと目見ようと、謎《なぞ》めいた闇《やみ》に目を凝らす。

レディ・レトルコットがシンの広げた脚のあいだにゆっくりと移動した。黙ってひざまずき、ズボンの前の飾りボタンから数センチの距離で顔をあげる。「だったら、わたしの愛撫を披露してさしあげたほうがよさそうね」目の前の股間を愛《め》でるように撫でた。

えっ、ここで？　まさか、嘘《うそ》でしょう！　伯爵夫人はそんなこと……しないわよね？

声を出さずにいられる自信がなくて、ジュリアナは手で口を覆った。まあ、なんてこと！生地がこすれあう音がかすかに響いたあと、伯爵夫人があらわになった彼の下腹部を見て賞賛の吐息をもらした。いよいよ愛人たちの情事を目の当たりにすることになり、ジュリアナは募る不安を抑えようと意志の力をかき集めた。

「ああ、シン、これを味わうことを拒まれたら死んでしまうわ！」

ジュリアナはたじろいだ。伯爵夫人がシンの体のどの部分を味わいたがっているのか、深く考えたくない。ジュリアナは一度も男性にキスしたことがなかった。もちろん男性の――ええと、レディ・レトルコットはなんと言っていたかしら――立派な一物にも。一方、伯爵夫人はその部分に不自然なほど執着し、それを熟知しているようだ。

もしレディ・レトルコットとシンに見つかったら、わたしはなにをされるのだろう？　口封じにお金を渡されるとか？　脅迫されたり、暴力を振るわれたりするとか？　稲妻に打たれたかのごとく、さまざまな可能性が頭をよぎり、喉が締めつけられた。

伯爵夫人を促すように、シンが低い声をもらした。その欲望もあらわな男らしい響きに、ジュリアナは身を震わせた。不意に痛みを感じて胸をさすった。コルセットや木の幹に押しつぶされていたせいだろう。彼女は上半身を締めつける窮屈な服をメイドに脱がせてもらうのが待ち遠しくてならなかった。眼下では、ひざまずいた伯爵夫人がもっと近づけるよう、シンが大きく脚を開いた。

ジュリアナは唇を噛み、かすかなうめき声を押し殺した。無意識に榛の幹にきつく脚を巻きつけ、ざらついた硬い表面に秘めた部分を押しつけた。冷たい夜気に包まれているのに体はほてり、頭がぼうっとしている。だが平静を取り戻さなければ、気を失ってこの木から落ちたりして、ふたりに気づかれかねない！

焦燥感を募らせながら髪をかきあげた拍子に、予期せぬことが起こった。ふんわりと結いあげた髪に挿していた白い羽根飾りが一本抜け落ちたのだ。とっさに手を伸ばし、身の破滅を招く元凶をつかもうとした。けれども五センチの羽根飾りは、ジュリアナが必死に振りまわす手の風に乗ってするりと指をかわし、眼下の男女のもとへと静かに舞いおりていった。

拳《こぶし》を口に当て、胸のうちで祈った。レディ・レトルコットもシンも、今は注意散漫な状態だ。おそらく小さな羽根飾りには気づかないだろう。低いうめき声や舌を鳴らす音が聞こえると、ジュリアナは確信を強めた。

だが、それも白い羽根飾りが伯爵夫人の濃紺のドレスの上に落ちるまでのことだった。月明かりしかなくても、羽根はかがり火のように光って見える。ジュリアナは固唾《かたず》をのんで一心に祈った。羽根飾りがふたたび舞いあがり、地面の漆黒の闇に埋もれるようにと。

さあ、舞いあがるのよ！

そんな願いもむなしく、シンが伯爵夫人の肩から髪へ指を滑らせた——あの忌々しい羽根飾りへと。羽根をつまみあげたとたん、彼の肩がこわばった。どこから舞ってきたのか思案するように、無言で羽毛をこすっている。やがて、いきなり顔をあげ、うろたえるジュリアナの瞳をまっすぐ見据えた。

友人たちからシンと呼ばれる、シンクレア侯爵アレクシウス・ロタール・ブレイヴァートンは、二五年の人生の大半を謳歌《おうか》してきた。貴族に生まれついた彼の生活は、放蕩《ほうとう》や禁断の情事や危険に満ちていた。そのため、なにかに驚くことはめったになかった。榛の木の枝を見あげて、青白い顔で怯《おび》える若い女性を見つけるまでは。

その瞬間、肺のなかの空気が一気に口からもれた。

当然のごとく、アビーは自分の巧みな舌がシンに平静を失わせたのだと思いこんだ。彼としては、そう信じさせておくことに異存はなかった。たとえ自分の注意が完全に木の上に向いているとしても、アビーの柔らかい舌に舐《な》めあげられる感触は心地いい。それに小娘のことを暴露すれば、彼女がこちらを見おろしていた理由を永遠に突きとめられなくなる。

シンは……紛れもなく興味をそそられていた。

これだけ離れていても、放蕩者の彼の目は小娘の魅力を見逃さなかった。乱れたブロンドの縦巻きロールが榛の花穂のように垂れさがり、卵形の顔を縁取っている。アーモンド形のけだるげな瞳、すっとした鼻筋、丸みを帯びた顎。そのすべての輪郭を指でたどりたい思いに駆られた。頭上の月のごとく白く輝く肌。あれが本来の色なのか、不安によるものなのかは推測することしかできない。必死に息を吸おうとしているらしく、ふっくらとした唇は開いていた。

いったい何者だろう?

レトルコット伯爵のまわし者か? シンは即座にその可能性を打ち消した。今夜アビーの執拗《しつよう》な誘いに応じたのは、欲望を覚えたからではなく退屈だったからだ。欲情した伯爵夫人はどこでだって奪えた。裏庭を選んだのは単なる気まぐれにすぎない。誰であろうと――疑《うたぐ》り深い夫であろうと――あらかじめこの木に密偵を忍ばせておくのは不可能だ。

それも、美しい密偵を。

アビーの爪で繊細な下腹部をぎゅっと押されて、シンはより重要なことに注意を戻した。彼女の好きにさせておいたら、男の急所を歯や爪で傷つけられかねない。

「アビー、きみの愛撫は最高だが」そう言って、彼女を引っ張り起こす。「ひと息つかせてくれないか」アビーの無言の抗議を無視して屹立《きつりつ》したものをズボンに戻し、腰の右上のボタンをふたつとめた。別に慎み深く振る舞おうとしたわけではなかった。どうせこの暗さでは、木の上の美女にたいして見られたとも思えない。ただ、下半身に三日月形の爪跡をつけられずに今夜を乗りきりたかったのだ。

伯爵夫人の胴着《ボディス》の縁から覗《のぞ》く乳首をもてあそんだ。

「きみをひざまずかせたままでは礼儀に反するからね」

アビーがなまめかしく膝にのってきた。「あら、あなたは女性をひざまずかせて、くだらないおしゃべりをやめさせるためにその口を満たすのが好きだったはずよ」

シンは思わずにやりとした。たしかに以前、そんなことを口走ったかもしれない。「たぶん、わたしは変わったのさ」

アビーはそのばかげた返事を笑い飛ばした。「シン、あなたにはさまざまな面があるわ。向こう見ずで……計算高くて」シンの本性をよみがえらせようと、彼の顔にかかった髪を払いのけ、顎の線に沿ってキスの雨を降らせる。「独創的かつ情熱的、粗野で……ときには冷酷。あなたは身勝手な悪党よ。女性の心を踏みにじる無情なろくでなし。だけど、今この瞬間はわたしのものよ！」シンの首に両腕をまわしたかと思うと、しっかりと結ばれた首巻き《クラヴァット》の下に手を滑りこませてきた。次の瞬間、彼は血がにじむほど強く引っ掻かれた。

結局、爪跡をつけられてしまった。

シンは自分の性格に対するアビーの意見にあえて異を挟まなかった。友人たちも、彼女に心から同意するはずだ。アビーに指摘されたことは、どれも過去のいずれかの時点の自分に当てはまる。そんなわたしにレディが身や心をゆだねるのは軽率以外の何物でもない。だから、アビーのような女性が好都合なのだ。

愛人を持つと、シンは相手の体を自分のもののように知り尽くそうとする。どんなふうに愛撫すれば彼女が腕のなかで身を震わせるのか、どのくらい速く指を動かせば吐息をもらして彼の名を叫ぶのか、正確に把握するまで。シンは、アビーがレトルコット伯爵の世継ぎを産んだあとに関係を持った愛人のひとりにすぎない。実際、彼女のお気に入りですらなかった。

アビーが第二子を身ごもって次男を出産したおかげで、シンは一八カ月以上、彼女の貪欲《どんよく》な欲望にわずらわされずにすんだ。だが、最近息子である赤ん坊を乳離れさせたアビーが、情事を再開したいと打診してきた。彼としてもいささか興味をそそられた。そして今夜、美しいアビーの胸をもみしだくか、仲間やレトルコット伯爵の親友たちとカードゲームをするかの選択を迫られた。

あのままカードルームにとどまっていればよかった。

幸い、移り気な彼は新たなゲームを見つけた。今度はそれを思う存分楽しむつもりだ。

シンは顔をあげ、大きく見開かれた真剣な瞳をとらえた。彼女に向かってにっこりほほえみ、幸運に恵まれる確率を値踏みした。

彼が手を貸して立ちあがらせると、アビーは唖然とした。「どういうこと？　あなたはまだ――わたしたちはまだ――」

「あいにく、その時間はない」

アビーの肘をしっかりつかみ、榛の木から遠ざけた。「つい長居をしすぎたようだ。二階のテラスから誰かがきみの名を呼ぶのが聞こえたよ」

初めて彼女の瞳に不安の色がよぎった。「なぜもっと早く教えてくれなかったの？」

悪びれもせずにほほえむ。「ほかのことに注意を奪われていたからさ」

伯爵夫人はレディらしからぬ悪態をつぶやき、ドレスや髪が乱れていないか確かめた。

「あなたはここにいてちょうだい。一緒に新鮮な空気を吸いに庭へ出たと思われたら厄介だから」

アビーはシンの口に素早くキスをした。「次回を楽しみにしているわ」名残惜しそうにしばし彼の頬に指を押し当てたあと、屋敷へ駆けていった。

伯爵夫人はシンのことを、自分の都合で利用していつでも捨てられる秘密の愛人だと思っている。こちらとしては、彼女がその幻想にしがみついているほうが好都合だった。伯爵夫人は、彼のほうが好き勝手に彼女を奪って楽しませてやっている事実に気づいていない。だが過去の女性たち同様、アビーもシンがゲームに飽きるまでの相手でしかなかった。

高ぶった体に期待をみなぎらせながら、彼は振り向き、榛の木に引き返した。


ああ、なんてこと、シンが戻ってきたわ！

まさに〝罪《シン》〟という愛称がぴったりの人物だ。ジュリアナは優雅な物腰で悠然と近づいてくるシンを見て、レディ・レトルコットが殴られる以上の罰を受ける危険を冒しても彼と逢い引きした理由がわかった。あれほどの美男子は今まで見たことがない。父が他界して、遠縁のいとこが爵位と愛するアイヴァース館を引き継いで以来、ジュリアナは姉たちとこもりがちな生活を送っている。それでも秘めやかな期待に胸が弾み、先ほどまでの不安が薄れた。

おそらくシンは年上で、二五、六歳だろう。彫りが深く、うっとりするほど端整な顔立ちだ。帽子をかぶっていないせいか黒髪が乱れて額にかかり、頑固そうな顔つきを和らげている。きっと、その瞳も彼のりりしさを引き立てているのだろう。だが、もっと近くに来てもらわなければ確かめられない。シンが近づくにつれ、ややふっくらとした下唇や自嘲《じちょう》気味にゆがんだ口元が見えた。だまされやすいレディなら、思わずキスしてほしいと懇願し、純潔を危険にさらしてしまうだろう——もちろん、わたしは違うけれど。彼は非常に長身だった。誘惑するように動く引きしまった筋肉質の体。仕立てのいい高級な上着と小麦色のズボンからして、上流階級であるのは間違いない。

シンが間近に迫ってくると、ジュリアナは赤面せずにはいられなかった。彼がレディ・レトルコットに親密に触れていた様子が脳裏によみがえる。伯爵夫人がうめきながら体をシンにすり寄せていたとき、彼はジュリアナに見られていることを知っていたのだ！

暗闇のなかでも、シンが無言で挑むように目を輝かせているのが見て取れた。もう物音をたててもよくなり、彼がやってくる前に木からおりようとしたが、スカートが新芽や枝に絡まっていることを思いだした。

「おや、木の妖精《ようせい》にでくわすとは珍しいな」シンはのんびりした口調で言うと、彼女をがっちりとらえて放さない枝に手をのせた。この状況をおもしろがっているのは一目瞭然《いちもくりょうぜん》だ。

なんて忌々しい人。

ジュリアナは視界を遮るひと房の髪をもどかしげに吹き飛ばした。「わたしが木の妖精でないことはご承知のくせに」

「だったら魔女かな？　教えてくれ、きみの美と力の源が月光だというのは本当かい？」レディ・レトルコットから悪党呼ばわりされた男性は、ジュリアナをからかって大いに楽しんでいた。

「わたしは魔女じゃありません」歯を食いしばって言い捨てる。シンが伯爵夫人に告げ口する気がないとわかったのを機に、ジュリアナの不安は徐々に薄れ始めた。意に反して不道徳な放蕩者と人妻の情事を目撃する羽目になり、そのあいだに体がすっかり凍えてしまった。ふたりに見つからないよう必死に木にしがみついていたせいで腕は痛み、もうへとへとだ。そんなわたしの窮状を嘲《あざけ》るなんて許せない。

ジュリアナは彼をにらんだ。「ひとりにしてちょうだい」

シンは慎重なまなざしでこちらをじっと見てから、彼女の全身に――むきだしになった脚にも――視線を這わせた。ストッキングやガーターをしげしげと眺められたうえ、左脚のガーターの上の素肌にまで目を向けられて、ジュリアナはひるんだ。幼いころならいざ知らず、母親にさえ、ここまで見られたことはないのに。

彼女がうろたえていることに気づいたのか、シンがため息をついた。「わかったよ。きみがひとりで魔法や月光を楽しめるよう立ち去るとしよう――」彼女の拒絶を潔く受け入れて榛の木から離れ、お辞儀をした。

「待ってください！」悪魔に助けを請うのを思いとどまる前に、ジュリアナは口走った。「あなたの手をお借りしたいんです。あちこち引っかかってしまって」両脚を動かし、困っていることを知らせた。

すかさずシンにほほえみかけられ、彼の巧妙な罠《わな》にまんまとはまったことに気づいた。

「たしかにそのようだな、マイ・レディ」

単に魅力的な女性としか思わなかったなんて……。ブロンドの魔女は目をみはるほど美しかった。遠目に見とれた容姿は、近づくにつれ輝きを増すばかりだ。シンは木の根元に置かれた重いベンチをつかむと、彼女のほうへ引きずった。ベンチにのぼり、低い幹に手をかけてバランスを取る。彼女が自分自身の窮状やシンにいらだっていなければ、その頬に触れ、花びらのように滑らかなのか確かめるところだ。

だがそうする代わりに、彼女の脚に注意を向けた。そちらも目の保養になった。スカートとペチコートはすっかり枝に絡まっている。彼はふくらはぎのゆるやかな曲線や、気をそそる太腿をむさぼるように眺めた。榛の幹を叩き、美しい獲物をとらえてくれたことに内心感謝した。こんな幸運に恵まれるとわかっていたら、このすてきな女性と戯れるために、さっさとアビーを膝から押しのけ、屋敷に追い返していただろう。

シンがこらえきれず、ブロンドの乙女の脚にてのひらを滑らせると、彼女は痛めつけられたように悲鳴をあげた。その恐怖に駆られた反応に若干興ざめした。彼女が誰であれ、男に触れられることに慣れていないようだ。もしくは、もう別の男と恋仲なのかもしれない。その考えが気に入らず、シンは顔をしかめた。もっとも、わたしが望めば、女性の関心をこちらに向けさせることなど造作もないが。

今回も例外ではないはずだ。

「ほら、落ち着いて。さもないとほかの連中も駆けつけてくるぞ。お互い、注目の的にはなりたくないだろう」シンはいったん口をつぐみ、相手が同意するのを待った。

彼女が震えながらうなずいた。

「よし」気難しい牝馬《ひんば》を褒め称《たた》えるように言う。身を乗りだして彼女の脚を覗くと、かすかなあえぎ声が聞こえた。ストッキングが破れ、ところどころ血がにじんでいる。シンは低い声で毒づいた。「まったく、なんてことだ」彼のうなじのように、彼女の脚もひりひり痛むに違いない。「夜ふけにいたずらなんかするから、脚が血だらけじゃないか!」

「夜ふけにいたずら、ですって？」

にやりとしたのを見られないよう、ぱっと顔をそむけた。彼女は怒りに血をたぎらせているが、シンの体の一部も熱くなっていた。木の魔女は彼と人妻の情事を目撃したのに、逆に叱られて頭に来たに違いない。木の葉の陰から見おろされていることに気づいたとたん、アビーに興味がなくなったと告げたら、彼女はなんと言うだろうか？　シンはおぼつかない手つきで彼女の脚に触れた。今ここで膝の裏を舐めたら、どんな反応が返ってくるだろう？

ふん。

きっと、この傲慢《ごうまん》な顔を華奢《きゃしゃ》な足で蹴《け》られるのが落ちだな。

実に嘆かわしい状況だ。欲望には男の正気を失わせるところがある。レディを狂おしく求めるあまり、彼女に痛めつけられることを想像しても下腹部がうずく。

苦痛を覚えるほど体が高ぶり、シンは怒りが一瞬にして情熱に変わることを、無垢《むく》な乙女に示したくなった。その結果、殴られたり引っ掻かれたりしても、そうするだけの甲斐《かい》はあるはずだ。

「わたしは正当な理由があってこの木にのぼったんです、ミスター・シン」彼の葛藤《かっとう》をよそに彼女は言った。「信じてもらえないかもしれませんが、それはあなたやレディ・レトルコットとはまったく無関係です！」

彼女の憤慨した物言いに吹きだしそうになり、シンの唇が震えた。「これで、きみのいたずらは覗き見のほかに盗み聞きも加わったな」

哀れむようにそっと彼女のふくらはぎを叩くと、うれしいことに唸《うな》り声が返ってきた。シンはかすれた笑い声をもらした。「まあ、そんなにむくれるなよ、ちょっとからかっただけさ。それと、わたしのことは〝シン〟と呼んでくれ。こんなに親しくなったのだから、堅苦しい敬称は必要ない。それで、きみの名前は？」

彼女はその質問を無視した。もっとも、あっさり答えられたら逆にがっかりしただろう。

ブロンド娘はシンに触れられている事実を頭から締めだすように、むっとした顔で目を閉じた。彼は馴《な》れ馴れしくならないよう、そっと触れるだけにとどめた。そのあいだも女らしい淡い香りに鼻孔をくすぐられた。つぶれた榛の葉や木の匂《にお》いに、スミレの香りが入り混じっている。脚のあいだに顔をうずめて、彼女特有の香りをあますところなく味わいたい気持ちに駆られた。

優しい手つきで救出作業を続けていると、彼女の体が震えた。

「寒いのかい？」礼儀正しく尋ねる。「上着を貸そう。あたたまるはずだ」

彼女はまぶたを開いて首を傾け、シンがドレスの生地を枝から外す様子を眺めた。「どうもご親切に。ですが、お屋敷に戻ればあたたかくなりますわ」

「ということは、きみもレトルコット夫妻に招待されたのか」

彼女はいくぶん興味をそそられたらしく眉をあげた。

「わたしを使用人だとお思いになったの？」

シンは手元から目を離さずにかぶりを振った。

「いや、使用人にしては、ドレスや言葉遣いがあまりにも洗練されている」それに、これは口に出さなかったが、アビーはいささか虚栄心が強い。彼女なら自分より美しい使用人は解雇するはずだ。「ただ、きみが嘘をつこうとするかもしれないと思っただけだ」

「なぜわたしがそんなことを？」

シンはブロンド娘の一挙手一投足をひしひしと意識しつつ、彼女が凝った首をもむのを視界の隅で眺めた。痛みを和らげようと、彼女は頬杖《ほおづえ》をついた。

「あなたに自分のことを話すつもりはありません」


ガーターを親指でなぞられて、ジュリアナははっと息をのんだ。

「謎めいた魔女よ、きみのことはそう簡単に忘れられそうにない。月光のごとく輝く肌。金色の絹糸のような髪。熟れた木苺《きいちご》を彷彿させる唇。きみの瞳は――」シンがさらに言い募ろうとしたので口を挟んだ。

「どうかもう、それ以上おっしゃらないで」ジュリアナは片方の肘をついて上体を起こした。「わたしの瞳の色まではわからないはずよ！」彼の賞賛の言葉を辛辣《しんらつ》に遮った。胸がどきどきしているのは、わざとらしいお世辞に舞いあがったからではなく、いらだっているせいだと自分に言い聞かせる。きっとこの人は女性と顔を合わせるたび、同じようなお世辞を言っているに違いない。「わたしだって、この暗がりではあなたの目の色を見分けられないんですもの！」

不意にシンの体がこわばるのを見て、不安がこみあげた。少し言いすぎただろうか？ やがて彼が口を開いた。「だったら、危険を冒してもっと近づいたらどうだ」そのとげのある口調にジュリアナは謝りたくなったが、そうする前にシンがつけ加えた。「もうきみは自由の身だよ」

彼が許可も求めずに、驚くほど軽々とジュリアナを木から抱きあげた。彼女はシンのほてった体に身をすり寄せ、そのぬくもりに浸りたい衝動に駆られた。そんな軽率な思いに気づいたとたん、彼の腕のなかで身をこわばらせた。

シンの上着越しにささやいた。「そんなにきつく抱きしめないで」

悪態を押し殺してシンがベンチから飛びおり、ふたりの体がぶつかりあった。その衝撃の激しさに、彼女の歯が鳴った。

ジュリアナは目を閉じ、断固として開くまいとした。「もうおろしてください」

「わたしの目は何色だ？」

思いがけない問いかけにジュリアナはまぶたを開き、顔をあげてシンの目をまっすぐ見つめた。かすかな月明かりとレトルコット伯爵邸に灯るランタンだけが頼りだったが、周囲の暗さに目が慣れたせいで、彼がはっきりと見えた。黒く長いまつげに縁取られた表情豊かなきらめく瞳には、知性やユーモアに加え、不可解な激しい感情が見え隠れしている。今回、彼は思いやり深くなれることを身をもって証明した。ジュリアナをレディ・レトルコットに突きだすこともできたのに、そうはしなかった。ぶざまな姿を見られたジュリアナが、恥ずかしさのあまり失礼な態度を取ったときも見捨てなかった。ただ、伯爵夫人によればシンには冷酷な面があるそうだし、それを疑う理由はない。彼女のほうが、はるかに彼について詳しいはずだ。

けれど、彼に質問されたのはそんなことではなかった。

「茶色よ」そう答えて、目を凝らしながら近づく。「いいえ、待って。金色に深緑がかすかに交じっているわ。榛色でしょう」

榛ですって？

この木と同じだ。

わたしは身も心もシンに誘惑される運命だったの？

ジュリアナの口から勝ち誇った笑みが消えた。その瞬間、互いの唇がほんの少ししか離れていないことに気づいた。今突風が吹けば、この苦悩から解き放たれ、キスに対する好奇心を満たせるかもしれない。

だめよ、そんなの間違っているわ。シンはわたしの相手にふさわしくない。既婚者かもしれないし、放蕩者や財産目当ての男性という可能性もある。母は娘たち三人のために計画を立てた。シンが何者にせよ、その一大計画に当てはまるとは思えない。ジュリアナは咳払《せきばら》いをして、のぼせあがった空気をかき消した。素早く目をしばたたき、顔をそむけて地面に視線を落とす。

「もう戻らないと」腹立たしいことに声がかすれた。「家族のもとに。わたしがいなくなって、みんなきっと心配しているわ」

シンは気が進まない様子で、のろのろとジュリアナをおろした。サテンのサンダルで柔らかい地面に降り立ったとたん、彼女はよろめいた。

「緑色だ」

そのぶっきらぼうな口調に、ジュリアナはびくっとした。「えっ？」

「きみの瞳だよ。八月の野薔薇《のばら》の葉を思わせる深緑だ」

シンがしっかりとつかんでいたジュリアナの腕を放した。抱擁から得ていたぬくもりを夜風に奪われ、彼女は胸の前で腕を組んだ。「もう行かないと」

彼が一歩踏みだし、両腕を広げて木製のベンチを指す。「それよりもう少しここにいて、レトルコット伯爵邸の榛の木に隠れていた理由を教えてくれないか？」

ジュリアナは不埒な提案にまごついてほほえんだ。風変わりな形で出会ったからといって、木に隠れていた事情を打ち明けるべきではない。それなのに、どうしてここにとどまりたい気持ちになるのだろう？　鼻筋に皺を寄せてかぶりを振った。「お屋敷のなかで家族が待っていますし、あなたの伯爵夫人が戻られるかもしれません」

ジュリアナは彼から遠ざかって暗がりに移動した。

「アビーはレトルコットの妻だ」シンが静かに言った。「わたしのものではない」

「今度伯爵夫人にズボンのボタンを外されたら、そのことを思いださせてさしあげたらいかがですか？」かっとなって言い返してから、ジュリアナはひるんだ。自分の辛辣な言葉を撤回できるなら、この舌を噛み切ってもいい。

シンが愉快そうに低い笑い声をもらした。ジュリアナは足早に遠ざかりつつも、その声が肌の内側に忍びこんでくるのを感じた。

小さくなる足音を聞きながら、シンは彼女の愚かさに啞然としてかぶりを振った。あんな速さで逃げたら足首を折りかねない。追いかけるつもりはまったくないと言って安心させてやればよかった。向こうはそれをうのみにしたかもしれない。

もちろん、真っ赤な嘘だが。

ベンチに引き返して身をかがめ、地面に目を走らせた。どこだろう？　ああ、あった。シンは忘れ去られた白い羽根飾りをつまみあげると、しげしげと眺めた。

なんの変哲もない小さな羽根。それでも、ベストの小さなポケットにしまわずにはいられなかった。

ちょうどそのとき、不機嫌な魔女が名前を教えてくれなかったことに気づいた。

かまわないさ。

彼女の正体がわからないことも、ふたりが繰り広げる官能的なゲームの一部だ。どのみち、わたしに長く抗えた女性はひとりもいないのだから。

2

シンがうなずくと、たくましいふたりの警備員がロンドンの悪名高い紳士クラブ〈ノックス〉の両開きの扉を開いた。〈ノックス〉は、コヴェント・ガーデンとクラブが立ち並ぶセント・ジェームズのあいだのキング通り四四番地にある。毎年春になると社交界に刺激的な噂話《わさばなし》を振りまく紳士たちが集う、会員制のたまり場だ。

創設者のひとりであるシンも陰口や大々的な醜聞の的になることが多いが、それは歴代のシンクレア侯爵に共通するものだった。

「ようこそお越しくださいました、シンクレア侯爵」〈ノックス〉の支配人のベルースが、うやうやしく頭をさげた。シンから黒の厚手のマントを脱がせ、待ち構えていた従僕に手渡す。「今宵はお見えにならないと思っておりました」

シンは支配人にシルクハットを預けた。「今夜の予定が狂ってしまってね」にぎやかな音楽や賭け事に熱狂する客の叫び声が、閉じた扉の向こうから誘いをかけるように響いてきた。

「どうやら大入りのようだな」

築八五年のこの建物は、現ハンツリー公爵の祖母がかつて所有していたものだ。彼女は生前、この屋敷とすべての調度品を愛する孫息子に譲ると遺書にしたためた。友人からハンターの愛称で親しまれる公爵は六年前、仲間内のクラブとして利用するために、寛大にもこの屋敷を寄贈した。シンたち仲間も資金を援助し、キング通りの古い屋敷は優雅な集会場に生まれ変わった——その時点では、まだいかがわしい雰囲気はなかったが。クラブの一階部分を客や会員候補者に開放しようと提案したのは、あまり良識的ではないチリングスワース伯爵だった。創設者七名は全員一致で賛成した。〈ノックス〉はこの数年のあいだに客の飲酒やカードゲームの収益で莫大《ばくだい》な収益をあげ、使用人の賃金やクラブの維持費をまかなってきた。

「普段の土曜の晩よりにぎわっておりますが、わたくしどもの手に余る会員数ではございません」ベルースはベストから鍵《かぎ》を取りだして鍵穴に差しこみ、装飾がほどこされた頭の部分を素早くまわした。「今夜の予定が予期せぬ展開となったのは、閣下だけではないようです」

支配人が扉を開けた。頭上の長方形のステンドグラスには、〝失われた美徳〟という意味のラテン語が書かれている。誰かの元愛人からの気前のいい贈り物だ。その狡猾《こうかつ》な未亡人の名前はとうに忘れ去られたが、〝失われた美徳〟という言葉はいつしか仲間内のモットーとなった。

建物の二階は〝背徳貴族集団《ローズ・オブ・ヴァイス》〟の隠れ家だった。ローズ・オブ・ヴァイスという呼び名は、昔シンたちのいたずらがとんでもない結果を引き起こしたときにつけられたものだ。だが、激怒した数人の貴族にひどい渾名《あだな》をつけられても逆に喜んで受け入れるほど、シンたちはひねくれ者ぞろいだった。

一部の者を除いて二階への立ち入りは禁じられていた。部外者は締めだすよう、ベルースもその部下もたっぷり報酬をもらっている。「ほかにご用がなければ、わたくしは持ち場に戻ります」

「ああ、そうしてくれ」

オーク材の重い扉が閉まって鍵がかかる音が響くと、シンは階段をのぼり始めた。前方から、ビリヤードの玉がぶつかりあう耳慣れた音がした。部屋に入ったとたん、男女の笑い声に包まれた。

クラブ創設者七人のうち、その場にいるのは四人だけだった。レインコート伯爵としての重責を頑《かたく》なに無視しているレインはソファーでくつろぎ、両脇に女性を抱えている。ヴェインの愛称で親しまれるヴェインライト伯爵は部屋の反対側のソファーで、膝の上の女性にちやほやされていた。セイントことセイントヒル侯爵とフロストことチリングスワース伯爵は、それぞれ作戦を練りながら部屋の中央に置かれたビリヤード台のまわりをまわっている。

レインが黒髪の頭をソファーの背に預け、戸口のほうを向いた。その顔に驚きの表情が浮かび、満面の笑みに変わった。「シンじゃないか！　ずいぶん早く引きあげてきたな。お気の毒に」

「やあ、紳士諸君……それにレディたち」シンは左側の椅子に腰をおろした。「ベルースの話だと、今夜は大入りらしいな」

「ああ」セイントがビリヤード台をじっと見つめたまま言った。その口調からして、階下の様子にはまったく興味がなさそうだ。

レインがブロンド女性になにやら耳打ちし、彼女が忍び笑いをもらした。シンの視線に気づくと、レインは紺青色の目でこちらを見つめ返した。

「レトルコット夫妻はどうなったんだ？」

シンは手の甲を口に当て、あくびを噛み殺した。

「別にどうもしないさ。わたしが立ち去ったときは、ふたりとも元気そのものだった」

ヴェインはふざけた手つきで膝の上の女性を押した。

「メアリー、いい子だからシンにブランデーを注《つ》いでやってくれないか。そうすればシンの痛烈な皮肉も和らぎ、流血沙汰にならずにすむ」

ふたつの白い象牙《ぞうげ》の玉が衝突してうつろな音が響くと、シンの頭に頭蓋骨《ずがいこつ》がぶつかりあう不気味な光景が浮かんだ。ビリヤード台の隅の穴にセイントの玉が吸いこまれ、フロストが満足げに唸った。

「もう負けを認めるか、セイント？　それとも、さらなる屈辱を味わわせてやろうか？」

セイントヒル侯爵はフロストにキューの先を向けた。〝聖人《セイント》〟という愛称とは裏腹に、彼は挑発されると悪魔と化す。両者から放たれる一触即発の空気に、シンは身じろぎして筋肉をこわばらせた。セイントとフロストをみんなで引き離す羽目になるのは、これが初めてではなかった。

セイントがせせら笑った。「いいから続けろ、生意気なやつめ。どうせ今夜はおまえに金をむしりとられる運命だ」

「さあ、どうぞ、閣下」ヴェインに頼まれた茶色の髪の女が、シンの顔の前でブランデーのグラスを揺らした。彼がグラスを受けとると、それを誘いと解釈したらしく、彼女は優雅な身のこなしで膝に座ってきた。

「お互い、まだきちんと紹介されたことがないんじゃないか」女の巧みな舌が耳に滑りこんできたので、シンはそっけなく言った。「で、きみの名前は？」

彼の狙《ねら》いどおり、一同から笑い声があがった。膝の上の色っぽい女は、鼻が曲がりそうなほど濃厚な花の香りを漂わせているが、顔立ちは愛らしく髪はつややかで、ショーウィンドーさながらに自分の魅力を強調するドレスをまとっていた。

「メアリーですわ、閣下」彼女はそう答えると、助けを求めるようにヴェインを振り返った。

「もっと異国風な響きが好みなら、別の名前で呼んでもかまわないぞ」ヴェインは今夜の相手が親友を愛撫していることを気にする様子もなく、陽気に言い添えた。「そうだろう、メアリー？」

「ええ」彼女はシンに身を寄せてささやいた。「閣下がお望みなら、どんな女性にもなりますわ」

その申し出を聞いたとたん、シンの脳裏に、レトルコット伯爵邸の庭で出会った謎の女性の顔がぱっと浮かんだ。警戒しながらも好奇心を隠しきれない表情豊かな緑の瞳は、強く印象に残っている。彼女との再会が待ち遠しい。だが、今は魅力的な魔女を頭から追い払って、膝の上の女性に集中するとしよう。

「きみはマダム・ヴェンナのところの女性だろう?」尋ねながら物憂げに自問した。メアリーは掏摸《すり》でもあるのだろうか?　さっきからシンの上着の内側を探り、ベストのボタンを外している。

「ええ」メアリーの茶色の瞳が誇らしげに熱を帯びた。「わたしたちは、マダムからすばらしい紳士である閣下たちへの贈り物です」

マダム・ヴェンナは目の肥えた客に創造的かつ官能的な娯楽を幅広く提供する娼館〈ゴールデン・パール〉の経営者だ。地元の治安官の取り締まりを受けずにすんでいるのは、彼女の熱烈な崇拝者たちのおかげだろう。

「きみの女主人は寛大だな」レインはブルネットの女性の唇を軽く噛みながら、彼にしなだれかかる右側のブロンド女性をまさぐった。マダムの贈り物の一番おいしいところを存分に味わっているようだ。あの男のことだから、どちらの女性も満足させるに違いないとシンは思った。

レインにしがみついているブルネットがつけ加えた。「マダム・ヴェンナは、わたしたちが〈ノックス〉を訪れることでもたらされる利益に感謝しているそうです」セイントに意味ありげなまなざしを向ける。「セイントヒル侯爵、閣下が最近愛人と破局なさったことを、マダムは気の毒がっていました。なにか必要なものがあれば、マダム自ら手配するそうです」

セイントがビリヤード台にキューを乱暴に叩きつけ、部屋中がしんと静まり返った。威嚇するようにブルネットのほうに一歩踏みだしたが、彼女が縮みあがってレインに身を寄せると、落ち着きを取り戻した。「マダム・ヴェンナに伝えてくれ」キューをつかんで言う。「別に同情してもらわなくて結構だし、彼女の申し出にはうんざりしていると」

セイントらしいな。女性に地獄へ落ちろと告げるときは、もっと礼儀正しく伝えることもできただろうに。シンには推察することしかできないが、美しいマダム・ヴェンナとセイントのあいだで過去になにがあったにせよ、それが不愉快な結末を迎えたのは間違いない。ヴェインがお粗末にも咳払いをして話題を変えようとした。セイントがいきなり癇癪《かんしゃく》を爆発させたことを快く見過ごすつもりらしい。「シン、今日の午後、おまえの姉上が何度も使いをよこしたとベルースから聞いたか？」

くそっ。

シンはブランデーを飲み干した。「いや」ぶっきらぼうに答えると、ありがたいことに、メアリーが頼まれもせずにお代わりを注ぎに行った。なぜベリンダがわたしを探しているのだ？　姉がどんな危機に直面しているにせよ、それに巻きこまれるかと思うと今からぞっとする。彼は顔をこすった。今夜はもう疲れているし、一時間以内に酔っ払ってしまえば、ベリンダのささいな問題に対処できなくなるだろう。

「姉には明日、会うことにするよ」

「さあ、どうぞ、シンクレア侯爵」メアリーがブランデーのグラスを彼に手渡した。母親のように優しい口調だったが、彼女はシンの膝に腰をおろして、その清らかなイメージをぶち壊した。「身内の問題は、なにかと男性の予定を狂わせますわね」

「美人にしては、ずいぶん洞察力があるな」シンは彼女の賢さを称えてグラスをかかげ、酒をあおった。メアリーはくすくす笑い、彼の上着のなかにもぐりこみたそうに身をすり寄せてきた。

無言の誘いにしては、気がそそられるほどあからさまだ。

美しい娼婦《しょうふ》は、今夜シンの相手を務めるとはっきり態度で示している。こちらとしては、その寛大な申し出を受け入れるだけでいい。メアリーの細いウエストを測るように両手でつかんだ。ふたたび彼の思いは緑の瞳をしたブロンドの美女へと向かった。彼女はシンを信用せず、名前も明かさなかった。

なんという侮辱だろう。

レディ・レトルコットの逆鱗《げきりん》から救ってやったのに、恩知らずの小娘はシンの思いやりをさほどありがたく思わなかったのだ。ため息をつき、メアリーを膝からおろして床に立たせると、親しげに尻をぽんと叩いた。

メアリーが当惑したように眉をあげた。

無理もない。シン自身、自分の決断に驚いているのだから。

「さあ、行ってくれ」ヴェインのほうへ送りだす。「今夜はわたしの友人のほうが、きみの魅力を堪能《たんのう》できるはずだ」

　ヴェインはメアリーがソファーに戻ってくると、いぶかしむようにこちらを見た。シンは肩をすくめてブランデーを口に含んだ。すばしっこい獲物に心を奪われながら、積極的な娼婦で下腹部のうずきを癒すことはできない。今は酔った仲間にそんなことを打ち明けるときではないだろう。

　フロストが勝負を決める玉を沈めて勝利の雄叫《おたけ》びをあげた。友人たちが喝采《かっさい》すると、セイントの痛癪を恐れずに、フロストは仲間の冷やかしを堂々と受けとめた。

「もう一回やったらどうだ、セイント？」シンは提案した。「わたしはさっきフロストに賭《か》けられなかったからな」

　セイントが押し殺した声で悪態をついた。レインを鋭く見やってから、てのひらに挟んだキューを転がす。「わたしの勝ち目をあげるのに、なにかいい案はないか？」

　レインの顔に邪悪きわまりない笑みがゆっくりと広がった。

「実は、ある」彼は小声でブルネットになにやらつぶやいた。彼女はフロストのほうをちらちら見てからうなずいた。「フロスト、今度のゲームに若干ハンデを加えるのはどうだ？」

　フロストは鼻を鳴らした。「賭け金を二倍にするならかまわないさ」

「よし、決まりだな！」レインはふたりの美しい娼婦から身を引いて立ちあがった。「紳士諸君？」同意を求めるように仲間たちを見まわす。

　セイントの表情からして、最初のゲームが行われるずっと前にレインと打ちあわせしてあったのだろう。さっきセイントがわざと負けて、フロストに過剰な自信を抱かせた可能性もある。

もっとも、フロストにはそんな小細工など不要だが。

あの男は五人分の尊大さを備えている。

ヴェインが肩をすくめるのを見て、シンは自分たちふたりの意見を代弁した。「賛成」

レインがブルネットに向かって手を差しだした。彼女はややびくついていたが、彼に手を預けてフロストへと導かれた。

「チリングスワース伯爵、彼女がおまえのハンデだ」

娼婦はプロらしく不機嫌なフロストのまなざしを受けとめた。三人の娼婦のなかで、彼女はフロストの一番の好みではなかったようだ。その場のほかの面々同様、シンもレインがあのブルネットになにを指示したのか興味津々だった。

ブルネットがフロストの右腰に沿って並ぶふたつのボタンに触れ、彼の目が興味を引かれたように光った。彼女は慣れた手つきでズボンのボタンを外し、フロストの目をじっと見つめたまま、腰をつかんでゆっくりとひざまずいた。

「よろしいかしら？」ズボンから彼のものを取りだすと、ブルネットは賞賛するように喉を鳴らした。

娼婦の頭で視界は遮られているが、フロストの顔を見ればなにが起きているかは一目瞭然だった。欲情した彼は、レインが提案したルールでビリヤードを行うつもりらしい。

なんの前触れもなく、フロストの顔から至福の表情が消え、顎がこわばっていつもの負けず嫌いの顔つきに戻った。レインはフロストの勝利に対する執念を見くびっていたようだ。なにをもってしても、勝利にこだわるフロストの注意をそらすことはできない。ひざまずく魅力的な娼婦でさえも。

「思う存分やってくれ」

ブルネットの娼婦は巧みな舌で、フロストの頭がどうかなるまで彼をじらすだろう。きっとフロストは今夜彼女と寝るつもりでいるはずだと、シンは信じて疑わなかった。

セイントをビリヤードで完全に打ち負かしたあとで。

ブランデーのグラスに唇をつけ、シンはゲームに興じるふたりを見守った。まぶたを半分閉じると、ブロンドの魔女が足元で緑の瞳を欲望に輝かせる姿が容易に浮かんだ。

あとは彼女をふたたび見つければいいだけだ。

3

ゆうべ耳にしたメロディの一節をそっと口ずさみながら、ジュリアナは朝食室にいる母や姉たちに加わろうと階段をおりていた。今日は朝から上機嫌だが、その理由は深く考えたくなかった。ただ、レトルコット伯爵邸の庭で偶然出会った魅力的なごろつきとは、断じて関係ない。そんなふうに考えること自体ばかげている。彼との短いやりとりはかろうじて会話と呼べるものでしかない。

たぶん、こんなに機嫌がいいのは、自分の運命をついに受け入れたからだろう。ロンドンで社交シーズンを過ごすと母から告げられて以来、ジュリアナは不安にさいなまれてきた。けれど、不安になるのも当然だ。

五年前に父が心臓病で突然この世を去ったあと、社交界におけるアイヴァース家の地位は転落の一途をたどった。温厚なダンカム侯爵が亡くなったとき、一家の家計は危機的状態だった。父は歴代の侯爵と違って経済にうとく、相続した資産は家族が増えるに伴い、またたく間になくなった。一家が債務者向けの監獄に放《ほう》りこまれずにすんだのは、ひとえに父がカードゲームに長《た》けていたからだ。亡くなる当日まで、父はカードゲームの儲《もう》けでなんとか帳尻を合わせていたらしい。

遠縁のいとこがダンカム侯爵の爵位を受け継ぐべくアイヴァース館を訪れるまで、一家の財政がどれほど危うい状態か、誰ひとり——母でさえも——把握していなかった。

新たにダンカム侯爵となったオリヴァー・ブリストウは、経済面において父とは正反対の人物だった。オリヴァーが投資で多額の利益を得ていたため、ジュリアナの母は彼がアイヴァース家の救世主になると一瞬信じた。

だが、そうはならなかった。

当時二五歳だったオリヴァーは見た目もよく、爵位に見合うだけの富をふたたび築きあげたが、先代の未亡人と三人の娘に対してはひとかけらの哀れみも持ちあわせていなかった。ジュリアナの父親の借金を完済する代わりに、オリヴァーは一家に説教をした。忌々しいいとこは横柄な態度で、先代の欠点や無謀さ、家族に背負わせた借金について何時間も語った。非難されるたびに、母の華奢な肩は丸まっていった。ジュリアナが若い侯爵に抱いた希望は、一瞬にして消え失《う》せた。

オリヴァーは、未亡人のレディ・ダンカムに一族における新たな立場をわからせたあと、ある条件をのめば年金額を引きあげてもいいと持ちかけた。その条件とは、未亡人と娘たちが即刻アイヴァース館から立ち退くというものだった。文字どおりその夜のうちに、使用人たちが一家の私物を荷造りし、ジュリアナたちはオリヴァーが一家の代わりに借りあげた小さなコテージに連れていかれた。

オリヴァー・ブリストウはそれで貧乏な親戚《しんせき》を厄介払いできたと思ったようだ。傲慢で頭が固く批判的な彼は、未亡人が娘たちのために彼のほどこしを受け入れ、社交界から身を引くと信じたのだろう。

だが、彼はレディ・ダンカムの性格を完全に読み違えていた。

ロンドンに借りた屋敷の書斎から憤慨した叫び声が響き、ジュリアナは物思いから現実に引き戻された。ただちに、朝食室から小さな書斎へ行き先を変えた。母がなにかに腹を立てているらしい。こんな早朝に母が書斎を使うなんて珍しい。

室内に目を凝らすと、母は大きなマホガニー材の机の向こうに座っていた。机には数枚の手紙が散乱しているが、母が手にしている便箋《びんせん》が怒りの元凶らしい。

ジュリアナはたちまち食欲を失った。

母のしかめっ面は、一家が新たな試練に見舞われることを物語っている。それに父が亡くなって以来、物事がすんなり運んだためしはない。

「なにかあったの、お母様？」ジュリアナは礼儀正しく尋ね、こみあげる不安を押し隠そうとした。

レディ・ダンカムは末娘の声にびくっとして胸に手を当てた。「ジュリアナ、もう、びっくりさせないでちょうだい！　ここでなにをしているの？　朝食はもう食べたの？」読んでいた便箋を脇に置き、ゆっくりと眼鏡を外す。

母のあたたかい青い目が鋭くジュリアナのほうを見た。もうすぐ四六歳の誕生日を迎える母は、結婚適齢期の娘が三人もいるようには見えない。褐色がかった美しいブロンドは、上品なレースのキャップで覆われている。青みを帯びた灰色のモーニング・ドレスがぶかぶかしているところを見ると、また痩《や》せたようだ。母まで失うかもしれない不安に、ジュリアナの空っぽの胃が締めつけられた。

彼女は喉元にこみあげた悲しみをのみこんだ。「いいえ、ちょうど階段をおりてきたら、お母様の叫び声が聞こえたの」机に近づき、紙を見おろす。予想に反して債権者からの請求書ではなく、誰かからの手紙のようだ。「どこか具合が悪いの？　なにかあったの？」

便箋をつかむ前に、母がその上に手を置いた。「なんでもないわ」その言葉を裏づけるように手紙をくしゃくしゃと丸めた。

ジュリアナは唇をとがらせ、母が握りしめた皺くちゃの便箋をじっと見おろした。母からこの手の反応を引きだしそうな親戚や悪気のない友人が、何人か思い浮かぶ。子供のように便箋をひったくろうかとも思ったけれど、どうやらそれが顔に出てしまったらしい。

母は芝居がかった降伏のため息をもらした。「あなたたち娘の勝ち気な性格は、未来の花婿候補に好まれないと言っておいたはずよ。相手が御しやすい人なら話は別だけど」

レディ・ダンカムは二本の指を額に当てた。「それに、そんな顔をすると醜い皺ができる――」

ジュリアナはさっと眉間の皺を手で隠した。母の思惑どおり注意をそらされたことにむっとして、素早く手をおろす。「お願いだから、本当のことを教えてちょうだい、お母様！

それは誰からの手紙なの？」

母が肩を落とした。「彼に知られてしまったわ」

ジュリアナは憤慨して床を踏み鳴らしたい衝動をこらえた。「こんなに早く？　どういうことか説明して」

「オリヴァーはわたしたちが今ロンドンに滞在していることを知っているのよ」母は手を開き、名ばかりの家長から送られてきた、くしゃくしゃの手紙をねめつけた。「もちろん彼は快く思っていないわ」

ジュリアナは末娘だが、姉のコーディリアやルーシラより母のことを熟知していた。そのため、母が抜け目なく省略する事実に注意を払うようになった。

「お母様」机をまわりこみ、母の前にひざまずく。「わたしの目をちゃんと見て、オリヴァーに手紙を書かなかったとはっきり言ってちょうだい」

「実は、予期せぬ出費があって」

ジュリアナはうめき声をあげ、唇に拳を押し当てた。この五年間、アイヴァース家はオリヴァーの気まぐれに振りまわされてきた。そして亡き父同様、母はカードゲームでひと財産を作ろうとした。ロンドン界隈《かいわい》の優雅なカードルームで楽しんでいたころ、母は父に劣らぬ実力があると自負していた。たしかに母が勝てば一家にはある程度のゆとりが生まれたが、ときどき負けるせいで常にオリヴァーに借金をしている状態だった。

「ほかにどうしようもなかったのよ。ドレス代だけで予算を超えてしまったんですもの」レディ・ダンカムはジュリアナの両手をつかむと、自分の膝にのせた。「それに、このところカードでつきに恵まれなくて。オリヴァーには少額の借金を頼んだだけよ」

いかめしい顔で不満げに薄い唇を引き結ぶオリヴァーの顔が、ジュリアナの脳裏に浮かんだ。寒気がして、彼の顔を頭から追い払った。ダンカム侯爵の爵位を受け継いで以来、オリヴァーは先代の未亡人やその娘たちをさげすむことしかしてこなかった。

「お母様、オリヴァーから何度もはっきり告げられたでしょう。わたしたち一家は彼の時間と財産を浪費する厄介者だと」

「必ずしもそうではないわ。ある夏、彼はあなたに夢中だった。実際……」母は言葉を濁し、やがて落ち着きを取り戻して話を元に戻した。「もちろん、オリヴァーは家長としての責任を果たすはずよ！」

ジュリアナは目を閉じて忍耐力をかき集め、かぶりを振って母の両手にキスをした。「前回カードゲームで失ったお金を埋めあわせてもらったとき、お母様は家族で田舎に引っこんでいるとオリヴァーに約束したでしょう」

そのときのことを思いだしたらしく、レディ・ダンカムがほほえんだ。

「彼はあのとき、ずいぶん怒っていたわね」

オリヴァーは信心ぶった非難がましいやかまし屋だ。

「彼はわたしたちの貧困を恥じているのよ、お母様。こうしてロンドンに滞在していること自体、図々《ずうずう》しい反抗と受けとられてもおかしくないわ」

「たしかに、あの人のことはよく理解できないわ。あなたのお父様とはまるで違うから」レディ・ダンカムはむっとした口調で言った。「でも、あなたたちはこのシーズンをロンドンで過ごすべきなのよ。三人のうちのひとりが、もしくは全員が社交界で立派な結婚相手を見つければ、わが家はこの窮状から抜けだせる。もうオリヴァーの寛大さにすがる必要もなくなるのよ」

寛大さですって！

オリヴァーはぴかぴかのブーツでレディ・ダンカムの喉元を踏みつけ、相手がもがく様子にほくそ笑んでいるのだ。ジュリアナはいとこの冷酷さを嫌悪していた。それに、彼女を眺めるときの狡猾な視線も気に入らなかった。

「オリヴァーに借金を申しこんで断られたのね」ジュリアナはゆっくり身を起こし、痙攣《けいれん》を起こしかけていた脚にふたたび血をめぐらせようと机の端にもたれた。

母が目をぱちくりさせた。「えっ？」手を振ってジュリアナの推測を否定する。「もちろん貸してもらったわよ。今回の件には失望しているとはっきりと手紙で告げられたけど」

そうでしょうとも。オリヴァーはいつだってアイヴァース家に対する失望をずけずけと表明する人だもの。

「田舎に戻るよう命じられたわ」母はぞんざいに言った。その命令にはあまりうろたえていない様子だ。

「使用人に荷造りを始めるよう言いましょうか？」ジュリアナは尋ねた。娘たちを結婚させるという母のもくろみが実を結ぶ前に打ち砕かれたことに今度ばかりはほっとしたが、その気持ちは押し隠した。

絶対に認めたくはないけれど、ジュリアナは内心オリヴァーを恐れていた。彼は母が指示に逆らったことを許さないはずだ。その結果、わが家はなんらかの罰を受けることになるだろう。

「なにを言っているの？　あなたたちのための計画が順調に進んでいるというのに。コーディリアとルーシラのもとには、もう名刺を持った紳士がいらしたわ」レディ・ダンカムは細めた目でジュリアナを見つめた。あたかも解けない謎を眺めるかのように。「あなたのドレスは襟ぐりの位置をもっとさげたほうがいいかもしれないわね」

そんなこと、許すものですか。

「お母様、わたしのドレスは問題ないわ」ジュリアナは腕組みをした。「それで、オリヴァーのことはどうするの？」

母はしとやかに肩をすくめた。「彼がロンドンに来たときに対処すればいいわ」

4

「なにか頼み事があると連絡をもらったが」

「もう、アレクシウス、わたしの忍耐にも限度があるのよ」グレーデル伯爵夫人ベリンダ・スノーがぴしゃりと言った。薄茶色の瞳がいらだたしげに光る。「あなたの屋敷に使いをやってから六時間もなしのつぶてなんて」

シンは頬紅でほんのり色づいた姉の頬に礼儀正しくキスをした。「姉上からお呼びがかかったとき、わたしは自宅にいなかった。だが、助けを必要としていると聞いてすぐに駆けつけた」

赤紫と象牙色のイブニング・ドレスに身を包んだベリンダは、女王のように長椅子の背にもたれていた。高く結いあげた長い黒髪には細い金の鎖や真珠が編みこまれ、君主の風格が漂っている。

姉はシンを見下すように、やや顎をあげた。そばに立つ彼に見おろされながらもそんなことをするなんて、なかなかたいしたものだ。

「いったいどこにいたの？」

詰問されて、彼は身をこわばらせた。自分の行動を誰かに説明することには慣れていない。ベリンダが姉ではなく愛人だったら、この部屋を飛びだして金輪際かかわらないようにするだろう。シンは無造作に上着を脱いだ。

「わたしはもう何年も前に自分の行動を逐一説明する義務から解放されたはずだ、母親気取りのベル」茶化すように言い、愛情深い響きで辛辣な言葉を和らげた。シンは近くの椅子の背に上着をかけた。異母姉との関係は込み入っていて、他人に話したことは一度もない――親友にさえも。だが、姉への忠誠心は揺らいでいない。

和解の印に、丸々とした砂糖がけの葡萄《ぶどう》が盛りつけられた銀製のボウルをテーブルから持ちあげて差しだした。「わたしの硬い皮を嚙む代わりに、こちらの葡萄はいかがでしょう?」

ベリンダはボウルから葡萄をひと粒つまんだ。がっかりしたように薄茶色の目を細める。

「どうせ娼婦のひとりと戯れていたんでしょう、そうに決まっているわ」

シンは姉のとんでもない発言ににやりとすると、身をかがめてテーブルにボウルを戻した。まるで妬《や》いているような物言いだ。だが、姉の独占欲の強さに官能的な意味合いはない。単にベリンダは、彼が姉の要求より自分自身のことを優先させたのが気に入らないのだ。

「相手はたったひとりか?」そうからかって床に腰をおろし、長椅子のクッションに背を預けた。「ベル、わたしのプライドは大いに傷ついたよ」

「まったく、わたしの言葉や胸の痛みをからかいたければからかえばいいわ」ベリンダが乱暴に身を起こし、彼の体の右側がシルクとペチコートの山に埋もれた。「あなたにはお父様を彷彿させる面がいくつもあるわね」

その悪意に満ちた言葉は、ベリンダの思惑どおり彼に打撃を与えた。

シンはスカートを押しのけて姉の手首をつかんだ。「なんてひどい言い草だ！」姉が手を振りほどこうとすると、罰するようにきつく握りしめた。「わたしに頼み事をしようとしているのに」

とたんにベリンダは後悔の表情を浮かべた。「どうか許して」

シンは悪態をつき、彼女の手を放した。立ちあがって部屋を横切り、数種類のワインとお気に入りのブランデーが並ぶ細長いワゴンに近づく。「その頼み事だが、わたしになにをしろというんだ？」姉を鋭く見据え、ブランデーをグラスに注ぐ。

ベリンダはハンカチをもてあそびながら上品にはなをすすり、目元をぬぐった。それから静かな声で懇願した。「レディ・ジュリアナ・アイヴァースを誘惑してほしいの」

シンは口に含んだばかりのブランデーを喉に詰まらせそうになった。酒が喉を焦がして滑り落ちるあいだ、歯を食いしばる。「嘘だろう！　なんという偽善者だ。ついさっき、わたしが娼婦と戯れることを非難したくせに、今度はレディのベッドに忍びこめと命じるのか？」

「あれとこれとは話が別よ」ベリンダが弁解するように言い返した。

納得できずに左の眉をつりあげる。「ほう、どう違うんだ？」

ベリンダは怒った目で彼をにらんだ。「あなたは目にとまった美人と片っ端から寝ているじゃない。どうしてつまらない処女に尻込みするの？」

シンはブランデーをあおって目を閉じた。そうすれば無言で懇願してくるまなざしを見ずにすむからだ。「レディ・ジュリアナは処女なんだろう」自分の耳を疑いながら言う。姉の頼み事のせいで忌まわしい過去がよみがえってきた。

どうやら不快感が顔に出てしまったらしい。あるいは、ベリンダがこの世の誰よりシンを理解しているのだろう。姉は長椅子から立ちあがり、ためらいがちに近づいてきた。「そんな目でわたしを見ないで、アレクシウス。レディ・ジュリアナが上流社会のある紳士と公然と過ごしていることを考えると、彼女が純潔かどうか怪しいものよ。どうか信じてちょうだい、あの卑劣な小娘はあなたの愛する亡き母親とは似ても似つかないわ。あなたにはお父様を彷彿させるところがあるとさっき言ったけど、あれは間違いよ。あなたはお父様とはまったく違うもの」ベリンダは彼の顎の下に手をかけて熱心に言った。

その言葉は嘘だったが、姉が真実から目をそらそうとする理由は理解できた。多くの面で、シンは父と同類だ。父には賞賛すべき点がほとんどない。もう亡くなっているという事実を除けば。

ベリンダのてのひらに顎をのせ、薄茶色の瞳から謝罪の念を読みとったのち身を引いた。その瞳には決意も浮かんでいた。シンは胸騒ぎを覚えた。決意を固めたときの姉は非常に危険だ。彼は姉の欠点に気づかないわけではなかった。だがここで自分が頼みを断っても、ベリンダは別の男に協力を求めるだけだ。その男が姉にどんな見返りを求めるかわかったものではない。それにベリンダの受けた侮辱が本当であれ空想の産物であれ、姉がどこまで復讐《ふくしゆう》する気かもわからない。

シンは姉の肩をつかんでじっと瞳を覗きこんだ。

「レディ・ジュリアナとは面識がないが、どんな女性なんだ？　彼女にいったいなにをされた？」

ベリンダは無言で口を動かすと、しゃがれた声で言った。

「あの小娘はわたしが結婚したいと思っている男性の愛情を奪ったのよ！」

その告白で力尽きたように、ヒステリックな声をあげてしなだれかかってきた。

女性の涙は見慣れていると思っていたが、姉の悲しげな様子には心を動かされずにいられなかった。彼は身をかがめてベリンダを抱きあげた。姉が震える体を押しつけてくると、長椅子に引き返し、その身を抱えたまま柔らかいクッションに腰をおろした。

「レディ・ジュリアナについて詳しく教えてくれ」姉の耳にそっとつぶやく。

最初はベリンダの言っていることがほとんど理解できなかった。姉は泣きながら途切れ途切れに言葉をもらし、シンの胸を叩いた。その涙交じりの説明から、レディ・ジュリアナ・アイヴァースがずる賢く鼻持ちならない女だということがうかがえた。

うぬぼれた小娘は、その美貌や社交界での地位においてベリンダに引けをとらないと自負しているようだ。姉によれば、知りあった当初は若いレディ・ジュリアナに助言を与えようとしたが、やがて嫉妬《しっと》や敵意によってふたりの友情は壊れてしまったらしい。レディ・ジュリアナのせいで、この社交シーズンは不愉快で熾烈《しれつ》な競争の場と化したという。ブロンドの小娘は、紳士たちがちょっとでもベリンダに興味を示すと、巧みな誘惑で引き離すそうだ。

シンやその仲間も、上流社会のレディと同様の駆け引きを行っている。ベリンダとて例外ではない。もっとも、憤慨している姉にそんなことを言っても否定されるだけだ。彼としては、レディ・ジュリアナのゲームにけちをつける気はなかった。だが、彼女がベリンダを競争相手に選んだとすれば、社交界におけるその影響をまるでわかっていない。レディ・ジュリアナはベリンダを傷つけたことでシンの怒りを買ったのだ。彼を公然と怒らせる者はほぼ皆無だというのに。

「ほかの紳士たちは……。彼らの心変わりはどうでもいいの」ベリンダはいったん口をつぐみ、思いきりはなをかむと、ぞんざいにハンカチを振った。「でも、キッド男爵は別よ！彼はこの三年間、わたしに対してひたむきで情熱的だった。勇気を振り絞って求婚しようとしているのが、しばらく前から感じられた――」

すっかり湿ったハンカチを口に当て、ベリンダはしゃくりあげた。

「昨日、夜の観劇にはつきあえないとキッド男爵から連絡が来たわ。わたしは彼が来なくても行くことにしたの」ゆうべのつらい出来事を思いだしたらしく身を震わせた。「そうしたら、あろうことか、わたしの愛するキッド男爵がレディ・ジュリアナの借りているボックス席に座っていたのよ！」

「まったく、キッドのやつめ」

シンはベリンダが再婚を考えているとは思いもしなかった。下劣な夫のグレーデル伯爵が墓に入ってから五年。姉は伯爵の遺産がある限り、夫がいなくても満ち足りているように見えたが。

「キッド男爵には手を出さないで！　わたしは彼を愛しているの。策士のレディ・ジュリアナには渡さないわ」ベリンダの悲しみはこみあげる怒りで和らいだ。

シンは姉の背中をさすりながら、自分に与えられた選択肢を考えた。「レディ・ジュリアナに声をかけることは可能だ。ひと言警告するだけで充分だろう」

ベリンダは激しくかぶりを振り、その提案を一蹴《いっしゅう》した。「ただの警告では満足できないわ、アレクシウス。レディ・ジュリアナ・アイヴァースは上流社会の人々の前でわたしを嘲り、辱めたのよ。わたしは――」不意に押し黙った。

「わたしは、なんだ、ベル？」聞くまでもなく答えはわかっていたが尋ねた。

「わたしはあの傲慢な小娘に思い知らせてやりたいの」ベリンダは愛情深い目でシンを見つめ、優しく頬に手を当てた。「あなたは本当に美男子だわ、アレクシウス。わたしは、レディ・ジュリアナが決して自分のものにならない男性に誘惑されて、捨てられるところが見たいのよ」

彼は右の頬にうっすらえくぼを浮かべてにやりとした。「ずいぶんわたしを買いかぶっているようだな、ベル。どうしてわたしがレディ・ジュリアナの悪名高い魅力にまどわされないと思うんだ？」

ベリンダが身を寄せてシンの唇にそっとキスをした。

「それは、あなたが——わたしのハンサムな弟が」自信たっぷりに薄茶色の瞳を輝かせる。

「完全にわたしの味方だからよ」

5

「なんだかまぬけな気分だわ」

コーディリアは上品に鼻に皺を寄せて、品定めするようにジュリアナのボンネットやドレスをしげしげと眺めた。二四歳のコーディリアは六年前、ロンドンで華やかな社交シーズンを楽しんだ――父が他界して田舎暮らしを強いられる前に。そのシーズン中に求婚されることはなかったものの、ジュリアナやルーシラにとって一番上の姉は礼儀作法と服装のご意見番だった。


「ボンネットのこと？　まあ、たしかに以前のものよりつばが大きいわね」

ルーシラは自分がかぶっている麦わらのボンネットの広いつばに触れた。「わたしは結構気に入っているけど」帽子のてっぺんから絡まるように垂れさがる黄色と緑のリボンをもてあそぶ。彼女は新調したボンネットやドレス、それとおそろいのパラソルを胸がわくわくすることのように感じていた。

ジュリアナはむっつり押し黙ったまま、ボンネットについた青葉や花や幅広い蝶結《ちょう》びのリボンといった奇抜な飾りに触れた。きっと切り花に蜂《はち》が寄ってくると母に文句を言ったが、あっさり聞き流された。

「ボンネットよりもっと気に入らないのは、こんなふうに公園で馬車を走らせることよ」ジュリアナはぶつぶつ言った。「わたしはお母様やマドック夫人と歩きたかったのに」

ボンネットの広いつばで視界が狭まり、頭の向きを変えない限り、すれ違う馬車しか見えなかった。紳士やレディたちからじろじろ見られるのはなんとも居心地が悪い。まるで彼らは、三姉妹を品定めしてばかにしたあげく、忘れてもかまわない存在と思っているかのようだ。

馬に乗ったふたりの紳士がすれ違いざまに帽子を持ちあげて三人に挨拶《あいさつ》すると、ルーシラははにかみながらほほえんだ。もっとも、眼鏡をかけていたら、そんなふうに愛想よくするのを思いとどまったかもしれない。

「あら、わたしは今回のロンドン滞在を最高に楽しんでいるわよ！」

「お姉様にとってはなんでも最高なんでしょう」ジュリアナは言い返した。「ミスター・ステップキンズがしょんぼりした子犬みたいにロンドンまでお姉様を追いかけてきたことがわかって以来、やけに上機嫌じゃない」

「わたしが上機嫌なのとミスター・ステップキンズはまったく無関係よ」ルーシラは尊大につんと顎をあげた。「彼が誰よりもわたしと過ごしたがっているからといって、わたしにはどうにもできないことだもの」

ジュリアナはあくびをもらした。ルーシラの求婚者の話には、もう数カ月前からうんざりしている。「たぶん、彼はお姉様があっさりキスを許すから気に入っているのよ」

「今すぐ謝りなさい！」ルーシラが憤慨して金切り声をあげた。

「やめなさい、ふたりとも」コーディリアが静かに言った。

すれ違う馬車に乗ったふたりのレディが、興味津々といったまなざしでこちらを覗きこんだ。

ルーシラの上唇がゆがんだ。淡緑色の瞳は光を通さない冷たい大理石を彷彿させる。「あなたは嫉妬しているだけよ。わたしは献身的な愛と友情を手に入れ、ミスター・ステップキンズは片時もわたしのそばを離れられない様子だけど、あなたには風通しの悪い居間に置かれた古いピアノしかないんですものね」

ルーシラは意地悪にも、ジュリアナが唯一心から楽しんでいることを嘲った。一家が家長を失いながらも苦難を乗り越えようとしていたとき、音楽はジュリアナの悲しみを癒《いや》し、孤独を和らげてくれた。

わたしはルーシラに嫉妬しているわけではない。

それでも、やり返さずにはいられなかった。「ミスター・ステップキンズから新たに購入した馬の話や小耳に挟んだ最新の噂話をだらだら聞かされるより、ピアノの音色のほうが耳に心地いいわ。ミスター・ステップキンズがロンドンまでお姉様を追いかけてきたのは、彼が口を開いても居眠りしない唯一の英国人女性がルーシラだったからじゃないの？」

「このうずのろ！」

ルーシラがジュリアナの足首を思いきり蹴った。

「正確には〝うすのろ〞でしょ。お姉様の不器用な求婚者にぴったりの呼び名ね」ジュリアナは閉じたパラソルの先で姉の革靴を突いた。「この近眼のがみがみ女！」

「ジュリアナ！　ルーシラ！」コーディリアがふたりを叱りつけたが、おもしろがっているのを押し隠しているらしく水色の瞳が輝いている。「お母様がこのつまらない言い争いを見たらがっかりするわよ。わたしたちが周囲にいい印象を与えることを願っているのに、あなたたちときたら、不作法な子供みたいな真似《まね》をして」

ジュリアナは身を乗りだして御者に声をかけた。

「向きを変えて、お母様のところに引き返してちょうだい」

「かしこまりました、お嬢様」

「あなたには命令を下す権利なんてないわ！」ルーシラが身をひねり、妹の指示を訂正しようと御者に呼びかけた。「ちょっと――」

「やめなさい、ルーシラ」コーディリアが冷ややかに戒める。「あなたとジュリアナがこのまま口喧嘩《くちげんか》を続ければ、殴りあって醜態をさらすことになるわ」

目のまわりに青痣《あおあざ》をこしらえて唇が血だらけになった姿で母と向きあうことを想像し、ジュリアナはくすくす笑った。幼いころ、三姉妹はよくレディらしからぬ喧嘩をしたものだ。今回の件で悪いのはルーシラだが、母は娘たちの口喧嘩を認めないだろうし、三人とも叱られるのは目に見えている。「いざとなったら、お祭りに屋台を出してチケットを売ればいいわ」

コーディリアがほほえんだ。「たしかにそれはわが家の苦しい家計を救う独創的で楽しい方法かもしれないけれど、果たしてお母様が認めてくれるかしら」

「ミスター・ステップキンズがお母様の許しを得てわたしに求婚したら、お母様にはぜひわたしたちと一緒に暮らしてもらうわ」ルーシラは宣言し、目下のところ自分が一家の救世主となる確率が一番高いことを匂わせた。

ジュリアナとコーディリアは哀れみの視線を交わした。ルーシラはいつもこの調子だが、姉妹で張りあおうとする態度がときどき鼻につく。

「ずいぶん面倒見がいいのね、ルーシラ」ジュリアナは姉をなだめようとして言った。「でも、お母様はカードゲームに夢中だし、それをあきらめるとは思えないわ」

「だったら、わたしたちのうちの誰かが裕福な紳士と結婚しないと」コーディリアがつけ加える。

コーディリアもルーシラもお金持ちの結婚相手を探せばいいわ、とジュリアナは思った。彼女自身は結婚ではなく夢をかなえるために紳士を探していた。実はもう、うってつけの人物が見つかった――気さくで礼儀正しく、ジュリアナに求婚する気がまったくない紳士が。自分と同じように音楽のすばらしさを理解するキッド男爵なら、彼女の楽曲を発表するために出版社探しを手伝ってくれるだろう。

一家でロンドンに滞在する生活に耐えていられるのは、彼との友情のおかげだ。

「その気になれば、お母様はわたしたち三人を爵位と莫大な財産を持つ紳士と結婚させるはずよ」物思いに沈んだ顔でルーシラがつぶやいた。一途《いちず》なミスター・ステップキンズのことをどうするか思い悩んでいるのだろう。

ジュリアナは前を向いて御者の背中を見つめた。みっともないボンネットの広いつばが、貴族たちの詮索《せんさく》する視線を遮ってくれた。つきまとう蜂をぼんやりと手で払いのけながら、キッド男爵のことを考える。今夜、彼と鉢合わせして、母がもくろむ縁結びから救ってもらえますように。

「誰に目を奪われたんだ？」

シンは舞踏室から隣の紳士に視線を移した。

一五分前、シンはケンプ卿《きょう》夫妻の招待客の財布を空っぽにする役目を仲間たちに任せてカードゲームの席を立った。通称デアことヒュー・ウェルズ・モンデアがあとをつけてくるとは思いもしなかった。デアは上流階級のレディとの危険な遊戯よりカードゲームでの賭けを好む男だ。

「姉を探しているだけさ」

それは真実というわけではない。実はデアに邪魔される直前まで、きちんと自己紹介をせずに立ち去った謎のブロンド女性を人込みのなかに探していた。

「ベルースから聞いたが、グレーデル伯爵夫人が何度も〈ノックス〉に使いをよこしたそうだな」デアが青みを帯びた灰色の目を憂鬱《ゆううつ》そうに曇らせて、招待客をぼんやり見まわした。

「姉上になにを頼まれたんだ?」

身内の頼み事や家族の話となると、デアは痛烈な皮肉屋だ。昔、兄と愛した女性に裏切られたせいだろう。その結果、家族関係も崩壊した。彼がベリンダのつまらない頼み事にどんな反応を示すかは想像にかたくない。

「たぶん、ベルはわたしを恋しがっているだけさ」

そのあまりに世間知らずな答えに唖然とし、デアがぱっとこちらを見た。「気を悪くしないでほしいんだが、シン、たいがいのレディには、とりわけおまえの姉上には、なんらかの目的があるはずだ」

友の鋭い指摘に、シンは反論できなかった。

「なあ、どこか別の舞踏会に移動しないか?」ぶらりと近づいてきたヴェインが尋ねた。

「ハンターはゲームの最中に居眠りするし、セイントが勝っているせいでフロストは機嫌が悪い。フロストはケンプ卿の子息を挑発して喧嘩を始めようとしている」

くそっ。

「そんなことになれば、フロストだけでなくわれわれも放りだされるぞ」デアがつぶやいた。

そもそもケンプ卿夫妻が〝ローズ・オブ・ヴァイス〟の面々に招待状を送ってきたこと自体、少々驚きだった。もっとも爵位や富があれば、不道徳な行いは大目に見てもらえるものだ。おそらくケンプ夫人は縁結びをもくろんでいるのだろう。

シンは友人たちに言った。「姉とちょっと話をしなければならないが、それがすんだら引きあげるとしよう」デアを指さす。「フロストがケンプ卿の若僧を殺《あや》めるような事態は阻止してくれ」

舞踏室を一周したら仲間と立ち去るつもりで、シンはその場をあとにした。姉と話があるというのは単なる口実だ。ベリンダがケンプ卿の舞踏会に出席するとは聞いていないし、姉の競争相手のレディ・ジュリアナ・アイヴァースを探す気もない。

彼が追い求めるレディは簡単につかまりそうになかった。ここで見つからなければ、また別の晩に別の舞踏会で探すまでだ。

フロストやほかの仲間が招待を取り消される前にもう一周できるだろうか自問していたちょうどそのとき、手袋をはめた指に目隠しをされた。

「シン」吐息交じりの低い声で、女性がささやいた。あたかも彼の名前が祝福を意味するかのように。「本当にいけない人ね。今までどこに隠れていたの？」

その問いにいらだちを読みとって、シンはにっこりした。「ネル、わが麗しのおてんば娘。そっちこそ、なぜここにいるんだ？　きみはバースを訪れていたはずだろう？」

シンが振り向いてきちんと挨拶できるよう、ローリー伯爵夫人は彼の目元から両手を外した。ふたりは互いの都合が合えばベッドをともにする関係だった。シンよりほんの数センチ背が低い二四歳の黒髪の美女は、彼の全身をくまなく味わいたいと言わんばかりに見つめてくる。

しかし人目もあるので、シンはネルが差しだした手にお辞儀をし、彼女も膝を折ってお辞儀を返した。例のごとく誘うように、ネルの紺青色の瞳がいたずらっぽい光を放った。六年前に出会ったとき、ネルは一八歳で、シンは一九歳だった。強欲な父親に決められた高齢の婚約者と結婚した彼女は、当時すでに未亡人となっていた。幸い伯爵は若い妻にひと財産を遺《のこ》した。暴君の父親や足かせとなる衰弱した夫から解放されたネルは、亡き夫の遺産を使って愛人たちとの火遊びを楽しんだ。

シンが上体を起こすと、ネルは唇をとがらせた。「あなたの言ったとおりだったわ。カデューはベッド以外では死ぬほど退屈だった。だから、〈ロイヤル・クレッセント〉のあたりで置き去りにしたの」そう言って、そっけなく手を振る。

「きみは社交シーズンをロンドンで過ごすつもりかい?」

「ええ、そうよ」ネルは快活な表情でケンプ卿夫妻の舞踏室を見まわした。「あなたがそばにいれば、ふたりでいろんな噂を振りまいて社交界を何週間も楽しませられるわね」

精力的でみだらなネルなら、ロンドンにいたい気持ちを徐々に失わせるこの倦怠感《けんたいかん》をかき消してくれるだろう。彼女は想像力に富む寛大な愛人だ。ネルがほかの愛人のもとに行くと、シンはふと無性に彼女が恋しくなることがあった。

「きみがいないロンドンはつまらないよ」

謎の女性を探したり、鼻持ちならないレディ・ジュリアナ・アイヴァースを誘惑したりするよりも、この隣の女性と話すほうが楽しそうだ。なじみの相手だと心が落ち着く。こんなふうに感じるのは、かなりふさぎこんでいる証拠だろう。

「きみは――あっ」

「どうしたの？」

彼女だ。シンの目に、スミレ色の美しいドレスをまとったあの謎の魔女が飛びこんできた。彼女はキッド男爵の腕に手をかけ、ステップを踏みながら元の位置に移動している。もしベリンダがこの場にいて、自分の恋人が少年のようにダンスの相手にほほえみかけるのを見たら、あのふたりを殺しかねない。

シンの視線に気づいたのか、魔女がこちらを向いた。彼はとっさにネルの手をつかんで、大理石の柱の陰に隠れた。

「シン、いったいどう――」

ネルと一緒にいるところを絶対に見られるわけにはいかない。彼女と親密な関係であることは第三者の目にも明らかだし、あのブロンドがシンたちのことを誰かに尋ねれば、山ほど噂話を聞かされるはずだ。

どうにかしてネルを追い払わなければ。

シンはネルをじっと見つめて、この事態にどう対処すべきか思案した。

彼女はシンから放たれる熱波のような激しい感情を誤解したらしく、紺青色の瞳を和らげた。「シン？」

「舞踏室のなかは空気がよどんでいるようだ。ちょっと歩かないか？」答える間も与えずに、ネルを最寄りの戸口へと導いた。彼女はシンがふたりきりで楽しもうとしているのだと思いこみ、いそいそとついてきた。

6

「昼さがりの公園であなたやあなたのご家族にばったり会うなんて驚きました」キッド男爵はそう言って、ジュリアナとともにダンスフロアをあとにした。

「母なら神様のお導きだと言うでしょうね」ジュリアナは顔をしかめた。「実は、あなたやマドック夫人や母と遭遇したとき、ルーシラと口喧嘩をしていたんです。あなたのおかげで、醜態をさらし続けずにすみました」

「姉妹でよく喧嘩なさるのですか？」

「そのご質問にはお答えしかねます」冗談めかして言う。「わたしの代理人として出版業者と交渉していただくことになるかもしれない方に、手に負えない女性だという印象を与えたくありませんから」

「わたしは気難しい女性がとりわけ好みでして」キッド男爵が魅力的な笑みを浮かべた。

「お預かりした作品の譜面に目を通し、あなたの芸術的才能をあと押しすることにしました。あっ、あれは」知りあいを見つけたらしく、彼はぴんと背筋を伸ばして横を向いた。ジュリアナはその視線の先をたどったが、男爵がうろたえた声を発した理由はわからなかった。

彼女は気遣わしげに眉をひそめた。「なにか問題でも？」

「いえ」男爵の返事はそっけなかった。「もう一曲踊りたかったのですが、急用ができました。至急対処しなければなりません。また別の機会に踊っていただけますか？」

キッド男爵は彼女が差しだした手をつかんでお辞儀をした。

「もちろんですわ」

男爵が舞踏室の反対側に向かうのをこっそり見守るうちに、ジュリアナの顔からほほえみが消えた。彼女は目を細めた。なにか問題があったという読みは正しかった。男爵が挨拶をしに行った相手は、ジュリアナのロンドン滞在を台なしにしようともくろむグレーデル伯爵夫人だった。短いやりとりのあと、ふたりは戸口を抜けて正面玄関に向かった。

ジュリアナは両手を握りしめ、とめていた息を吐きだした。ふたりが立ち去り、胸のつかえがおりた。自分には関係のないことだが、なぜキッド男爵があんないやな女性とつきあうのか皆目わからない。

「わたしはなんと運がいいのだろう」男性の物憂げな声がして、腹立たしい伯爵夫人について考えていたジュリアナははっとわれに返った。「どうぞ摘みとってくださいと言わんばかりの壁の花を見つけるとは」

「わたしはチリングスワース伯爵ヴィンセント・ビショップです」初対面のハンサムな男性が、優雅な手の動きとともにお辞儀をした。「友人たちからはフロストと呼ばれています。

あなたのお名前は？」

「レディ・ジュリアナ・アイヴァースです」母親に叩きこまれた礼儀作法のせいで、彼女はつい答えた。膝を曲げてお辞儀をしながら、用心深く母や姉たちを探す。

なぜか、この紳士から逃れたい衝動に駆られた。キッド男爵がはにかみながらジュリアナに向けるまなざしには畏敬《いけい》の念と敬意が入り交じっているが、チリングスワース伯爵の視線は揺るぎなく、やけに親密だった。

ただ、図々しい面があるとはいえ、チリングスワース伯爵は母が娘たちのために探している花婿の条件にぴったり当てはまる。彼には爵位があり、洗練された服装や右手の指にはめられたいかつい金の指輪、磨きこまれた靴の銀のバックルから資産家であることもうかがえた。おまけに彼の顔ときたら。この世に降り立った堕天使かと見まがうほど美しい。意志の強そうなとがった顎、突き刺すような青緑色の目。魅力的に乱れた黒髪の毛先は、クラヴァットをこすっている。伯爵が目をみはるような美男子だと知れば、母はますます娘たちのために彼を確保しようとするだろう。

伯爵と一緒にいるところを母に見られたら大変だわ。

「申し訳ありませんが、母や姉たちが待っておりますので」ジュリアナは彼から身を引いた。失礼な真似はしたくないが、この紳士には遠まわしな言い方では通用しない気がする。

チリングスワース伯爵が行く手に立ちはだかった。「わたしと踊ってくれませんか？」

「本当に家族のもとに戻らなければならないんです」

「キッド男爵といたときはそんなに急いでいるようには見えなかったが」彼はジュリアナを柱へと追いつめた。

「キッド男爵は家族ぐるみの友人です」ジュリアナは大胆な嘘をついた。大理石の柱に背をもたせかけながら、じりじりと移動して隣の柱に向かおうとした。「男爵とは音楽鑑賞の趣味を共有しているものですから」

「わたしも音楽は好きだ」彼女が柱から閉まった扉へ移動すると、伯爵はさりげなく追いかけてきた。「それに共有することも」

ジュリアナの頭のなかで警告のベルが鳴りだした。伯爵は音楽への愛を共有することを語っているわけではなさそうだ。そのとき、頭の後ろが硬いオーク材の扉に触れた。

困ったことになったわ。

「チリングスワース伯爵、どうかお願いです！」

伯爵が扉の木枠に両手をついて退路を断つと、ジュリアナはびくっとした。「なんて愛らしい懇願の仕方だ」彼が顔を寄せてきた。「きみはどんな味がするのだろう」

不埒な伯爵に唇を奪われて、ジュリアナは大きく目を見開いた。実際には〝舌を押しこまれた〟と言ったほうが正確だろう。両腕をつかまれた瞬間、びっくりして甲高い声で叫んだ。続いて歯の根元を舐められた。身を振りほどこうともがいたが、逆に相手の情熱に火をつけてしまったようだ。彼女は背後に手をまわし、取っ手を手探りして扉を押し開けた。

蝶番《ちょうつがい》にたっぷり油が差してあったらしく扉が勢いよく開き、ふたりして部屋に転がりこんだ。そのまま勢い余って袖椅子にぶつかる。ジュリアナは覆いかぶさってきた伯爵の重みで背中がまっぷたつに折れそうだった。

それなのに、このろくでなしは無神経に笑っている。

箱入り娘の彼女には、もう我慢の限界だった。

「どいてちょうだい！」乙女の怒りをあらわにして言った。

「フロストか？」

チリングスワース伯爵の愛称を耳にして、ジュリアナは彼とともに凍りついた。その男らしい声にはなんとなく聞き覚えがあった。自分たちのぶざまな登場を目の当たりにした紳士の正体を突きとめようと、彼女は首をひねった。

ああ、なんてこと、あの人だわ！

ジュリアナはあわてて伯爵の胸を押しのけた。

部屋の奥にたたずんでいたのは、レトルコット伯爵邸の庭でレディ・レトルコットと逢い引きをしていた紳士だった。ありとあらゆる禁断の快楽を知り尽くしていそうな男性だ。シン。

彼はひとりではなかった。半分こちらを向いたシンの大きなたくましい体の陰で、黒髪の女性がボディスの乱れを冷静に直しているのが垣間見える。

いったいロンドンに何人の愛人がいるのだろう？

ふたりから視線を引きはがし、自分をとらえて放さない伯爵をにらみつけた。そもそも、こんな目に遭ったのは彼のせいよ！

反省する様子がいっさいない愚かなチリングスワース伯爵は、ジュリアナに覆いかぶさっているところを見つかってもまったく動じていなかった。彼は身を起こして彼女を引き寄せると、独占欲もあらわに左腰に手を置いた。「シン、いったいなにをして――」そう言いかけてにやりとする。「ネルじゃないか！　これはうれしい驚きだ。てっきりきみはバースでフランス人と――」

かたわらにジュリアナがいることを思いだしたらしく、伯爵は唐突に口をつぐんだ。

「わたしはフランス人より英国人のほうが好きだったみたい」女性がなまめかしい声でゆったりと応《こた》え、シンのウエストに腕をまわした。

「きみの問題は間違った紳士を選び続けていることだ」チリングスワース伯爵がからかった。女性と気さくに話す様子からして、この三人が友人同士であることがうかがえた。「シンはなかでも最悪の部類だ」

「なかなか直らない悪癖もあるのよ」

チリングスワース伯爵と女性がそろって笑った。

どういうわけか、女性がジュリアナに狡猾な目を向けた。「あなたもそう思わない？」

ジュリアナは、できれば三人に無視されていたかった。

シンもジュリアナをじっと見つめている。その視線の重みに耐えかねて目を伏せ、手袋に包まれた指を深緑の袖椅子の背に食いこませた。身じろぎをして、チリングスワース伯爵の手を腰から振り払った。

伯爵は手をおろしたものの、ぴったりと身を寄せたままで、ジュリアナは肩の力が抜けなかった。

「フロスト、そちらの美しいレディを紹介してくれないなんて気が利かないな」シンがフロストと女性のやりとりを無視してつぶやいた。

「別に気が利かないわけじゃないさ。わたしのほうが先に彼女を見つけたから、独占したいだけだ」伯爵はジュリアナの手を口元に引き寄せ、関節にキスをした。「だが、おまえがネルの相手で手いっぱいだとわかってほっとしたよ」

すでにシンとはレトルコット伯爵邸で会ったことがあるとチリングスワース伯爵に告げても意味がない、とジュリアナは判断した。

「マイ・レディ、こちらはシンクレア侯爵アレクシウス・ブレイヴァートンと、彼の親しい友人のローリー伯爵夫人です」チリングスワース伯爵は、ジュリアナが貴重な宝であるように大仰なしぐさで彼女を指し示した。「そして、こちらがレディ・ジュリアナ・アイヴァースだ」

ジュリアナの名前に聞き覚えがあるのか、シンがびくっとし、淡々とした声でつぶやいた。

「レディ・ジュリアナ・アイヴァース」

その新事実がわかって、彼はうれしくなさそうだ。

ジュリアナはすぐさま膝を折ってお辞儀をした。「はじめまして、レディ・ローリー……

シンクレア侯爵」チリングスワース伯爵の手をかわして戸口に引き返す。「わたし――これで失礼します。母や姉たちが待っておりますので」

誰にもとめられないうちに、彼女はこぢんまりとした応接室を飛びだした。

「なんて臆病《おくびょう》で風変わりな鼠《ねずみ》かしら」ネルが言った。

シンは戸口に歩み寄り、廊下へ目を走らせた。案の定、人影はなかった。すでにレディは姿を消していた。母親と姉たちが彼女を待っているというのは本当だろうか？　それとも、この気まずい再会から逃げだすための口実か？

いやはや、驚いた。

あの謎めいたブロンドの魔女がレディ・ジュリアナ・アイヴァースだったとは。

なんたる皮肉だ。

「おかげで計画が台なしだよ」フロストが憤慨したように言い捨てた。

ネルがソファーに移動して腰をおろした。「わたしにも責任があるの？」シンをにらむ。

「鍵をかけてと言ったのに」

「そんなことはどうだっていい」シンは言い返した。「お互い過ちを犯す前に、それに気づいたのだから」

ネルはつんと顎をあげて喉を鳴らした。「あら、わたしはひとつやふたつ、引っ掻き傷をあなたに残したかもしれないわよ」

彼女とまたかかわったのは間違いだった。

これまでふたりのあいだで欲望が問題になったことはない。互いに官能的な情事は楽しんだ。だがシンはネルの感情的な求めを満たすことができず、どんどん要求が増すにつれ、次第に彼女とは疎遠になった。最終的には、それぞれ別の愛人に慰めを見いだすことになったが、決まって妙なころあいでよりを戻してきた。

今回は自分の責任だとシンは自覚していた。ネルにキスをさせるべきではなかったのだ。こちらが抵抗しなかったため、ネルは彼もよりを戻したがっているのだと受けとった。フロストとレディ・ジュリアナが転がりこんできたとき、積極的なネルはボディスを引きおろして片方の胸をあらわにしたところだった。

「妙だな」シンはネルに言った。「わたしは引っ掻かれた覚えはないが」

不本意な結末に憤るフロストは、ふたりのやりとりに気づかなかった。「たしかにあのレディはびくついていたが、徐々に警戒心を解き始めていた。この応接室に誰もいなければ、うまく言いくるめて戯れることもできただろうに」

シンはかっとなってフロストをにらんだ。友人がレディ・ジュリアナに触れることを想像したとたん、純然たる怒りに襲われた。彼女を先に見つけたのはこのわたしだ。

フロストがにやにやしながら彼を見た。「どうしたんだ？　おまえも彼女を味わいたいのか？」

スミレ色のサテンの袋が目にとまり、シンは友人の挑発を聞き流した。椅子に近づき、布袋を拾いあげる。レディ・ジュリアナの小物入れ《レティキュール》だ。それは持ち主同様、小ぶりで繊細だった。

「おまえから逃れようとして、彼女が落としたようだ」

「そんなふうに言われるとは心外だな」フロストはわざと怒ったように言った。「あのレディは紛れもなくわたしの愛撫に体をほてらせていた」

シンは内心で異を唱えた。姉によれば、レディ・ジュリアナが目をつけているのは礼儀正しいキッド男爵らしい。フロストの積極的な態度は彼女を怯えさせたはずだ。

シンは彼女が自分にどんな反応を示すか確かめることにした。

レティキュールを持つ手にぐっと力が入った。「これを彼女に返してくるよ」

フロストの青い目がいぶかしむように細められた。「なぜおまえが返すんだ？」

ネルもシンの言葉にむっとして身じろぎをした。「あの小鼠はフロストが狙っている獲物よ。彼に返させてあげたら？」

「いいかい、レディ・ジュリアナは母親や姉たちと一緒にいるんだぞ」シンはふたりに思いださせるように言った。「世の母親は、フロストが自分の娘に少しでも興味を示せば、娘を隠そうとする」

「おまえの言うとおりだ。忌々しいことに」フロストはネルの隣に沈みこみ、慰めを求めるように彼女の肩に頭をもたせかけた。

ネルはため息をもらし、フロストの頭に頰を寄せた。「かわいそうに。あなたになにかしてあげられることはあるかしら？」

フロストは彼女のボディスを指でなぞった。「正直に言わせてもらえば、いくつかささやかな提案がある」

ネルの甲高い笑い声が耳の奥に響くなか、シンは応接室をあとにした。彼女にとってフロストは第一候補ではないが、シンに拒絶された心の傷を癒してもらうために、きっとベッドをともにするはずだ。

シンの気持ちはもう別の獲物に向かっていた。スミレ色のドレスに身を包んだレディに。

7

「いったいどこに行っていたの？　キッド男爵と踊っていたかと思ったらあなたの姿が消えたと、お母様は言っていたけど」ルーシラがジュリアナを手招きした。母の強い主張で、姉もスミレ色のドレスを着ている。ジュリアナのドレスのほうが裾飾りの色がもっと濃いことが唯一の違いだ。コーディリアのドレスも同系色で、デザインだけ異なっていた。

「彼と庭に出たの？」

ジュリアナはその憶測に憤慨した。「まあ、なんてことを！　キッド男爵は立派な紳士で、ただの友人よ。わたしは――」唐突に口をつぐんだ。

知人の紳士と庭に出るより、ケンプ卿邸のこぢんまりした応接室でチリングスワース伯爵に唇を奪われたことのほうがよほど問題だ。それに、シンクレア侯爵とレディ・ローリーはお目つけ役とはとても言いがたい。きっとジュリアナとチリングスワース伯爵は、あのふたりの親密なひとときを邪魔してしまったのだろう。ありがたいことに、今回はその詳細を見ずにすんだけれど。

シンクレア侯爵の行く先々で、レディたちが彼にしなだれかかっているみたいだ。わたしは彼女たちのようにのぼせあがることがなくて幸いだわ！

「それで？」

ジュリアナはもどかしげにルーシラを見た。

「わたしはただダンスに疲れて、小さな応接室で休んでいただけよ」

ルーシラはそれをうのみにしてうなずいた。

「とにかく、お母様があなたを探しているわ。あなたにいい知らせを一番に知らせたがっているの」

「いい知らせって？」

「コーディリアに新たな求婚者が現われたのよ」ルーシラは誰よりも先にそれをジュリアナに伝えられて有頂天になった。「ほら、あそこを見て。開いた戸口のそばのベンチにふたりが座っているでしょう」

普段と違って今回は、ルーシラの話は誇張されていなかった。舞踏室の奥で、コーディリアがハンサムな紳士と楽しげにおしゃべりをしている。「あの人は誰なの？」

「フィスケン卿よ」ルーシラがひそひそ声で続けた。「お母様が小耳に挟んだ話によれば、彼は三〇歳で未婚、愛人を持ったことも醜聞をまき散らしたこともないそうよ。しかも伯爵の跡継ぎなの」

ジュリアナは母がほんの短い時間でそこまで情報をかき集めたことに目を丸くした。「まさにコーディリアにぴったりの相手みたいね」

「まったく同感よ」レディ・ダンカムが姉妹に歩み寄ってきた。娘たちのドレスを引き立てるために、今夜は濃い紫色のドレスをまとっている。「マドック夫人の話では、彼のお父上の年収は五〇〇〇ポンドだとか」

その金額にルーシラが目をみはった。「まあ」

気の毒にも、ルーシラはそれ以上なにも言えなかった。ジュリアナが推察するに、ルーシラの求婚者のミスター・ステップキンズは、そのほんの何パーセントかしか収入がないはずだ。ふたりの姉はどちらも非常に競争心が強い。コーディリアが裕福な貴族の目にとまったという事実は、ふたりのいさかいの種となるだろう。

「フィスケン卿は優秀な競走馬を見分ける目を備えていると、もっぱらの噂です」男性の声が割りこんできた。「国内に複数ある彼の厩舎《きゅうしゃ》は有名ですよ」

ジュリアナははっと息をのみ、その男性のほうに振り向いた。

やはりシンだ。

「あなただったの?」そのまぬけな反応に、思わず身をすくめそうになった。

彼は会釈をした。「立ち聞きして申し訳ありません。ただ、昔から気になっていたんです。紳士の耳に届かないところで、女性たちがなにを話しているのかと」

ジュリアナはゆっくり身を沈めて優雅にお辞儀をした。

「高潔な殿方として、どうかわたしたちの秘密を黙っていていただけますか?」

レディ・ダンカムとルーシラは、ジュリアナがこの愛想のいいハンサムな紳士とどこで知りあったのか説明するのをじっと待ち構えていた。

ジュリアナの息を乱した言葉に、シンは眉をつりあげた。

「これはあなたのものだと思うのですが」

手袋に包まれた大きな手のなかで、彼女のレティキュールはとても小さく見えた。

「あ、ありがとうございます」レティキュールを受けとり、弱々しく母を見る。「お母様、こちらはシンクレア侯爵です」

ジュリアナは社交界で〝罪《シン》〟と呼ばれる男性に視線を戻した。

「シンクレア侯爵、こちらがわたしの母のレディ・ダンカムと姉のレディ・ルーシラ・アイヴァースです」

「はじめまして、レディ・ダンカム……レディ・ルーシラ」彼は差しだされたふたりの手をそれぞれ礼儀正しくとり、お辞儀をした。「あなたのお嬢さんがレティキュールを忘れたのは、まさに神のお導きでしょう。彼女が不注意だったおかげで、この舞踏会でもっとも美しいおふた方とお近づきになれました」

ルーシラがシンのお世辞にくすくす笑った。ジュリアナは唖然として姉を見た。ミスター・ステップキンズはあっさり忘れ去られたようだ。

母は侯爵をしげしげと眺めながら、慎ましくほほえんだ。「お世辞がお上手でいらっしゃるのね、シンクレア侯爵。ところで、どうしてわたしの娘のジュリアナをご存じなのですか？」

すばらしい質問だわ！

シンがなんと答えるのか、ジュリアナは興味津々だった。これまで二度顔を合わせたが、そのたびに彼は別の女性を腕に抱いていた。母は三人の娘に夫を見つけようとしているけれど、シンクレア侯爵は決してその候補者になりえない。

「お嬢さんからお聞きになっていないのですか？」シンはジュリアナが彼の話をしなかったことにがっかりした様子だった。「わたしたちはレディ・レトルコットに引きあわされたんです」

ジュリアナはシンの図太さに唖然として反論しそうになった。しかし彼の言葉を否定すれば、答えたくない質問を投げかけられることになる。

「本当ですか？」レディ・ダンカムが末娘をにらんだ。「それなのに、わたしたちときたらレトルコット伯爵邸を早々に引きあげてしまって。そうでなければ、きちんとご挨拶できたのに」

侯爵はジュリアナをとがめる母の言葉に礼儀正しくうなずいた。

「あいにく、あの晩はわたしも別の用事がありまして、レディ・ジュリアナとはほんの少ししかお話しできませんでした」彼がそう応えてジュリアナに視線を移すと、彼女の鼓動が速くなった。「お許しをいただければ、お嬢さんとこのあいだの話の続きを――」

「音楽の話ですね」ジュリアナはあわてて言い添えた。その話題なら何時間でも語れるし、母もルーシラも首を突っこんでこないはずだ。

「ここの応接室でも音楽について話していたの？」ルーシラが茶化すようにきいた。

ジュリアナはぱっと顔を赤らめた。ふたりきりになったら、姉をこっそり始末しなくては。

「わたしはレディ・ジュリアナが部屋から出てきたときに行きあいました」不埒な侯爵はいたずらっぽく目を輝かせて尋ねた。「それはそうと、いったいどの果報者のせいで、レティキュールを置き忘れたんですか？」

レディ・ダンカムの眉がつりあがってターバンのなかに消えた。シンはわざとジュリアナをいたぶっているのだ。彼のいわくありげな質問のせいで、ジュリアナは母親から鋭いまなざしを向けられた。

「応接室には数人の方がいらっしゃいました」答えながら、チリングスワース伯爵に唇をむさぼられて恐怖に襲われたことを思いだした。「こんなことを言うのはお恥ずかしいのですが、その場の会話に飽きてしまって、自己紹介されてもあまり注意を払っていませんでした」

「ジュリアナ！」

母が娘の注意散漫な態度と下手な嘘のどちらにより衝撃を受けたのか、ジュリアナにはわからなかった。侯爵は自分の気まぐれな発言が母娘のあいだに波紋を広げたことをおもしろがっていた。

「ちょっと一緒に歩きませんか、レディ・ジュリアナ？」シンが曲げた肘を差しだした。

「ご家族のもとにまたお連れするころには、きっと名前を覚えていただけると確信しています」

「あなたは母に嘘をついたわ」

「きみだってそうだろう」

シンはジュリアナが嘘をついたことを内心喜んでいるようだ。彼女が彼を守ろうとしたと思ったのだろう。それはまったくの誤解だ。ジュリアナは正直、なぜ母や姉に侯爵とレディ・レトルコットのいかがわしい行為やレディ・ローリーとの関係を明かさなかったのか自分でもわからなかった。暴露してしまえば、ややこしいことにならずにすんだはずだ。彼とあの場をあとにしたとき、母の顔には希望に満ちた表情が浮かんでいた。きっとシンクレア侯爵のことを、頑固な末娘の求婚者候補と見なしたに違いない。

「どこに行くおつもりですか？」

彼女は腰に軽く手を添えられて階段をのぼっていた。

「お互い人目につかないところで話したほうがいいだろう？」シンは部屋として使われている長い廊下へジュリアナを導いた。三人のレディとエスコート役の男性が美術品のコレクションを鑑賞する一方、別の男女が会話に没頭していた。

シンは一番目の扉の取っ手をつかんだ。「この屋敷をうろつくのは数年ぶり――」なかを覗きこむ。「ああ、この部屋ならよさそうだ」

扉を開き、彼女がなかに入るのを待った。

「ケンプ卿は鉱石の熱心な収集家だ」侯爵の言葉どおり、本棚やテーブルや棚は大小さまざまな石の標本で埋め尽くされていた。美しく繊細なものもあれば、大きいだけでなんの変哲もない石の塊もある。

ジュリアナは見慣れない緑のきれいな石を手に取った。「あなたも収集家でいらっしゃるの？」

「とんでもない！」

彼は石の収集家ではないかもしれないが、レディの心を無闇にかき集めているはずだとジュリアナは内心でつぶやいた。シンは狩りを楽しみ、獲物をつかまえるとしばらくうっとり眺めたのち放り捨て、また別の獲物を狙うのだろう。

彼が女性にもてるのは理解できた。たしかに、決して手なずけることのできないこの美しい獣の隣にいると胸がときめく。その魅力に抗う秘訣《ひけつ》は、野生の獣には不用心な生き物を噛む癖があると肝に銘じることだ。シンが呼び名どおりの紳士であることを決して忘れてはならない。ジュリアナはそう心に誓った。彼は危険なほど魅惑的な反面、罪深く執拗なところがある。

たとえ今、自分に結婚願望があったとしても、シンクレア侯爵は未来の伴侶《はんりょ》に到底ふさわしくない。

ジュリアナは大理石のテーブルに石を戻した。「閣下――」

彼が片手をあげて制した。「シンかシンクレアと呼んでくれ」

「でしたら、シンクレア」侯爵がソファーに腰を落ち着けると、彼女は小さな暖炉に近づいた。「あなたはわたしがご自身の秘密を黙っているかどうか心配なのでしょう?」

シンはその言葉にとまどった顔をした。

「秘密というと?」用心深い口調で尋ねる。

暖炉で燃える石炭を見つめながら、ジュリアナは眉をひそめた。「レディ・レトルコットとレディ・ローリーのことです」答えながら肩をすくめた。「おふたりとも、あなたがふたまたをかけていることをご存じないようですが」

振り返ると、シンはやっと理解した表情を目に浮かべていた。ジュリアナの気まずそうな様子を見て、彼はにやりとし、彼女を見つめたままソファーの背にだらしなく腕をかけた。

「ふうん。それで、きみは黙っている見返りになにがほしいんだ?」

「見返り?」自分を見るシンの目つきに、ジュリアナは落ち着かない気分になった。「そんなもの、ほしくありません」

「まだなににするか決めていないわけか」

「違います!」腕組みをして彼をにらむ。「あなたはいつもこんなに挑発的なの? わたしはあなたといっさいかかわりたくないんです」

「本気で言っているのかい? それはそうと、暖炉から離れたらどうだ?」シンは優しく告げた。「ソファーのほうがはるかにくつろげるはずだ」

ジュリアナはハンサムな侯爵を振り返った。長い脚を広げ、うらやましいほどくつろいでいる。彼は隣のクッションを叩き、彼女が戻ってくるのを待った。

「わたしは暖炉のそばにいたいんです。今夜は冷えるので」弁解がましくつけ加えて彼に背を向けた。

シンが人一倍情熱的な紳士であるのは間違いない。きっと、彼は女性たちが自分の要求に素直に従うことに慣れているのだろう。ジュリアナの拒絶は挑戦と受けとられたかもしれない。こちらにそんな意図はないけれど。ただ、ソファーに一緒に座れば、シンは彼女が完全降伏するまで満足しない気がする。

ジュリアナの強情な態度に、彼は含み笑いをもらした。「いいだろう、だったら仕方ない」ため息を押し殺すと、百獣の王さながらに堂々とソファーから立ちあがり、彼女の背後に移動してあたたかい毛布のようなぬくもりを伝えてきた。

「し、仕方ないですって？」ジュリアナは身を震わせ、心地よい熱を放つ彼の体へとよろめいた。

いったいどうすればいいの？　悲鳴をあげる？　一目散に逃げだす？　それとも、この場にとどまる？　彼とふたりきりで話すことに同意しなければよかった。母や姉と一緒にいるべきだった。

「距離が近すぎるわ」ジュリアナはささやいた。

「そうかな？」彼の唇が右耳をかすめた。「わたしにはほぼ完璧《かんぺき》に思えるが」

シンのかすかな愛撫に、ジュリアナの頭のてっぺんがうずきだした。まるで、小さな妖精が彼女をくらくらさせようと陽気な調べに合わせて踊っているようだ。「こんな火遊びになんの意味があるんですか？　口封じのつもりなら――ひと言断っておきますけど、わたしは見返りなどなにもほしくありません。噂話にも、あなたの情事にも、いっさい関心がないんです」

「しーっ」シンはジュリアナの耳から垂れさがる真珠を口に含んだ。彼女の耳に息を吹きかけ、腕をつかむ。「きみは親切にもわたしの秘密を守ってくれた。だが出会ったときの出来事のせいで、わたしが本当に惹《ひ》かれている女性について誤解している」

シンが自分の欲するものを手に入れるために都合のいいことを言っているだけだとわかっていても、ジュリアナは彼に求められていると知ってどきっとした。「つい長居をしすぎたようです。母が――」

「レディ・ダンカムはきみを信頼できる男に任せたと思っておられるはずだ」シンがユーモアのにじむ声で言う。「きみはもう凍えていないだろう」

ジュリアナは横を向き、うっかり彼の唇に頬を寄せた。「暖炉の炎――」

「暖炉では、きみを満足させることはできない」そう言うなり、シンは彼女を引っ張りおろして一緒に膝立ちになった。脚を広げ、ジュリアナの尻に下腹部を密着させてきた。「きみを内側から燃えあがらせることは不可能だ」

シンがそっと腰を揺らすと、屹立したものがジュリアナの尻に触れた。そのさりげない動きに彼女の胸は高鳴り、背筋を電流が駆け抜けた。同時に、彼の無言の要求に全身の神経が応え始める。シンがこんなにも間近にいることに気圧《けお》され、まぶたを閉じた。

「どうか、もうやめてください」声がひび割れた。今にも泣きだしそうで、恥ずかしくてたまらない。シンは高級娼婦や愛人たちと毎晩のように過ごしているはずだ。彼女たちに比べたら、自分は未熟な子供も同然だろう。「ここに来たわたしがばかだったわ。怖いの。あなたが怖い」

シンが愛撫をやめた。ジュリアナの期待に反し、身は引かなかったが、彼女を怯えさせた欲望を抑制しようとしていた。彼は深く息を吸うと、ジュリアナを隣の床に座らせた。そして慎重なまなざしを向けてきた。「レディ・ジュリアナが怯えているだって？　信じられないな」彼女の右目からこぼれ落ちた涙を親指でそっとぬぐう。「それに、この場から怯えて逃げだす者がいるとすれば、それはわたしのほうさ」

そのばかげた言葉に、ジュリアナは一瞬不安を忘れた。「まさか、ご冗談でしょう」

蠟燭の明かりにきらめくシンの瞳には、これまで目にしたことのない用心深さが浮かんでいた。「いや、冗談ではない」彼はジュリアナの顔を両手で包みこんだ。「まぶたを開けて、レトルコット伯爵邸の榛の木からわたしを見おろすきみを目にした瞬間、きみが厄介な問題になる気がした」

どうしてわたしが厄介な問題なのだろう？　この人は魚屋の荷車を追いかける飢えた猫のように女性を追いまわしているというのに。

「あなたほど癪に障る紳士には、これまで会ったことがありません」

シンは甘いキスでジュリアナの口を封じた。「そう思っているのはきみだけじゃない」からかうように彼女の腕をぎゅっと握る。「さあ、そろそろ行ったほうがいい」

ジュリアナは引っ張りあげられて眉をひそめた。彼の突然の心変わりに頭がくらくらする。

「これはいったいなんのゲームですか？」

「ゲームなんかじゃない」ばつが悪いことに、シンがジュリアナの足首が隠れるようスカートの乱れを直した。「ただ、めったに破ることのない決まりを、きみが思いださせてくれただけさ」

シンはジュリアナの腕をつかみ、文字どおり引きずるようにして戸口へ導いた。まるで一刻も早く追い払いたくて仕方がないように。

「決まりって？」侮辱された気分で尋ねた。

「わたしは感情がもつれて厄介なことになるのを極力避けることにしている。レディ・ジュリアナ、きみはそのなかでも最悪の部類だ」


今回はただの試験だ。

シンはそう自分に言い聞かせながら、ケンプ卿の鉱石の標本がおさめられている小さな控え室を出て、レディ・ジュリアナとともに廊下を進んだ。

わたしは紳士的だった。

名ばかりの紳士ではあるが。

レディ・ジュリアナのドレスに乱れはほとんど見られない。シンは味見をしたかしないかという程度で彼女を立ちあがらせ、ドレスの皺を直してやった。レディ・ジュリアナの頬が薔薇色に染まっていなければ、彼女が紳士と戯れていたことに気づく者はいないはずだ。

　このひと筋縄では行かないいいたちごっこをなぜ中断したのか、自分でもよくわからなかった。姉はレディ・ジュリアナのことを、キッド男爵を奪いとろうとする冷酷なあばずれと見なしている。しかし、それは間違いだ。たしかにレディ・ジュリアナは男爵と友情を育《はぐく》んでいるけれど、冷酷でもあばずれでもない。

　彼女は無垢な女性だ。

　当然、シンは振る舞いを改めるべきだが、そうしなかった。

　おそらく、父の汚れた血が体に流れているからだろう。神もご存じのとおり、蛙《かえる》の子は蛙なのだ。先代のシンクレア侯爵はその血を強みだと思っていたが、埋葬されたふたりの妻は意見が異なるに違いない。

　父の一番目の妻はベリンダの母親で、シンの祖父が選んだ女性だった。その愛のない結婚生活において、父は寝室の内外でたびたび妻に暴力を振るった。娘が生まれたのを機に夫婦は別居した。ベリンダによれば、彼女の母親は頻繁に殴られたせいで、世継ぎを産めない体になったらしい。

　ベリンダが五歳のとき、母親は胃炎をこじらせて亡くなったが、父は狩猟パーティーに出かけて一番新しい愛人とお楽しみの最中だった。

父は妻の死を悼まなかった。侯爵夫人が亡くなってほどなくロンドンに旅立ち、放蕩生活を再開した。酒に溺《おぼ》れ、しょっちゅう癇癪を起こし、若い令嬢相手に無分別な行為を繰り広げた。

シンの母親のスーザンも、酔っ払った父が軽薄に誘惑してあっさり捨てた目立たぬレディのひとりだった。父にとっては不運なことに、彼女は政界や上流社会で絶大な影響力を持つターマッシュ伯爵の末娘だった。

ターマッシュ伯爵は娘が妊娠していると知るやいなや――それは強姦《ごうかん》された結果だというのが大方の見方だった――シンの父に、死か娘との結婚かのどちらかを選べと迫った。父は賢明にもスーザンとの結婚を選んだ。父にとってその結婚はさほど不愉快でなかったらしく、七カ月後、新たな侯爵夫人は世継ぎを出産し、妻としての役目を果たした。

身勝手な父は息子の誕生という喜ばしい知らせを愛人のベッドのなかで祝った。その後スーザンはふさぎこみ、多くの人が語るには、二度と回復しなかった。シンが二歳の誕生日を迎えた数カ月後、母は馬車の事故で命を落とした。父が不幸せな侯爵夫人を自殺に追いこんだという噂も流れた。そうであってもおかしくないと、シンは内心思った。その後、彼はベリンダとともに暴君の父のもとで暮らした。

父は人間の弱みや思いやりといったものを毛嫌いし、そのことを子供たちに叩きこんだ。

レディ・ジュリアナが豪華な階段の手前で足をとめた。故意に黙っていたわけではないが、彼女はシンの沈黙に不安を覚えたようだ。

レディ・ジュリアナが彼の腕から手を離した。「ここからはひとりで行きます」

シンはうなずいた。「ああ、きみがそうしたいなら」

「ええ、そうさせてください」彼女はきっぱりと言った。「母はこのシーズン中に、わたしたち娘を立派な紳士に嫁がせたいと願っています。でも、あなたは――」

「花婿候補にふさわしくない？」

彼の率直な物言いに、レディ・ジュリアナは顔を赤らめた。

シンは彼女の意見を侮辱と受けとらなかった。レディ・ジュリアナが美しいだけでなく知的であることに、いっそう興味をそそられた。

「ええ、どうかお気を悪くなさらないでください」

「ああ、心配には及ばない」シンは請けあった。彼女の顎を親指の腹でそっと撫でる。「わたしはきみにまったくふさわしくない男だ」

レディ・ジュリアナは即座にうなずいた。「安心しました。でしたら、この件に関してお互いの意見が一致したわけですね」

「いや、そうではない」

「えっ？」

「わたしは結婚にはまったく不向きな男だが、またきみに会いたいと思っている」

「それは賢明ではありません」

「そうかもしれないな。しかし、あきらめるつもりはない」ぐいと引き寄せると、レディ・

ジュリアナがびっくりして悲鳴をあげた。

シンはじらすように彼女の唇の上で口をさまよわせたので、レディ・ジュリアナはキスされると思っているはずだ。このわずかな距離を縮めて彼女に対する飢えを満たすのは、いとも簡単だった。けれど、そうせずにレディ・ジュリアナを放した。

彼女はよろめきながら退き、階段の親柱をつかんだ。

キスされずにがっかりした様子のレディ・ジュリアナを見て、シンの胸に喜びがこみあげた。「ひとつ警告しておく。今度顔を合わせるときは、紳士的に振る舞うつもりはないと」


シンとレディ・ジュリアナが階段のなかほどまでおりるのを待って、フロストは物陰から姿を現わした。実に興味深いと彼は思った。レディ・ジュリアナに対するシンの反応が引っかかり、魅力的なレディ・ローリーを置き去りにして友のあとを追った。シンとレディ・ジュリアナのあいだにはなにかあると感じたが、それがなんなのかわからなかった。好奇心に駆られてあとをつけると、ふたりは小さな控え室に姿を消した。二〇分後、ふたりが廊下に出てきたとき、レディ・ジュリアナは頬を紅潮させ、スカートの一部に皺が寄り、シンはいかめしい顔つきだった。

あの部屋のなかでなにがあったにせよ、友は満足感を得られなかったようだ。

フロストの胸に不可解な怒りがこみあげた。シンとはこれまで女性たちを共有してきた。あのおどおどした内気な壁の花にしても、飽きたらシンに譲ってもかまわなかった。

だが、今夜のシンはどこか様子がおかしい。

もしレディ・ジュリアナのとりこになったのだとしたら、なんとしても彼女の魔法を解いてやらなければ。

今まで自分とシンとのあいだに立ちはだかった女性はひとりもいない。レディ・ジュリアナがその最初の女性になるような事態は、なんとしても阻止しなくては。

8

「雨が降ると思う？」

ジュリアナは母の隣で毛布に座って膝に本を広げているコーディリアを振り返った。そして空を見あげ、しげしげと雲を眺めた。

「いかにも降りそうね」姉にそう答えて、頭が黒い食いしん坊のセグロカモメにパンくずを放った。川べりのカモメたちは、それを上手に宙で受けとめた。「雨の匂いがするわ」

大きなパンくずをかかげると、積極的な一羽が直接手から奪っていき、ジュリアナは笑い声をあげた。

「雨に降られて逃げだすまで、まだ数時間はあるわ」荷物をまとめて帰るべきだというほのめかしを、レディ・ダンカムが一蹴した。

朝食の席で、母からテムズ川のほとりでピクニックをすると告げられたとき、ジュリアナや姉たちは気乗りがしなかった。深夜の外出が続いて心身ともに疲労がたまり、家で過ごしたかったからだ。だが、ピクニックを楽しもうとする母親を思いとどまらせることはできなかった。母の友人のマドック夫人やレディ・ハーパーを伴い、一家はリッチモンド橋のたもとで景色のよい場所を見つけた。

のどかな昼さがりは、田舎で楽しんだ牧歌的な時間を思いださせた。

「あなたも一緒にやりましょうよ、ジュリアナ」ルーシラが小枝でできた小さな輪を追いかけながら叫んだ。

「そうよ、ぜひ」レディ・ハーパーが激しい運動に息を切らして言った。「あなたがわたしたちの食事をすべて鳥にあげてしまうつもりなら別だけど」

ルーシラは体力を消耗させるレ・グラスのゲームに、三〇歳のレディ・ハーパーをまんまと誘いこんだ。レ・グラスは、両手に一本ずつ棒を持ち、ひとりが直径十数センチの輪を空高く放り投げ、もうひとりが棒で受けとめるゲームだ。ルーシラもレディ・ハーパーも、見るもぶざまな格好で悪戦苦闘していた。

ジュリアナは指についたパンくずを払った。「前回やったときは、ルーシラに棒で突き刺されそうになったわ」

その告白にレディ・ハーパーは仰天した。「まあ、そんな」

コーディリアが本で口元を覆い、母とそろって吹きだした。

憤慨したルーシラが、ジュリアナのほうを棒で指した。「そんなの真っ赤な嘘よ。ちょっとこすっただけじゃない」

ジュリアナは胸に手を当てた。「いいえ、胸を思いきり叩かれたわ。コルセットがなかったら、今ごろお墓のなかで冷たくなっていたでしょうね」

「それは大いなる悲劇だ」

後ろから突然男の声がして、ジュリアナははっとした。どこから現われたのか、シンクレア侯爵が三人のいるほうにぶらりと近づいてきた。「きみの頑丈なコルセットに対する感謝の言葉を、毎晩の祈りにつけ加えるべきかもしれないな」

ジュリアナはこの三日間、なんとか侯爵と顔を合わせずにいた。彼はどうやってわたしたちを見つけたのだろう？　よりによって、わたしが下着の話をしているときに現われるなんて！

彼女は母親にしかめっ面を向けた。「単なる偶然とは思えないわ」

レディ・ダンカムは目を合わせようとしなかった。

シンは乗馬服を着ていたが、着衣に乱れがないことから、馬ではなく四輪馬車で来たようだ。焦げ茶色の上着やシャツにはほこりひとつついていない。クラヴァットは、従僕がきちんとそろえて熱いアイロンをかけた状態のままぱりっとしていた。ジュリアナは革の膝丈ズボンに包まれた脚から、よく磨きこまれた黒いブーツへと視線を滑らせた。ふと、シンの筋肉質の脚に見とれているのは自分だけでないことに気づいた。

「こんにちは、レディ・ダンカム」侯爵夫人が立ちあがって挨拶しようとすると、彼は手を差しだして支えた。「そして、皆さん」

ジュリアナは額に手を当てた。「お母様、まさかシンクレア侯爵をお招きしたの？」

母の背後に立つコーディリアが口を開いた。「紳士をお招きするなら、なぜフィスケン卿にも連絡しなかったの？」

「それにミスター・ステップキンズにも」ルーシラがつけ加える。

シンがレディ・ダンカムに耳打ちした。「たいていのレディは紳士が訪ねてくると喜ぶものです。このシーズン中にレディ・ジュリアナの夫を見つけるおつもりなら、さぞ苦労なさるでしょうね」

ジュリアナは顔をあげて彼をにらんだ。「あなたの話は筒抜けよ」

「どれほど大変か、ご想像もつかないと思いますよ、シンクレア侯爵」レディ・ダンカムが嘆くように言った。「賢い娘から、どうかわたしを救ってください」末娘には失望していると言わんばかりにかぶりを振る。「ジュリアナ、どうしてあなたはもっとお姉さんたちのようになれないの？」

その言葉に、コーディリアとルーシラがそろって顔をしかめて叫んだ。「お母様！」

このとき、冷たい雨粒がジュリアナの頬に落ちた。空を見あげて大きく腕を広げたところ、手や右肩や頭のてっぺんにも雨が当たった。

運命の皮肉に笑いがこみあげた。

「どうやら母なる自然があなたの計画に水を差したようですね、侯爵様。では、また別の機会に」ジュリアナは取り澄まして言うと、身をかがめて毛布を丸め始めた。

小雨はたちまち土砂降りに変わった。ルーシラとレディ・ハーパーが甲高い悲鳴をあげる。ふたりは急いでバスケットやパラソルを拾い集め、馬車に駆けこんだ。その数メートルあとにコーディリアが続いた。ボンネットが濡《ぬ》れないよう頭上に本をかかげているが、あれでは気休めにしかならないだろう。

シンがジュリアナから丸めた毛布を取りあげた。「お許しいただけるなら、お嬢さんをお宅までお送りしたいのですが、レディ・ダンカム」

「それには及びません――」ジュリアナは言った。

母は侯爵から毛布を受けとると、唇をすぼめて考えこんだ。紳士の不謹慎な申し出を退けるべきか、この機会に彼がジュリアナにより興味を持つよう承諾すべきか思案しているのだろう。懸念を抱いていたとしても、母はそれをおくびにも出さなかった。どうやら、危険を冒すだけの価値はあると判断したらしい。

「あまり手間取らずに娘を送り届けてくださるのであれば、お断りする理由はありません」

母はジュリアナの頰にキスをすると、みんなのあとを追って草深い斜面を駆けのぼった。

シンはジュリアナの手を取り、一同から遠ざけるように自分の馬車へと導いた。雨から逃れようとしているのは彼らだけではなかった。ジュリアナはうっかり水たまりに左足を滑らせて転びそうになったが、悲鳴をあげる間もなく彼に引き寄せられた。

「そそっかしいおてんば娘め」シンはからかい、半ば抱きかかえるようにして彼女を馬車に運んだ。

ジュリアナは憤慨したふりをして息巻いた。「雨が降っていなければ、もっと優雅に振舞えると証明してみせるわ」

「そうだろうとも、それを証明してもらうのが楽しみだ」シンはふざけた手つきで彼女を四輪馬車に押しこみ、御者に声をかけた。「しばらく馬車をとめておいてくれ」

体から雨が滴っているにもかかわらず、御者は了承の印に帽子の縁に触れた。

「かしこまりました、閣下」

シンの背後で扉が閉まり、彼が隣に腰をおろした。

「しばらくとめておいてくれ、ですって？」不信感もあらわにきき返した。「すぐにわたしを送り届けると母に約束なさったはずよ」

「いや、そんな覚えはない。返事をする前にレディ・ダンカムは立ち去った」

ジュリアナがシンの肩を小突くと、彼は湖の浅瀬から戻ってきた犬のように濡れた頭を振った。そのとんでもない振る舞いに彼女は思わず吹きだした。まるでいたずらっ子みたい。

「頭がどうかなさったの？　こんなところでぐずぐずしているわけにはいかないわ。御者が気の毒だと思わないの？　この嵐《あらし》で溺れてしまうわよ」

侯爵は向かい側の座面を持ちあげて小さな毛布を取りだすと、レティキュールをつかんでそちらの座席に放った。「御者は傘を持っている」

シンは使用人をあまり気にかけていないようだ。

「そういう問題じゃないわ」

ジュリアナがシンの意図に気づかないうちに、彼は彼女の手袋を外し始めた。彼女が背中に隠そうとした、もう片方の手もつかむ。「ばかなことを言うんじゃない、ジュリアナ。馬車が走っていようと、とまっていようと、御者が雨に濡れることには変わりない」

びしょ濡れの手袋を脱がされ、もう片方の手袋とともに放り投げられた。

ジュリアナは急に寒気を感じて身を震わせた。「それはそうですけど」

侯爵が彼女の鼻先にキスをした。「心配することはない。使用人たちはたっぷり給料をもらっているし、わたしの気まぐれにも慣れている」ジュリアナのボンネットを顎で指し示す。「ひどい状態だ。それも脱いだほうがいい」

彼女は顎の下で結んだリボンに触れた。おとなしく言われたとおりにしながら、シンが上着を脱いだり手袋を外したりする様子を眺める。彼は毛布で濡れた顔や髪をふいた。

馬車の屋根に打ちつける雨音で、馬の鳴き声や御者の物音はかき消されていた。ジュリアナとシンは馬車のなかで悪天候から守られ、文字どおりふたりきりだった。

そう思ったとたん、彼女の鼓動が乱れ始めた。

「それをくれ」シンがジュリアナの力ない指から、ずぶ濡れのボンネットを受けとった。

彼女は視線を落としてドレスをしげしげと眺めた。裾は泥だらけで、長いスカートにはいくつも染みができているが、これなら救済可能だろう。シンに毛布の端で頬をふかれて、びくっとした。

「これは雨か、それとも涙かい？」

優しい問いかけに思わずほほえんだ。「雨よ」顔をそむけ、雨粒やほこりに覆われた小窓越しに外の様子を確かめようとした。「このまま嵐をやり過ごしたいと思っていらっしゃるの？」

「わたしが望んでいるのは別のことかもしれないよ」シンが小声でつぶやいた。

その言葉にとまどい、問いただそうとした矢先、顎をつかまれて彼のほうを向かされた。

「いったいなにをなさるつもり？」

「キスしようとしているに決まってるじゃないか、ジュリアナ」

はっとして目を見開くと、シンがあたたかい毛布のように唇を重ねてきて、彼女の口をしっかりと封じた。

そして、抗議の言葉を遮った。

たとえジュリアナに抗う意志が残っていたとしても。

経験が乏しいにもかかわらず、それが熟練したキスであることをジュリアナは本能的に感じとった。シンは唇だけで彼女の身も心も燃えあがらせている。まるで何時間でもジュリアナを味わっていられるかのように、愛撫もそっと触れるだけで荒々しいものではなかった。

「きみが恋しかった」シンが彼女の肌につぶやいた。「きみもわたしのことを考えてくれたかい？」

ジュリアナは彼の右腕に両手を巻きつけ、まつげを震わせながらまぶたを閉じて身を寄せた。彼のキスを楽しんで、なんの支障があるというの？

もちろん大ありよ。胸のうちで反論した。シンは放蕩者で、それを悪びれる様子もない。現在や過去の愛人たちと関係を保っていられるのもそのせいだろう。分別のあるレディなら、彼の失礼な振る舞いを非難して、即刻自宅に送り届けさせるはずだ。

でも……。

ふたりのあいだに飛び交う火花を否定できない。シンにあからさまにじっと見つめられると、体がひりひりしてほてりだす。ケンプ卿の鉱石の標本があった部屋でふたりきりになったあの晩、彼はジュリアナを燃えあがらせるのは自分だと言った。あれ以来、シンの言葉ががっしりとした体の感触が頭から離れず、しまいには彼の愛撫を求めて身がうずいた。毎晩眠りに落ちる前、〝今度顔を合わせるときは、紳士的に振る舞うつもりはない〟とシンに宣言されたことを思いだし、自分は果たして彼に紳士的な振る舞いを期待しているのだろうかと問いかけた。

ジュリアナが降伏寸前だと気づいたのか、シンが唇を重ねたまま唸り、一段とキスを深めてきた。彼の親指に下唇をこすられ、そっと口を開く。シンの舌が歯に触れるのを感じて、思わずほほえんだ。こんな奇妙な感触は想像したことすらない。シンは彼女が驚いた隙《すき》に、いっそう濃密に愛撫した。そのまま舌を押しこみ、ジュリアナの舌をじらす。ふたりの舌は戯れるように絡みあった。まさに至福の感覚だった。

ジュリアナは承認の言葉をつぶやいた。

彼が自分の舌を味わうようにと無言で誘いをかけてきた。シンが舌を引っこめると、ジュリアナは彼の口に舌を滑りこませ、さらに身を寄せた。息を切らしながら、シンが身を引いた。彼の唇はキスのせいですっかり赤くなっている。シンが魅力的にほほえむのを見て、ジユリアナは胸がうずくのを感じた。

「きみに渡したいものがある」

彼女は驚いて優美な右の眉をあげた。「渡したいもの？」

シンは濡れた上着の内側に手を伸ばし、内ポケットから小さな革袋を取りだした。「友情と――」いたずらっぽく目をきらめかせる。「愛情のささやかな印だ」

シンが革袋から長い真珠のネックレスを取りだすと、ジュリアナは手を口に当てた。薄暗い馬車のなかでも、豆より大粒の真珠が彼の大きな手のなかで月光のごとく輝いているのが見えた。「まあ、なんてこと！　こんな贈り物は不適切だし、高価すぎるわ」真珠を贈るに値すると思われたことに胸をときめかせながらも、どぎまぎして言った。

「とても受けとれません」

シンは彼女の弱々しい抗議をおもしろがっている様子だった。「真珠のネックレスを贈ったせいで、わたしが債務者向けの監獄に放りこまれることはない」彼は指に絡ませたネックレスをかかげた。

ジュリアナの気をそそるように。

「それでも受けとれません」彼女は首を振った。

「子供じみたことを言うんじゃない、ジュリアナ」からかうような口調で優しく叱りつけられ、彼女は背筋をぴんと伸ばした。「真珠は友人への贈り物にすぎない。なにも恐れることはないのだよ」

なんて腹立たしい人！　ジュリアナは胸のうちで毒づいた。彼はネックレスを受けとらせるためになにを言えばいいか、ちゃんと心得ているのだ。

彼女はシンをにらんだ。「わたしはあなたも、あなたの真珠も恐れてなどいません」

ジュリアナの反抗的な口調に、彼がにやりとした。「さあ、手を出して、わたしの贈り物を受けとるんだ。そして、どれほど感謝しているか態度で示してくれ」

その言葉にやや引っかかりを感じて、ジュリアナは唇を震わせた。彼は贈り物を受けとらせようと躍起になっているが、なにか裏の意図がある気がしてならない。

「つまり、見返りを期待していらっしゃるのね」彼女は失望の念を押し隠そうとした。「なにをお望みなの？」

「なんて臆病な鼠だ。きみらしくないな」シンはたしなめるように言い、信用されていないことにため息をついた。「きちんとしたキスだけで充分さ」

きちんとしたキス。

それなら不当な要求とは言えない。

ジュリアナはまぶたを閉じた。

「いや、それではだめだ」彼女がまぶたを開いていぶかしむように目を細めると、シンは笑い声をもらした。「きみのほうからキスしてくれ。もう一度きみの情熱を味わいたい」

そのとき、一陣の風が馬車を揺らした。

好むと好まざるとにかかわらず、ジュリアナはシンとともに馬車に閉じこめられた状態だった。

彼女は侯爵にもてあそばれていることに気づいた。胸の前で腕を組み、黙想にふけるような顔で彼を見つめる。「やはり真珠はほしくありません」

シンの美しい緑がかった榛色の目が自信たっぷりに輝いた。

「嘘つきめ」

ジュリアナは啞然として口を開いた。「まあ、なんて失礼な――」投げつける言葉を必死に探す。「わたしは宝石をねだるような欲深い女性じゃない――」

「そんなことはひと言も言っていない」彼女の怒りにうろたえもせず、シンが応えた。彼は触れあってかすかな音をたてる真珠に見入っていた。「嘘つきだと言ったのは、きみがやがてこの真珠をほしがるようになるからだ。実際、どうしてもほしいと懇願するだろう」

「ばかばかしい」

ジュリアナを見た彼の目には無言の挑発が浮かんでいた。

「だったらキスをして、わたしが間違っていると証明してみてくれ」

当初の計画とは異なるが、シンは己の衝動に従うことにした。その結果に失望することはなかった。予期せぬ豪雨のおかげで、レディ・ジュリアナはシンの馬車に――そして彼の腕のなかに――飛びこんできた。まさにこちらの望みどおりの場所に。真珠のネックレスを握りしめながら、シンは思案した。彼女に逃げられずに、どこまで圧力をかけられるだろうか？　美しい獲物を追って泥道を走る羽目になったら厄介だ。

「これはなんのゲームなの、シンクレア？」

たしかに、この真珠はゲームの一種と言える。シンが大勢の女性と楽しんできたゲームのひとつだ。レディ・ジュリアナは知る由もないが、彼が真珠を贈る習慣は社交界の一部に話題を提供している。シンの元愛人たちが現在の愛人の前でこれ見よがしに彼の贈り物を身につける一方、寝取られた夫たちはシンの火遊びを決して暴露しなかった。

今度はそのゲームをレディ・ジュリアナとしようと心に決めた。

「どうか〝シン〟と呼んでくれ」内輪の冗談を言ったかのように、彼はふっとほほえんだ。

レディ・ジュリアナが緊張気味に笑って、かわいらしく鼻に皺を寄せた。

「いいえ、とんでもない」

「なぜだい？　友人たちは皆、わたしをシンと呼んでいる」

納得しない顔で、彼女が唇を噛んだ。

「わたしは〝シンクレア〟と呼ばせていただくほうがいいわ」

いらだちを募らせながら、シンは真珠のネックレスを片手からもう一方の手に持ち替えた。誘惑したいと思っている女性に、不道徳な振る舞いによってその渾名を得たと説明するわけにはいかない。「父はシンクレアと呼ばれていた。わたしにはそれを短くした呼び名のほうが合っている」

レディ・ジュリアナは天使の弓のように口角をあげ、おかしそうに瞳をきらめかせた。

「たしかに〝罪〟と呼ばれるほうがしっくりくるでしょうね」

そして生意気な返事をして頬を薔薇色に染めた。隣に座る雨に濡れた女性は、目をみはるほど美しかった。金色のゆるやかな巻き毛を顔のまわりに垂らし、澄んだ緑色の瞳で彼をじっと見つめている。数分前、シンがキスをやめたとき、その瞳に欲望がちらりと見えた。今やそれが女らしい警戒心に取って代わっている。だがふたたび触れれば、欲望の火を再度かきたてることができるだろう。

「勇気を出してみたらどうだい、ジュリアナ」シンが挑発すると、彼女は厚かましい言葉に憤って目を見開いた。レディ・ジュリアナの気をそそるように、彼は身を寄せた。「キスしてくれ」

「だったら目を閉じてちょうだい」

シンは興奮を悟られないよう、すぐさま目を伏せた。レディ・ジュリアナが体の向きを変えた拍子にスカートの濡れた裾が座席にぶつかり、ふたりの膝が触れあう。彼女のあたたかい息に顔をくすぐられ、全身に期待のさざなみが走った。向こうは主導権を握っているつもりだろうが、それが彼女の転落の始まりだ。シンは愛人としての腕前に自信を持っていた。彼の優しい愛撫を受ければ、レディ・ジュリアナもたちまち降伏するだろう。ことがすむころには、お互いすっかり満たされているはずだ。

ベリンダだって、競争相手のキッド男爵に対する愛情が冷めれば気がおさまるに違いない。男爵にしても、自尊心があれば、あっさり別の男に気を許した女性とはつきあうのをやめるだろう。

レディ・ジュリアナの唇がためらいがちに唇をかすめたとたん、シンは姉のことを忘れた。顔を撫でる彼女の乱れた息は、かすかに野生のスペアミントの香りがした。緊張しているのか、それとも興奮しているのか？　レディ・ジュリアナはそっと下唇にキスしてきた。欲望の矢がみぞおちに突き刺さり、彼のものがズボンのなかで痛いほど高ぶった。

シンは慎み深いキス以上のものを切望した。

「もう一度だ」彼女の唇に向かってささやく。「わたしの舌を口のなかに招き入れて味わってくれ」

レディ・ジュリアナの小さな手がシンの袖に触れた。予想どおり、彼女は自信たっぷりに彼の唇を奪った。ゆったりとじらす官能的なキスに、シンの下腹部は絶頂を求めてズボンを押しあげた。

もうすぐだ、と彼は自分に言い聞かせた。

レディ・ジュリアナがシンの腕をぎゅっと握りしめ、一段とキスを深めた。舌先で彼の唇や歯を舐める。その口づけは技巧には欠けたものの、シンは爪先まで快感の波にのまれた。こらえきれずにまぶたを開けると、彼女は目を閉じてキスに集中しながら苦しげな表情を浮かべていた。

口を開いた隙にレディ・ジュリアナの舌が滑りこんでこなければ、その愛らしい表情に忍び笑いをもらしただろう。シンは彼女の唇に向かってうめいた。酔わせるような香りや、ためらいがちな愛撫のせいで、自制心を失いそうだ。今こそ主導権を握らなければ、ズボンのなかで果ててしまう。

「真珠に値するキスだった」口づけを交わしながらつぶやく。

レディ・ジュリアナがこちらの意図を察する前に膝の上に引きおろし、高ぶった下腹部の上に彼女の尻を滑らせて両脚で挟みこんだ。向こうは欲望を抱かれていることに気づいてもいない。

「いったいなにをしているの、シンクレア？」

彼は憤慨の言葉を聞き流した。「〝シン〟と呼んでくれ。さあ、これの使い方を教えてあげよう」レディ・ジュリアナの前に真珠のネックレスをぶらさげた。


ジュリアナは真珠に手を伸ばし、シンクレア侯爵の——いえ、罪深いシンの——ゲームをやめさせようとした。だが、あいにく相手は策略に彩られたゲームの達人だった。彼は空いているほうの手をジュリアナの脇の下に滑りこませて右胸をつかんだ。彼女はぎょっとして叫んだ。それは驚きと言葉にならない抗議の声だった。これまで図々しく胸に触れようとした男性などひとりもいない。

「わたしがあげるまで、この真珠はきみのものではない」

シンが〝あげる〟という言葉を妙に強調したことに体が震えた。彼は単にネックレスをジュリアナの首にかけようとしているわけではない気がする。

不安になるのも当然だった。

胸をつかんでいた手がウエストに滑りおり、大胆にもヒップへ移動したからだ。

「大丈夫だよ」ジュリアナが逃れようとすると、シンは低い声でなだめてその場に押しとどめた。「痛い思いはさせない」

彼の全身は骨と分厚い筋肉でできているようだった。長いスカートやペチコートに隔てられていても、体の熱が伝わってくる。

「い、いったいなにをしているの？」スカートをつかまれて徐々に引きあげられ、甲高く叫んだ。そしてシンの首筋に顔をうずめた。「こんなこと、絶対に間違っているわ」

彼のかすれた笑い声がジュリアナの鼻先をくすぐった。「ああ、だが、きみは気に入るはずだ」

なんてこと！　シンが手を這わせてスカートをかき分け、内腿をこすった。とたんにジュリアナのおなかがきゅっと引きしまった。彼の腕に爪を立て、それ以上進ませまいとする。

「シンクレア……シン、お願い」不安と快感に心を引き裂かれながら弱々しく言う。彼は嘘をついたわけではなかった。たしかにジュリアナのことを傷つけてはいない。だが大胆な愛撫がもたらしたなじみのない感覚に、彼女の好奇心は薄れた。「わたしを自宅に送り届けるよう御者に言ってちょうだい」

シンがそっと彼女の耳たぶを噛んだ。「きみは緊張しすぎている。それではいけない」

手慣れた様子でジュリアナの向きを変え、彼に背中をもたれさせた。「さあ、右足を向かいの座席にのせて体を支えるんだ」なだめすかしながら、まるで自分の体のように彼女の脚を動かす。

シンの位置からでは、スカートを持ちあげられてむきだしになった脚は見えないはずだが、それでもジュリアナは無防備な気分だった。「わたしには祖母からもらった真珠があるわ」唐突に言った。「だから、あなたのネックレスはいりません」

熟練した手つきで、彼は真珠のネックレスを二本の指に巻きつけた。「本当かい？　宝石箱に美しいアクセサリーを加えたいと思わない女性は、英国できみくらいだろうな」

ジュリアナは抗議しようとしたが、真珠を巻きつけた指に頬を撫でられ、キスで口を封じられた。ついキスに溺れ、あられもない姿をしていることを忘れた。シンの唇は逆立った神経を癒す甘い薬のようだ。震えながら、彼の唇に向かって吐息をもらした。

シンの緑がかった榛色の目が満足げに輝いた。「そのほうがずっといい。さあ、目を閉じて感覚に身をゆだねるんだ」

ジュリアナはためらい、疑念を隠そうとしなかった。

「どんな友情も信頼から始まる」シンは彼女の左右のまぶたにキスをして、さりげなく要求に従わせようとした。

ジュリアナは肩をくねらせ、きつく目を閉じたまま彼にもたれた。「放蕩者やごろつきは生まれつき信用ならないと、たいていの人は警告するはずよ」

シンが忍び笑いをもらして胸を震わせた。「危険を冒さなければ、人生はこのうえなく退屈だ。相手が放蕩者であろうと、ごろつきであろうと」彼女の耳に鼻を寄せてささやく。「きみが味わいそこねる歓《よろこ》びや見返りを考えてごらん」

そのとおりだと認めるのは癪だった。数週間前、ジュリアナはロンドンに行く決断をめぐって母と言い争った。母が家計をまかなうために金銭を賭けるゲームのテーブルに向かったり、オリヴァーの命令にそむいてロンドンに行くと決めたりしたのは無謀な行為だ。だが、それを言うなら、ジュリアナが自分の楽曲を世に送りだそうとひそかに後援者を探すこともそうだろう。

父も母も好んで危険を冒す性格だ。ジュリアナたち娘に、その血が受け継がれていないはずはない。

シンがジュリアナのこめかみに顎をすり寄せてきた。無精ひげの生えた顎の感触に、つい口元がほころんだ。心地よい感触だ。それに、彼はすてきな香りがする――雨と洗濯用糊《のり》と男らしい匂いの入り混じった香りが。ジュリアナは身を寄せ、こんな状況にある女性にしては愚かなほど、シンクレア侯爵アレクシウス・ブレイヴァートンに惹かれていることに気づいた。

冷たく滑らかな真珠で秘めた場所を撫でられたとたん、ジュリアナはまぶたを開けて身を起こそうとした。だがシンに包みこまれていて、彼の肩から頭を持ちあげることしかできなかった。シンは彼女の右腿に片手を置き、垂れ幕のように襞《ひだ》が寄ったスカートの隙間からもう片方の手を差し入れて、脚のあいだを愛撫した。ジュリアナは気絶しないよう注意深く息をするだけで精一杯だった。

「それでこそ、わたしの勇敢な魔女だ」シンが震える声で称え、二本の指に巻きつけた真珠で秘所をなぞった。「だめだ、目を閉じるんだ。真珠とわたしの指の感触だけを楽しんでくれ」

激しい雨音とは対照的に、シンはゆったりと指を動かした。ジュリアナは彼の肩に頭を預けてまぶたを閉じた。

皮膚に覆われた柔らかな芯《しん》をじらすように愛撫され、上半身がのけぞる。

シンが彼女の首筋に軽く歯を当てた。「きみの体はもうわたしを受け入れようと準備している。欲情した女性ほど美しいものはない。滑らかな蜜《みつ》が真珠とわたしの指を濡らしているよ。きみの麝香《じゃこう》は強力な媚薬《びやく》だ。わたしの心臓は激しく脈打ち、股間が充血して今にも破裂し――」

ジュリアナは彼の腕のなかで身じろぎした拍子に、背中に屹立したものを押しつけられていることに気づいた。とたんに不安がこみあげ、喉が締めつけられた。シンは人一倍貪欲な男性だ。きっと彼女の体で飢えを満たすつもりに違いない。

「欲望は抑制できる、ジュリアナ」彼女の背中が急にこわばった理由を正確に読みとって、シンが言った。「それに操作できるものだ。最終的にきみを満たすときは、何時間も快楽に没頭できるよう、きみを柔らかいベッドに横たえるよ」

「何時間も?」喉を詰まらせて首を振る。「シン、わたしは決して……無理よ……そんなこと、不可能だわ」

彼が独占欲もあらわにきつくジュリアナを抱きしめた。「わたしはきみを手に入れる。いつかは。今日はふたりが分かちあうものの、ほんの味見でしかない」

真珠と官能的な指使いで、シンは彼女の脚のあいだをさらに潤わせるつもりのようだ。ジュリアナの反応を抜け目なく利用して愛撫を深め、指先で芯のまわりをなぞっている。彼女の口からうめき声がもれ、ぴんと張りつめていた背中から下腹部にかけて緊張が走った。

「だめ！」

真珠を巻きつけた指が押し入ってきて、ジュリアナはびくっとした。

「だめじゃない」シンが鋭く息を吸って耳打ちした。かすかに身を震わせながら、ゆっくりと指を差し入れている。「くそっ、なんて締まりがいいんだ、きみはすばらしい」

ジュリアナは彼にもたれたまま、反対側の座席にかけた右足を踏ん張った。シンの腕をせわしげにさする。彼が指を抜き差しするたびに秘所が押し広げられた。指で満たされる感覚に気圧されたものの、痛みはなかった。彼女の体はシンを喜んで迎え入れ、滴るほどの蜜で彼の指を濡らし、奥深くまでまさぐられることを望んでいるらしい。

「あまりのすばらしさに死んでしまいそうだ」

その大げさな物言いにジュリアナは吹きだした。死んでしまいそう、ですって？　わたしに責め苦を与えているのは彼なのに。シンが彼女のなかに太い指を押し入れて探るうち、真珠のネックレスがうずく秘所にすっぽりとおさまった。ジュリアナはシンの欲望の証《あかし》にお尻をすりつけ、彼がうめき声をもらすとほほえんだ。

「シン、真珠が――」

「内側の筋肉を締めつけるんだ」彼はそっけなく応えた。「きみのなかで動く真珠にこすられる感触は気に入ったかい？」

「ええ！」

愛撫はそれで終わりではなかった。シンは最後にもう一度ジュリアナを深く貫くと、指を引き抜いた。その指先で芯を見つけ、円を描いてはなぶった。「体の奥にある真珠のことを考えてごらん。近いうちに、わたしが真珠に取って代わる。滑らかな真珠をつかんで放さないきみの筋肉が、今度はわたしを締めつけ、ひたすらせがむように――」

体の奥底から最初の快感がこみあげ、ジュリアナは叫び声をあげた。視界に入らないシンの激しい愛撫に、情熱の波はどんどん勢いを増していく。腹部が震え、胸の頂が痛いほどつんととがった。やがて、彼女はうねる波に押し流されてのみこまれた。

めくるめく一瞬、シンがもたらした強烈な歓喜によって死んでしまいそうな気がした。もう耐えられないと思った瞬間、深々と貫かれ、シンの首筋に顔をうずめた。彼のうごめく指が次々と歓びのさざなみをかきたてていく。シンは濡れた真珠のネックレスをゆっくりと引き抜き、さらに絶頂を引き延ばした。

ようやく余韻のさざなみが薄れたとき、ジュリアナは彼の胸で身を丸めていた。邪《よこしま》な真珠はシンの拳に巻きつけられ、彼女のスカートは元の位置に引きさげられている。まるで何事もなかったかのように。

だが、ジュリアナの体の奥は彼の愛撫を求めてうずいていた。

シンが彼女の額にキスをした。「きみには真珠が似合う。わたしのために、ぜひこれを身につけてくれ」

ジュリアナは身を震わせた。好むと好まざるとにかかわらず、ふたりの関係は一変してしまった。シンが豪語したとおり、彼が彼女を手に入れるまで、互いに満たされることはないだろう。

それに抗う力があるのか、そもそも抗いたいと思っているのか、ジュリアナはわからなかった。

9

「もちろん、シンクレア侯爵の真珠を身につけるんでしょう？」コーディリアがジュリアナの髪型の仕上げをしながら言った。

ジュリアナは鏡に映ったむきだしの首を見つめ、シンの贈り物を身につけるべきかどうか考えあぐねた。それは向こう見ずなメッセージと受けとられるはずだ。彼女の首に巻かれた真珠を見れば、シンはますますつけあがるに違いない。

コーディリアに編んでいる髪をひと房引っ張られ、ジュリアナは顔をしかめた。

「恩知らずだと思われたくはないわ」ジュリアナは胸中を口に出した。「でも、シンクレア侯爵の贈り物を身につけたら、彼と親密な関係だと宣言するようなものよ。お母様があのネックレスを送り返させてくれれば、こんなに厄介なことにはならなかったのに」

「あれはとてもとても高価な贈り物よ」姉が反論した。「シンクレア侯爵があなたにすっかり夢中なのは一目瞭然だわ」

彼のジュリアナに対する関心を言い表わすのに〝夢中〟という言葉はそぐわない。あれほど情熱的な紳士には、そんな言葉では生やさしすぎる。

シンの馬車での出来事のあと、ジュリアナはネックレスを受けとるのを固辞した。これは贈り物ではなく、愛撫を許した見返りのように感じるからだと説明して。

ほっとしたことに、シンの手に真珠を押しつけて、こんな高価な贈り物を受けとれば家族に疑われると告げたとき、彼は反論しなかった。ジュリアナの家に向かう道中、シンは考えこんでいる様子だった。玄関まで送り届けてくれたときも礼儀正しく、意外にもキスをしようとはしなかった。

だが後日、一家が借りている屋敷宛《あて》に小箱が届いた。ジュリアナの願いに反し、いたずら好きな侯爵は、より礼儀にかなった方法でネックレスを贈ることにしたのだ。

言うまでもなく、母は侯爵の贈り物を目にしたとたん有頂天になった。

ジュリアナはまんまとしてやられたことに気づいた。真珠のネックレスを見るたびに、シンの大胆さや親密な愛撫が思いだされた。それこそがあの放蕩者の狙いなのだと、どうして母に告げることができるだろう？

「彼に恋心を抱いたりしてはだめよ、ジュリアナ！」ジュリアナは鏡に向かってつぶやいた。「シンみたいな男性はレディの心など求めていないのだから」

コーディリアがジュリアナの髪を引っ張った。「なにをもごもご言っているの？　まったくせっかちね！　もうちょっと待ってちょうだい、ピンでとめてあげるから」姉にそう言われて、ジュリアナは物思いから覚めた。

限られた財源内で、母はメイドをひとりしか雇えなかった。そのメイドはこの家の四人の女性の世話をすることで生計を立てていた。だが今夜のようにメイドが忙しい場合、姉妹がそれぞれの身支度を手伝うほうが簡単だった。

ジュリアナが化粧台の鏡越しに見守るなか、コーディリアは二本の三つ編みを交差させてから後頭部の束髪に巻きつけた。それから三つ編みの端を片手で押さえ、ジュリアナから受けとった数本のピンで固定した。

「ほら、できたわ。とってもきれいよ！」姉はジュリアナの顔を縁取る巻き毛を整えた。「きっとシンクレア侯爵もあなたの美貌にうっとりするはず。今夜、彼があなたにキスしようとしたとしても驚かないわ」

ジュリアナは鏡に映った自分の姿から視線を落とした。コーディリアのうれしそうな予言には反応しないのが賢明だろう。


「母と妹に挨拶したら、それ以上長居はしないぞ」ヴェインはかゆいところを掻こうとするように肩を動かした。

「どうしても一緒に来てくれと言った覚えはないが」

シンは今夜、仲間の誰とも顔を合わせたくなかった。ソーンヒル伯爵の招待に応じたのは、レディ・ジュリアナが出席するとわかったからだ。

ソーンヒル伯爵の屋敷の玄関でヴェインとフロストと鉢合わせしたのは、まったくの偶然にすぎない。クラブに流れる噂によれば、ソーンヒル伯爵は相続した資産の多くを賭け事で失い、現在は女性相続人を物色しているらしい。それが事実なら、伯爵は今夜の舞踏会を価値ある投資と見なしているはずだ。

三人は伯爵に挨拶をしてから舞踏室に移動した。シンは室内に目を走らせたが、レディ・ダンカムとその令嬢はまだ到着していなかった。だが、がっかりすることはない。彼女たちが遅れている隙に、友人たちが長居をしないよう言いくるめればいい。

「レディ・グレーデルも出席するのか?」

シンはヴェインに目を向けた。「姉に今夜の予定は尋ねなかった」実際、ケンプ卿夫妻の舞踏会で会って以来、姉とは話していない。

「レディ・レトルコットが部屋の北側にいるぞ」ヴェインが押し殺した声でつぶやいた。

シンにとっては厄介な問題だが、なんとか回避できるだろう。「レトルコット伯爵が出席しているなら、彼女は品行方正に振る舞うはずだ」

フロストがシンの肩に手をかけた。「それに、レディ・ローリーが西側で取り巻きをはべらせている。おや、二〇歩右に進んだ先の茶色の瞳をした女性は、おまえが二カ月前にベッドをともにした相手じゃないか? だが、今夜のおまえは彼女たちの誰にも興味がないんだろう。それに、探している相手もあのなかにはいない」フロストがゆったりとした口調で言った。

その当てこすりに、シンは友人をにらんだ。「フロスト、おまえはいったいいつから占い師になったんだ?」

女性の話題になると決まって邪な本能が頭をもたげるらしく、ヴェインがきいた。

「探している相手というのはいったい誰なんだ、シン？」

「誰でもないさ」友人にレディ・ジュリアナのことを話したくなくて、シンは声を荒らげた。

「誰か女がいるんだな」ヴェインがにやりとするのを見て、シンは悪態をついた。「フロスト、おまえはその謎のレディを知っているのか？」

「わたしが知っていることなど、どうでもいい」フロストは言葉をにごした。「それより、シンがその女性についてなんと言うのかが気になる」

シンはフロストがレディ・ジュリアナと面識があることを不意に思いだした。このろくでなしはレディ・ジュリアナと一緒にケンプ卿の応接室に転がりこんできたとき、彼女にキスをしていた。ひそかに彼女を追い求めているのかもしれない。

それなら、フロストがろくでなしのように振る舞うのも納得がいく。

腹をくくって、シンは答えた。「彼女の名はレディ・ジュリアナ・アイヴァースだ。だが、深入りする気はない。姉から声をかけるよう頼まれたんだ。ベリンダはレディ・ジュリアナとある紳士の交友関係を危惧《きぐ》している。わたしはその男からレディ・ジュリアナの気をそらそうとしているだけさ」

真実を打ち明けることで、彼はフロストとのあいだにときおり燃えあがる競争心を抑えようとした。

そのとき、レディ・ジュリアナと彼女の姉たちの到着が告げられた。舞踏室にいる大勢の紳士同様、ヴェインやフロストも彼女たちの登場に目を向けた。

レディ・コーディリアとレディ・ルーシラには控え目な魅力しか感じなかったが、レディ・ジュリアナの美貌には胸を締めつけられ、シンは欲望以上の感情を覚えた。白いサテンに若草色の生地を重ねたドレスは、短いパフスリーブにシルクの薔薇があしらわれている。ブロンドの長い髪は美しく編まれて後ろでまとめられていた。冠のような真珠の細いヘアバンドをして、首には彼が贈った真珠のネックレスをつけている。

フロストの唇が不機嫌そうに引き結ばれた。レディ・ジュリアナのネックレスに気づいたに違いない。フロストもヴェインも、あのネックレスの持ち主以上にその意味を理解している。

シンはこれまで、すべての愛人に真珠のネックレスを贈ってきた。

それは彼の露骨な意思表示だった。

「あれはおまえが贈ったものか？」フロストは尋ねるなり、立ち去った。

ヴェインがフロストのほうに顎をしゃくって、シンにきいた。「あいつはなにに腹を立てているんだ？」

「考えられる原因は数えきれない」シンは答えながら、話題が変わることを期待した。「あそこにいるのはおまえの母親じゃないか？」

「くそっ、そうだ」ヴェインは己の義務から逃れられないと観念したように言った。「あとで〈ノックス〉で会おう」

そして上着の裾を引っ張ると、母親に挨拶をしに行った。

シンはキッド男爵がレディ・ジュリアナたちに近づくのを見て顔をしかめた。レディ・ジュリアナは男爵の手をうれしそうに握り、姉たちと別れた。ベリンダが男爵について心配するのも無理はない。シン自身、キッド男爵が気に障り、その存在に懸念を覚え始めていた。

ジュリアナはうれしさのあまり、キッド男爵の手をつかんだまま姉たちから離れた。そのことに気づいてあわてて手を離し、にこやかにほほえんだ。

「せっかちな態度をどうかお許しください」姉たちに声が届かない距離まで遠ざかってから口を開く。「わたしたちの計画について知らせがあると連絡をいただいたものですから。あなたの遠まわしな手紙を受けとって以来、胸がどきどきしているんです」

それを聞いて、ハンサムな男爵は顔を曇らせた。拳を顎に当ててうなずく。「わたしの性急な行動が間違った期待を抱かせてしまったようですね。どうかお許しください、レディ・ジュリアナ」

彼女は自制心を取り戻そうとまぶたを閉じ、謝罪には及ばないとあわてて手を振った。「この計画において、わたしたちはパートナーです。お互い相手に気兼ねすることなく率直に話しましょう。それで、あなたの知らせとは?」

キッド男爵は背中で手を組むと、ジュリアナとともに壁に沿って歩きだした。「実は悪い知らせなんです。出版業者との面会は――」

「ミスター・シンプソンですか?」ジュリアナは口を挟んだ。

男爵がうなずいた。「ええ。あの男は先見の明に欠ける石頭のまぬけです!」出版業者とのやりとりを思いだしたのか、目つきが険しくなった。

その冷ややかな顔つきからして、面会が惨憺たる結果に終わったことがうかがえた。ジュリアナは手袋に包まれた手をボディスに近づけ、心臓のあたりにさまよわせた。

「ミスター・シンプソンは音楽がお好きではないのですね」ひそかな不安が現実のものとなることを恐れながら言う。

「正確には、そういう言い方はしませんでした」キッド男爵が反論した。

「わたしに遠慮なさることはありません。ミスター・シンプソンはわたしの楽曲について正確にはなんと言ったのですか?」

男爵は足をとめ、ジュリアナが真実を受けとめられるかどうか推し量るように彼女の顔をしげしげと見つめた。「レディ・ジュリアナ、申し訳ありません。シンプソンはあなたの作品をまったく評価しませんでした。家族が集う応接室で演奏されるのであればふさわしいと思ったようですが、投資対象としては——」

彼女は心臓から右のこめかみに手を移した。

「彼があの作品を出版してくれないのは、わたしが女性だからですね」

ジュリアナは不公平だとわめき散らしたい衝動を必死にこらえた。

キッド男爵の手が肘に触れ、びくっとした。

「男性名を使うことをお考えになったことはありますか？　あなたは最初の女性作曲家にはなれないかもしれませんが――」

「正直に話してくださって、ありがとうございました」怒りや涙を押し殺しながら声を張りあげた。「わたしの代理人としてミスター・シンプソンを訪ねていただき、感謝しています。あなたのおっしゃるとおり、彼はまぬけですね。まったく同感ですわ」

「レディ・ジュリアナ」

キッド男爵の同情に満ちた真剣なまなざしに耐えられず、視線をそらした。これ以上この場にとどまれば、こみあげる涙があふれてさらなる醜態をさらしかねない。「すみません。今はこれ以上お話しすることはできません。よろしければ、これで失礼します。ごきげんよう、男爵様」

ジュリアナは彼に背を向けて遠ざかり始めた。

「どうかあきらめないでください」彼女が逃げ去る前に、キッド男爵が呼びかけた。「シンプソンだけがこの街の出版業者ではありません」


一五分後、ジュリアナは新鮮な空気を吸おうと二階のバルコニーに出た。母はソーンヒル卿のカードルームに腰を落ち着け、数時間は娘たちの前に姿を現わしそうにない。

ジュリアナは真珠のネックレスをもてあそびながら、夜の闇をぼんやりと見つめた。キッド男爵の知らせには落胆せずにいられなかった。出版業者のシンプソンは女性作曲家の作品には見向きもしないらしい。彼が男爵に告げたように、わたしの楽曲は応接室で家族に披露するのがせいぜいなのだろうか？

「あら」グレーデル伯爵夫人が手すりにもたれたジュリアナに近づいてきた。「まあ、驚いた。ソーンヒル卿のお屋敷であなたに会うとは思いもしなかったわ」

「こんばんは、レディ・グレーデル」ジュリアナはつぶやいた。バルコニーから飛びおりたら不作法だと思われるだろうか？　でも、ここにとどまるよりよほどましだ。

「ソーンヒル卿は女性相続人をお探しだと、もっぱらの噂よ」伯爵夫人はさげすむような目つきで、ジュリアナのイブニング・ドレスをじろじろ見た。「あなたやあなたのお姉様方はまったく該当しないけど」

伯爵夫人の攻撃は毒蛇のように急所を突いた。

ジュリアナは鉄製の手すりを握りしめ、そこから力を得ようとした。「それを言うなら、あなたもそうではありませんか？　ソーンヒル卿が本当に女性相続人をお探しなら、世継ぎを産める若い令嬢を求めていらっしゃるはずです。あなたはこれまで何人の夫を埋葬なさったんですか？　では、姉が待っていますので、これで失礼します」

ジュリアナはわれながら驚いて目をみはり、その場をあとにした。伯爵夫人と同じように礼儀を欠いた態度を取ってしまったことに、遅ればせながらぞっとした。脚の感覚がないままバルコニーを横切る。戸口をふさぐ大柄なシンが目に入った瞬間、ほっとして泣きそうになった。

「シンクレア侯爵、まあ、なんという偶然でしょう」ジュリアナは言った。彼がいれば、伯爵夫人も口論を続けないだろう。彼女はシンが脇に寄って自分を逃がしてくれるよう祈った。

シンの緑がかった榛色の目がジュリアナから伯爵夫人へと移った。伯爵夫人はバルコニーから狡猾な目でふたりを見守っていた。「邪魔してしまったかな？」

「どんな話だって別の機会にできるものよ」伯爵夫人はそう言って、シンに満面の笑みを向けた。「訪ねてきてくれないから寂しかったわ、シンクレア。暇なときは、どうか古い友人のことを思いだしてちょうだい」

伯爵夫人は大胆にもシンにウィンクをした。

ジュリアナはうんざりし、彼を押しのけて廊下に出た。

「レディ・ジュリアナ――待ってくれ！」

階段の途中でシンが追いついた。「彼女になにを言われたんだ？」

ジュリアナはつかまれた腕を振りほどこうとしたが、彼は手を離そうとしなかった。

「レディ・グレーデルもあなたの愛人なの？」

「なんだって？」シンはその質問に仰天したようだ。「彼女にそう言われたのか？」

怒った彼と目を合わせたくなくて、ついと視線をそらした。

「わたしがそう尋ねるのも当然でしょう、シンクレア。この街にはあなたの愛人が大勢いるんですもの」

ジュリアナは歩き去ろうとしたが、シンに阻まれた。

「どうか腕を放してください、侯爵様」いらだちに目を潤ませて懇願する。「あなたのせいで注目の的になっているわ」

「好きなだけ眺めさせればいいさ！」シンは声を荒らげたものの、彼女の涙に気づいて毒づいた。「レディ・グレーデルはわたしの愛人ではないし、今後も決してそうならない」

彼はジュリアナの頬をてのひらで包むと、親指の先の柔らかい部分で涙をぬぐった。

「さあ、彼女になにを言われてそんなに動揺したのか話してくれ」

ジュリアナはかぶりを振った。シンは彼女の涙の原因が伯爵夫人だと思っている。キッド男爵との計画はシンにも誰にも打ち明けるつもりはないし、そう信じこませておいたほうが楽だ。

たぶん伯爵夫人は彼の愛人ではないのだろう。それでも、ふたりが友人同士であることは明らかだ。「別になんでもないの」深く息を吸う。「今夜伯爵夫人と再度顔を合わさずにすめば、水に流せることよ」

そして家族とロンドンに滞在する残りの数週間、運よく会わずにすめば。

階段をおりるようシンに小突かれて、ジュリアナはびくっとした。

「わたしを信頼してくれるなら、その崇高な願いに手を貸してあげるよ」

10

「ここはどこ?」

シンはレディ・ジュリアナの疑心たっぷりの声に忍び笑いをもらした。彼女をここに連れてきたのは、いわば賭けだ。レディ・ジュリアナは彼を心から信用しているわけではないし、それも当然だろう。こちらは彼女の官能的な体を狙っているのだから。運がよければ、今晩その体を隅々まで味わうつもりだ。

「わたしは今夜きみがレディ・グレーデルにつきまとわれないようにすると約束した。今いる場所だが……ここはわたしの家だ」立派な邸宅の所有者である誇りをにじませて言った。

レディ・ジュリアナと指を絡ませ、御者から渡されたランタンをかかげながら、躊躇《ちゅうちょ》する彼女を裏庭に面した門へといざなった。

「シンクレア、こんなことといけないわ」彼女はわざと歩調をゆるめて立ちどまろうとした。

「あなたの申し出を断って、ソーンヒル卿のお屋敷にいるべきだった。たとえ付添人がいたとしても、あなたの家を訪ねたりすれば憶測が飛び交うでしょうし、家族を醜聞にさらすわけにはいかないわ」

この手の反論は予期していた。レディ・ジュリアナはシンに惹かれながらも、情熱的な本能に身をゆだねることをためらっているようだ。彼はそういう態度に困惑することが多かった。なぜ人は快楽を否定するのだろう？　規則などかまうことはない。シンは己の欲求に応じて規則をねじ曲げる主義だった。

「これはただの門だ」掛け金を外すためにレディ・ジュリアナの手を放した。「きみがここを通り抜けたからといって、物議を醸すことはない」

シンは門を開いた。無関心を装いつつ、彼女がいつもの勇気を振り絞って庭に足を踏み入れるのを待つ。

「なぜ庭に入らなければならないの？」レディ・ジュリアナがぴしゃりと言った。

「さもないと、わたしがきみを石壁に押しつけて、きみの膝から力が抜けるまで徹底的に奪うからだ」実際にそうすることを想像して、彼は体がほてった。くそっ、いっそ断られればいいと願ってしまいそうだ。「そのあと、きみを二階の自分のベッドに運び、思い描いてきた邪な願望をすべて満たす」

レディ・ジュリアナが唾《つば》をのみこむ音がかすかに響いた。

「じゃあ、わたしが庭に入ったら？」

「お互いの欲求にとって許容できる妥協点を見つけるよ」

シンは固唾をのんだ。もしレディ・ジュリアナが馬車に引き返せば、解放するのが礼儀だ。だが、彼は礼儀作法に左右される男ではなかった。生まれたときからほしいものは手に入れろと教えられ、自らの衝動のまま身勝手に振る舞ってきた。シンクレア一族に脈々と受け継がれるその荒々しい本性に抗うのは容易なことではない。

「わかったわ」

レディ・ジュリアナは堂々と胸を張って門を通り抜け、シンが掛け金をおろすのを待った。彼は空いている手を彼女のウエストに巻きつけ、胸のなかへと引き寄せた。

「きみはなんて癪に障る女性だ」素早く唇を奪ってから彼女を放す。「おまけに予測不可能ときている」

ふたりは玉石が敷きつめられた庭の小道をたどって屋敷に向かった。仕事熱心な使用人たちは、すでにふたりを迎える準備を整えていた。巧みに配置されたランタンの淡い光が、テラスに続く道を照らしている。

レディ・ジュリアナが執事のヘムブリーに気づいてはっと息をのむと、シンはにやりとした。ふたりを出迎えた執事のかたわらには、今回特別に応接室から運びだされた小さな円テーブルがあった。マホガニー材の表面はアイロンをかけたテーブルクロスで覆われ、その上に代々相続されてきた皿や銀食器が並べられている。十数本の蠟燭の火が、夜風にちらちらと揺れていた。

「シンクレア、これはいったい？」

「妥協案だよ」彼女の耳元でつぶやいた。「どうかディナーをともにしてくれ」

ヘムブリーがうやうやしくお辞儀をした。「こんばんは、閣下、お嬢様。閣下の指示どおり、すべてご用意いたしました。一品目の料理をお持ちいたしましょうか？」

「レディ・ジュリアナ？」シンは頭を傾け、緑がかった榛色の目で誘いに応じるよう促した。続いて彼女に向かって手を差しだす。「さあ、一緒にディナーを。夜空の星とヘムブリーが付添人になってくれる。どうかな？」

レディ・ジュリアナはうなずいた。

彼女の表情から、その決断に疑問を抱いていることがうかがえた。だがシンは、今夜がすばらしい結末を迎えると信じて疑わなかった。


シンクレア侯爵アレクシウス・ブレイヴァートンは魅力的で機知に富む一方、独断的な紳士だ。おまけに、ジュリアナの複雑な女心を推察できると信じている。実際、舞踏会のあとの遅い夕食という一見無害な誘いでも、彼女が彼の邸宅に入るのを拒むだろうと見越していた。だからディナーを屋外に用意させたのだ。その結果はとてもロマンティックで、内心ではシンの気配りに感動せずにはいられなかった。

これはわたしに対する求愛だ。

困ったことに、それは効果を発揮している。

「そのウズラの肉はどうだい？」

ジュリアナはフォークの先を口から出して、肉汁たっぷりのウズラを噛んだ。シンがグラスに口をつけるのを待って口を開く。「こんがり焼かれてわたしのお皿にのせられるなんて、まぬけなウズラだと思うわ」

シンがワインを喉に詰まらせそうになった。心底おかしそうに低い笑い声をあげ、口の端についたマデイラ・ワインを注意深く指でぬぐった。

彼はジュリアナを称えるようにグラスをかかげた。「実にあっぱれだ。きみは舞台役者顔負けの演技力で皮肉を言ってのけた」

その褒め言葉に彼女はうなずいた。「わたしには姉がふたりいるの。陽気なわが家では、いたずらとお芝居が欠かせないのよ」

いや、欠かせなかった、と言うべきだろう。グラスを持ちあげて、考えこみながらワインをひと口飲む。父が亡くなったのを機に、さまざまなことが変わってしまった。

「楽しんでいるかい？」

「ええ、とても」ジュリアナはその返答が真実であることに気づいた。

形式張らないディナーだったが、シンは彼女の食欲を満たそうと、手を抜かずに豪華な料理を用意させていた。ヘムブリーはこの一時間に、牡蠣《かき》フライ、サーモンのパテ、ベーコンとクレソンを添えたウズラのロースト、ほうれん草のバター炒《いた》めなど数品の料理を運んできた。

ヘムブリーがふたりの皿をさげて新鮮な果物とアプリコット・パイを運んできたので、ジュリアナはうめき声をもらした。「どうか客に情けをかけてくださいな、侯爵様。もうひと口も食べられないわ」

「ほう？」シンはさりげなくボウルから葡萄をひと粒つまみ、口に放りこんで噛んだ。「とりあえず、デザートはあきらめるとしよう」

彼女が立ちあがり、ジュリアナに手を差しだして席を立つよう促した。彼女はシンの手にてのひらを重ねた。手を握りしめられたとたん、期待に体が震える。シンのような紳士が相手では完全に不利だ。それでも彼がそばにいると、ついたわむれずにはいられない。

シンはジュリアナの両手をつかんで彼女のまわりをまわった。「星空の下でダンスを踊るのは礼儀に反しないだろう？　残念ながら、今夜は楽士を手配し忘れた」彼女を引き寄せてから後ろにさがる。

マデイラ・ワインのせいか、ゆったりとしたダンスのせいか、ジュリアナは頭がくらくらし始めた。シンが間近にいるせいかもしれない。それは心地よい感覚だった。

「わたしが演奏してさしあげましょうか」衝動的に口走った。「すてきな夜の、せめてものお礼に」

シンは真剣な面持ちでその申し出を考慮しながら、反対側に彼女を導いた。「なんて寛大な女性だ。だがひと言断っておくと、わたしがそれを受け入れた場合、音楽室に移動することになる」

ジュリアナは両の踵《かかと》を引き寄せてダンスを終えた。「あなたは高潔な紳士で、その危険を冒すだけの価値がある相手だと身をもって証明したわ」

「今度はわたしを侮辱するのか」

息を吸う間もなくさっと唇を奪われ、ジュリアナは圧倒された。ぼうっとした彼女を見て、シンの緑がかった榛色の目が満足げに光った。

「ヘムブリー」ジュリアナを見おろしたまま、彼は言った。「わたしたちは今から音楽室に移動する。レディ・ジュリアナはわたしと戯れたいそうだ」

そのとんでもない発言に彼女が吹きだすと、執事は音楽室の明かりをつけに姿を消した。

「わたしはあなたのために音楽を奏でる、ただそれだけよ」

「ふむ……」彼の返事は謎めいていた。

シンは自分の言葉を訂正されても異を唱えず、ジュリアナと屋敷に入った。


レディ・ジュリアナは腰をおろす前に、ピアノの鍵盤《けんばん》に軽やかに指を滑らせた。音楽室に入ったとたん彼女が目を輝かせたことに、シンは静かな喜びを覚えた。彼もベリンダも、その部屋に並ぶ楽器を堪能する技能も忍耐力も備えていなかった。応接室に隣接するこの音楽室は、ここ数年ほとんど使われていない。

「どこかに楽譜集があるはずだが」楽譜を手配し忘れた自分に顔をしかめた。「たぶんヘムブリーが――」

レディ・ジュリアナはかまわないと言わんばかりに手を振った。「わざわざ執事の手をわずらわせることはないわ。何曲か暗譜しているから」

彼女はハイドンの『ドイツ舞曲』を弾き始めた。勢いのある軽快な音色に、シンは非常に驚いた。そっと口元をゆるめ、彼女の横顔を眺められるようピアノの右側のソファーに腰をおろす。
レディ・ジュリアナがピアノを弾く姿を眺めるのは楽しかった。彼女が完全に演奏に集中
していているおかげで、出会ったときから自分を魅了し続けているレディをしげしげと観察する
ことができた。淡緑色のイブニング・ドレスを身にまとった彼女はまばゆいほどだ。ボディ
スの襟ぐりのカットはシンの好みより控え目だった。彼をじらすように肩をむきだしにしな
がらも、楕円形《だえんけい》に開いた首元は豊満な胸をしっかり覆い隠している。
音楽に没頭したまま、レディ・ジュリアナはハイドンからベートーヴェンの曲に切り替え
た。
「明らかに、きみのほうがわたしの姉より練習熱心だったようだ」そう告げると、彼女から
笑みが返ってきた。
「お姉様がいらっしゃるの？」
「姉が必要なときだけ、そういうことにしている」無頓着《むとんちゃく》に答える。「きみの優雅な演奏に
比べたら、姉の弾き方は不器用そのものだ」
レディ・ジュリアナがまた満面の笑みを投げかけてきた。
「ずいぶん褒めてくださるのね。このソナタはベートーヴェンが恩師のハイドンに捧げたも
のだってご存じ？」
「いや。父はシンクレア侯爵の跡継ぎに音楽の素養は必要ないと考えていた」先代のシンク

レア侯爵にとって、音楽はあまりにも上品すぎた。父が尊敬するのは、拳や機知や自分の一物を使いこなす輩《やから》だった。

「それは遺憾だわ」レディ・ジュリアナは弾いたばかりの和音に眉をひそめた。「わたしの父は娘たち全員にピアノを習わせたのに」

不意に彼女が手をとめた。シンがむきだしの肩に両手をのせると、悲しげな顔を向けてきた。「あんなに褒めていただいたのにがっかりさせてしまうかもしれないけれど、これより先が思いだせないの」

「気にすることはない、わが麗しの魔女よ」彼はレディ・ジュリアナの頭のてっぺんにそっとキスをした。「わたしを感心させようとする必要はない。自分の好きなように弾いてごらん」

ピアノを弾いていたときの自信は影を潜め、彼女は遠慮がちに問いかけるようにシンを見た。媚《こび》を売っているのだとしたら、なかなかの役者だ。彼はつい慰めたい衝動に駆られた。レディ・ジュリアナの肩をぎゅっとつかみ、演奏を続けるよう促す。

「わかったわ」

彼女は鍵盤へ視線を戻した。

次の瞬間に響いた和音は、レディ・ジュリアナの指先から腕を伝ってシンのてのひらをくすぐった。先ほどの二曲より重厚で、心を揺さぶるような曲だ。鍵盤の上を踊るように滑る指を見て、彼女がその曲に注ぎこむ情熱に驚嘆した。

「これもハイドンの作品かい？」

「いいえ、これはわたしが作曲したの」誇らしげな答えが返ってきた。

その告白にシンは目をみはった。まぶたを閉じてそっと笑みを浮かべながらピアノを弾くレディ・ジュリアナから、彼の体に音楽の調べが流れこんでくる。なんと謎めいた女性だ。内気な顔の裏に、こんなにも情熱的な女が隠れていたとは。レディ・ジュリアナが象牙の鍵盤で奏でる旋律は、終わりのない夜と無言の欲望を物語っていた。

レディ・ジュリアナのうなじの真ん中を手の関節で撫でおろした。彼女は身をこわばらせたが、そのまま演奏を続けた。ひとつひとつの音や調べがすっかり体に染みこんでいるらしく、指の動きはいたって滑らかだった。

そもそもシンがこの女性に近づいたのは、姉に頼まれたからだ――彼女を誘惑してキッド男爵から気をそらすという目的で。彼はレディ・ジュリアナの真珠のネックレスに指をかけ、背中側に垂れさがるようそっと引っ張った。彼女とベッドをともにするのは苦ではないし、互いを満足させられるだろう。レディ・ジュリアナが内に秘めた情熱をすべて彼に注ぐことを想像すると、体がほてりだした。

「わたしの贈り物を身につけてくれてうれしいよ」そうつぶやいて、彼女のうなじのくぼみにキスをする。

レディ・ジュリアナの体に震えが走った。

「あ、あなたの贈り物のせいで、母の好奇心は頂点に達しているわ」彼女が絞りだすように言い終えたとたん、シンはその繊細なうなじに舌を滑らせた。

「レディ・ダンカムから少しばかりじろじろ見られても、わたしは耐えられるさ」

首筋にそっと歯を立てると、レディ・ジュリアアナは彼がもっと顔を近づけられるよう首を傾けた。「それは結構だけれど、ひと言警告しておくわ。母がわたしたち姉妹をロンドンに連れてきたのは、それぞれにふさわしい夫を見つけるためよ」

シンは彼女の首筋から唇を離した。もしかすると、姉の不安は嫉妬に駆られた妄想ではないのかもしれない。「きみは花婿候補を探しているのか？」

レディ・ジュリアナは即座に肩をすくめて否定した。

「とんでもない！　それはあくまでも母の願望であって、わたしの意志ではないわ。もっとも、ふたりの姉には熱心な求婚者たちが現われたから、母の努力はある程度実を結びそうだけど」

世の女性は皆、言い寄ってくる男を誘惑したいはずだし、結婚に関心がないというレディ・ジュリアナの言葉はどうも腑《ふ》に落ちない。

「それを聞いてほっとしたよ。わたしが最低の夫になるのは目に見えているからな」

驚いたことに、レディ・ジュリアナは侮辱されたと言わんばかりの顔をするどころか、鍵盤から手をあげて吹きだした。

「母はその意見に同意しないでしょうね」真珠のネックレスに人差し指を巻きつける。「母親というのは自分の末娘に殿方から高価な贈り物が届けば、彼が娘と親密な絆《きずな》を結ぼうとしていると受けとるはずよ」

シンは彼女が座っている小さな椅子を回転させて自分のほうを向かせた。

「親密さと快楽は密接に関係している」

大胆なやり方で真珠を贈られたことを思いだしたらしく、レディ・ジュリアナの頰が真っ赤に染まった。「もうこれ以上、この件に関してお話しするつもりはないわ」

「もし許されるなら、きみにもっと与えたい」

彼女はシンの真剣な面持ちにうろたえた。「宝石を？　いいえ、受けとれないわ。そもそも真珠のネックレスをお返しせず、あなたに期待を抱かせたのが間違いだったのよ」

彼は両膝をついた。レディ・ジュリアナから用心深さと期待がせめぎあうまなざしを向けられ、全身に血が駆けめぐった。「わたしが言っているのは宝石のことではない」

彼女の腰をつかみ、優しく膝の上に引きおろす。淡緑色のシルクのスカートが、ふたりのまわりに広がった。ここからは慎重にことを進めなければならない。美しい魔女はシンを求めているかもしれないが、彼女が内なる情熱に身をゆだねるよう誘惑するには、彼の技能を総動員する必要がある。

「キスしてくれ、ジュリアナ」

静かな懇願の声に、彼女は忍び笑いをもらした。「こんなふうに座っているのはまぬけな気分だわ。ヘムブリーが入ってきたらどうするの？」

シンはレディ・ジュリアナの頰を右手で包み、下唇を親指でこすった。

はずだ」

「ヘムブリーはその思慮深さに対して高額の報酬を得ている。今夜はもう自室に引きあげた

レディ・ジュリアナが立ちあがろうとした。

「だったら、わたしもおいとましたほうが――」

シンは彼女を引きおろした。「いや、きみはまだわたしのキスに応えていない」

「まったく」あきれたように天を仰ぎながらも、レディ・ジュリアナは要求に応じるべく顔を寄せてきた。

唇を重ねるだけのつもりだろう。だが、シンにはまったく別の考えがあった。彼女を押し倒すようにして口づけ、その悲鳴をのみこんだ。

「シンクレア！」レディ・ジュリアナがあえいだ。

「シンと呼ぶんだ」そう言い返して彼女に両腕をまわす。「わたしがこれからしようとしていることは、非常に罪深いからな」

許しも得ずにスカートをまくりあげ、幾重にも重なるペチコートと優美な脚をあらわにした。両膝にキスをすると、レディ・ジュリアナが甲高い叫び声をあげた。「こんなに美しい脚をモスリンやシルクで覆ってしまうなんて、実に残念だ」

レディ・ジュリアナ、いや、ジュリアナは――もう堅苦しい敬称は抜きにしてもいいころだ――身を起こしてスカートの皺を伸ばそうとした。シンはそんな彼女の肩を床につくまでそっと押し倒した。

「痛い思いはさせないと誓うよ」からかうように言う。レディがうろたえていることを考えると、美しい脚をじっくり愛でるのはあとまわしにせざるをえない。その代わり、今は自分の権利を主張することにした。「わたしはさっきキスしてくれときみに頼んだ。今度はそのお返しをさせてほしい」

彼はいきなりジュリアナの膝を押し広げた。幾重にも重なる生地をかき分け、脚のあいだの秘めた場所に両手を這わせる。

「シンクレア――シン！」

ジュリアナは彼や自分自身に抗っていたが、その体からは欲情の香りがかすかに感じとれた。両手の親指で柔らかい襞を開き、唇を押しつけた。

彼女が身をのけぞらせてシンの髪をつかんだ。そんなことでシンの注意を目標からそらせると思っているのなら、彼の決意を侮っている。ジュリアナは今、シンの望みどおり、仰向けで両脚を広げた状態だ。彼女のなかに身をうずめるまでは、この飢えがおさまることはない。

それに力強いひと突きによって、己の欲望と姉の願いを一度に満たせるのだ。

シンが襞の内側に隠れた柔らかい芯を舐めると、ジュリアナが鋭く息を吸った。「やはり、わたしはデザートがほしくなった」口をつけて吸ううちに、舌に触れる小さな芯がふくらみだした。それに応えるように下腹部がこわばり、ズボンの生地を押しあげる。

「なんて美しいんだ」彼はつぶやき、敏感な部分を指でじらした。ジュリアナの甘い蜜に濡れた指を見て、つい抗えずに深々と差し入れた。

彼女の口からうめき声がもれ、体が弓なりになる。

ありがたいことに、シンはもう髪を引っ張られなかった。そのまま口で愛撫を続けると、ジュリアナが両脇におろした手をぎゅっと握りしめた。

シンは欲情した彼女のすばらしい味に酔いしれた。ジュリアナも彼を求めているのだ。シンの舌や唇や指が、彼女の甘い蜜に覆われた。熱く濡れた秘所の深さを探りたくて、屹立したものがうずく。ジュリアナが歓びを与えてくれることを信じ、彼女の脚のあいだに親指を滑らせ、ふくらんで感じやすくなった芯を舌で巧みに愛撫した。

とたんにジュリアナの口から甲高い悲鳴があがった。もっと奪ってほしいとせがむように腰が持ちあがる。その求めに応じてシンは秘所に親指を差し入れ、めくるめく快感の波にのまれた彼女の内側が小刻みに震える感覚を堪能した。

ジュリアナの至福の表情に見とれながら上体を起こし、上着の袖で濡れた顎をぬぐう。続いて彼は上着を脱ぎ、ソファーに放った。内心とは裏腹に平静を装い、クラヴァットを解き、喉元のボタンを外す。彼女の香りに鼻孔を満たされたせいで渇望が募り、己の欲求を満たしたくてたまらなかった。

ボタンを外してズボンを引きおろしたとたん、そそり立ったものが飛びだし、筋肉質な尻があらわになった。この瞬間を長く待ちわびていたことを思うと、一回目は性急で情熱的な交わりとなるだろう。そのあと、ゆっくり時間をかけてジュリアナの服をはぎとり、ドレスに覆われた魅力的な曲線をくまなく探るとしよう。

シンは彼女に覆いかぶさって、脚のあいだに身を横たえた。

ジュリアナはシンによって引きだされた情熱に瞳をとろんとさせたまま、彼を見あげてほほえんだ。「罪深い人ね」

その畏敬の念がにじむしゃがれた声に、シンはにやりとした。

「わたしのなまめかしい魔女よ、きみはあまりにも魅力的で、到底抗えない。どうしてもきみを自分のものにせずにはいられない」

彼は屹立したものの先端でふくらんだ襞を押し開いた。滑らかに濡れたジュリアナに包みこまれた瞬間、うめき声をもらして目を閉じた。

「くそっ！」

彼女の秘めた部分はきつく締まって心地よく、今すぐ奪わなければ果ててしまいそうだった。ジュリアナを満たしたい一心で、欲望に身を任せて一気に押し入った。

とたんに彼女が悲鳴をあげた。「いったいなにをしているの?」

弱々しい拳に叩かれながら、シンはジュリアナの肩に顔を押しつけて身を震わせ、なんとか引き抜こうとした。この新事実に、今も頭が朦朧《もうろう》としている。出会ったときから本能的に察していたことが、今や身をもって証明された。自分の下に横たわっている情熱的な女性は処女だった。キッド男爵は彼女の恋人ではなかった。

ベリンダはわたしにジュリアナの純潔を奪わせたかったのだ。シンは胸のうちでいかめしくつぶやいた。

姉は躊躇する弟を納得させるために、ジュリアナが処女かどうか怪しいとほのめかしたのだろう。

遅ればせながら、ベリンダの不安の原因がわかった。

姉はキッド男爵に純潔という貴重な贈り物だけは与えることができないため、無垢なジュリアナに脅威を感じ、手を打たなければと思ったのだろう。

シンはジュリアナの肩に唇を押しつけた。たしかに純潔は奪ったが、姉のためにそうしたわけではない！

「シン！」ジュリアナが彼の肩を押しのけようとした。

彼女の体の奥が収縮してシンを締めつけた。彼はうなりながらも動くまいとした。「しーっ、抗うのはやめるんだ、ジュリアナ。気持ちが落ち着けば、きみの体はわたしを受け入れてくれる」

「でも、痛いの」

シンは後悔に目を曇らせた。ジュリアナの緑色の瞳に映る苦しげな表情を見てくじけそうになったが、起きてしまったことはもはや取り返しがつかない。今、自分にできることは、この結びつきから歓びを得られると彼女に示すことだ。

「わかっているよ」ジュリアナの濡れた頬にキスをした。「わたしは乱暴すぎた。一気に押し入ってしまったことをどうか許してほしい」

出会ったときから感じていた彼女の秘めた情熱は、まだ表面化していないだけだ。シンは真珠のネックレスを用いて愛撫したことや、ジュリアナの脚のあいだの蜜を味わったときに彼女が身もだえした様子を思いだした。ほかの男は誰ひとり彼女に触れたことがないのだ。そう思ったとたん、下腹部が締めつけられた。

ジュリアナはわたしのものだ。

試しに腰を引いてから突きだすと、彼女は鋭く息を吸った。「もうやめるべきよ」

「そうかもしれない。だが、わたしをこんな不面目な状態で放置するのは、少々残酷なんじゃないか」ジュリアナに向かってゆっくりと腰を揺らした。彼女は最初痛みを覚えたはずだが、今や彼の侵入を受け入れるように秘所が潤っている。

「残酷？」ジュリアナがにらんだ。「わたしが残酷ですって？」

狙いどおり、シンは彼女に不安や痛みを忘れさせた隙に、そそり立ったもので物憂げに突いた。「もちろん、きみがわざとそうしたとは言っていない」彼は言い直した。「わたしが故意にきみを傷つけたわけではないように。わたしがそこに口をつけたときに味わった快感を覚えているかい？」

ジュリアナが両手を胸に引き寄せた。その胸はボディスに覆われているが、コルセットの下では胸の頂がうずいているのかもしれないとシンは思った。ボディスを引き裂いて、柔らかく豊かな乳房に顔をすり寄せたい衝動がこみあげてくる。

「ええ」

ジュリアナの尻の下に手を滑りこませ、深く押し入って彼女ともどもうめき声をもらした。

「もっと歓びを与えてあげるよ。果てる前に、きみにわたしの名を叫ばせると誓う」

彼女が素直に疑念をあらわにしても、シンは責められなかった。だが、ジュリアナの体は彼によってもたらされた歓びを覚えていた。きつく締まった秘所がゆるみ、シンのものを根元まで濡らしながら迎え入れた。

彼はぴったりと唇を重ねあわせて、突く速度をあげた。そのあいだもジュリアナの口を舌でじらした。空いているほうの手をさまよわせて尻の曲線をたどり、ウエストに這わせてから胸を包みこむ。やがて唇を離し、ボディスに覆われた胸をそっと噛んだ。

「シン」

問いかけるように、ジュリアナが彼の名を呼んだ。無慈悲なまでの決意で、シンはふたたび彼女の尻をつかんだ。しっかりと引き寄せながら、奥深くまで突き入れる。ジュリアナはすっかり潤っていた。そんな彼女を己が欲するがまま性急に奪った。

ジュリアナの口から叫び声が響いた。

彼女が本能的に腰を突きあげ、より深く結びつこうとすると、欲求に溺れたシンの胸に喜びがあふれた。ジュリアナのすすり泣く声に応えるように、彼のものの先端がふくらんだ。絶頂に達する寸前、シンはかすれた叫び声をもらし、彼女のなかで脈打ちながら熱い精を放った。

屹立したものを深くうずめたまま、ジュリアナの上に崩れ落ちたとき、約束を果たしたことにようやく気づいた。
情熱の嵐のなか、彼女がシンにしがみつきながら叫んだのは彼の名前だった。
もしシンに力が残っていれば、歓喜の雄叫びをとどろかせただろう。

11

ジュリアナがシンの愛人として秘めやかな歓びを味わうようになってから、数週間が経《た》った。姉たちにこの秘密を打ち明けるつもりはなかった。どうせ理解してもらえないだろうし、下手をすると母に告げ口されかねない。不埒な紳士とはいえ、侯爵であるシンは母にとって願ってもない娘婿候補だ。もし母が末娘に正式に求婚するようシンに迫ったりすれば、もう二度と彼に会えなくなる恐れがある。

シンはふたりの友情を楽しんでいるようだが、彼がひざまずいてジュリアナに愛と忠誠を誓う姿など想像できなかった。シンも彼女同様、結婚には関心がない。ジュリアナがひとたび家族と田舎のコテージに戻れば、シンが彼女の人生から姿を消すのは目に見えている。

それは避けられないことだ。

春が夏へと移り変わるように。

最近、アイヴァース家は万事が平穏というわけではなかった。シンのことで頭がいっぱいのジュリアナではあったが、母が徐々にふさぎこんでいく様子には気づいた。いとこのオリヴァーがロンドンに到着したのだ。一家が借りている屋敷に彼が訪ねてきたときは最悪だった。母は娘たちを部屋から追いだし、激怒した彼の非難に耐えた。

それ以来、母はロンドン滞在を楽しんでいるように見えない。だが三人の娘が尋ねても、悩みなどないと毎回きっぱり否定する。けれど、それは嘘だ。

昨晩、ジュリアナは玄関ホールにたたずむ母とゴムフレイ伯爵と鉢合わせした。伯爵とはこれまで数回顔を合わせただけで、どんな人物かよく知らなかった――伯爵が母を脅している場面を目撃するまでは。残念ながら距離がありすぎて、ふたりの会話は聞こえなかった。それでも伯爵の態度が批判的で威嚇的だったことは見て取れた。

ジュリアナは、多少脅してでも母から真実を聞きだすことにした。

「もうこれ以上はぐらかすのはやめて、お母様」朝食のあと母とふたりきりになるのを待って、ジュリアナは切りだした。「ゴムフレイ伯爵となにがあったの？」

末娘に詰問されて、レディ・ダンカムは下唇を震わせた。ジュリアナは常々、母親に対してきちんと敬意を払おうとしてきたが、母の言い逃れにはうんざりしていた。

「本当のことを話してちょうだい、お母様」

レディ・ダンカムは震える手を唇に当て、咳払いをした。

「カードゲームで運が向いてきたと、わたしが豪語したのを覚えている？」

ジュリアナは母親の手を取って一緒にソファーに座った。

「ええ。それが本当だということも知っているわ。一週間ほど前、お母様が債権者たちに会ってお金を支払うのを立ち聞きしたから」

レディ・ダンカムの目に涙がこみあげた。

「たしかに運には恵まれたわ。あの債権者たちに支払えるくらいには。だけど、それはゴムフレイ伯爵がカードゲームに加わった晩までのことよ」

ジュリアナはレティキュールを開いてレースのハンカチを取りだした。「ほら」母の濡れた頬をそっとふき、ハンカチを手渡す。「その晩はつきに恵まれなかったのね」

レディ・ダンカムはハンカチで鼻を押さえ、はなをすすった。

「ゴムフレイ伯爵は互角の相手に思えたわ。わたしが勝ったり彼が勝ったりして。伯爵とは会話も弾んで、誘惑的な雰囲気が漂っていた」

「そして、負け始めたのね」

「ええ、こてんぱんに。あの晩は最悪だった！　大損害をこうむったわ。当然のごとく、ゴムフレイ伯爵はわたしの屈辱的な状況に同情的だった。彼はわたしがゲームを続けられるよう、寛大にも賭け金を貸してくれたの」

ジュリアナはずきずきしてきたこめかみに指を押し当てた。

「お母様、なんてことを――」

その晩のことを思いだしたらしく、レディ・ダンカムの表情がこわばった。

「でも、負けた分を取り戻そうとすればするほど――」

「借金が増えていったのね」

レディ・ダンカムは両手をきつく組みあわせた。「ゴムフレイ伯爵に賭け金を借りたわたしがばかだったわ。向こうの意図に気づくべきだったけど、負け続けたせいで気が動転して、必死だったのよ」

ジュリアナの怒りが和らぎ、同情へと変わった。自分たちが経済的危機に直面するのはこれが最初ではないし、最後とも思えない。母はカードゲームが好きだが、いくら腕がよくても優秀な敵に負けることもある。彼女は母親を抱きしめた。「心配しないで、お母様。ゴムフレイ伯爵に借りたお金を返す方法はきっと見つかるわ。カードゲームの借金は返済できるわよ」

その励ましの言葉に、レディ・ダンカムの感情が決壊した。侯爵夫人は娘の肩に顔をうずめ、全身を揺らしてすすり泣いた。

ジュリアナはとまどいつつ、慰めるように母親の背中を撫でた。

「そんなに泣かないで。このことをずっと黙っていたのは、さぞつらかったでしょうね」

レディ・ダンカムはしゃくりあげ、身を震わせた。

ジュリアナは母の肩に鼻を押しつけた。なじみ深い母の花の香りは、決まって愛情と安らぎを与えてくれる。今こそ母に恩返しするときだ。母の分まで強くなろう。

一〇分後、レディ・ダンカムは身を引くと、頬の涙をぬぐってはなをかみ、平静を取り戻そうとした。なんとかほほえもうとさえしたが、その努力は実を結ばなかった。

「ああ、ジュリアナ」母の声はこみあげる感情にひび割れていた。「わたしが苦しんでいたのは、あなたやコーディリアやルーシラにこのことを隠していたせいではないわ。ゴムフレイ伯爵から恐ろしい条件を突きつけられたからよ」

「条件？」

レディ・ダンカムはまっすぐ背筋を伸ばした。持てる力をすべて振り絞るようにして、いぶかしむ娘の視線を受けとめた。「ゴムフレイ伯爵は即刻借金を返さなければ、わたしの醜態を社交界に暴露すると言っているの」

「なんて卑劣な男なの」ジュリアナは鋭い声で言った。

レディ・ダンカムはジュリアナの右頬にてのひらを当てた。

「ええ、あなたが思っている以上に。ゴムフレイ伯爵はわが家が醜聞に耐えられないことを承知しているのよ。コーディリアもルーシラもかわいそうに！　この噂がフィスケン卿やミスター・ステップキンズの耳に入れば、あの子たちが求婚される望みはなくなるかもしれない。わたしたち一家は破滅に追いやられ、コーディリアとルーシラの心は粉々に砕け散って、二度と元に戻らないでしょうね」

ジュリアナの頭にシンのハンサムな顔を浮かんだ。上流社会のしきたりにあれほど無頓着な紳士には、いまだかつて会ったことがない。ああ、彼のように自由奔放で向こう見ずになれたらどんなにいいか。もっとも、そういう人だからこそ、その行動は読めない。わが家の窮状を知ったら、シンはどう反応するだろう？　手を差し伸べてくれるだろうか？　それともあっさり立ち去る？

こんなふうに憶測をめぐらせるのは、シンに対して公平ではないだろう。いくら純真なジュリアナでも、彼にとってふたりの友情がほかの娯楽となんら変わらないことぐらいわかる。シンは彼女の体や機知に富む会話を大いに気に入っているようだが、彼は正真正銘のならず者だ。ジュリアナが田舎に戻れば、また別の女性が彼の愛人となり、ベッドの相手を務めるはず。来年の春を迎えるころには、シンはジュリアナの名前さえ覚えていないだろう。

胸を引き裂かれるような痛みに襲われ、彼女は凍りついた。今さら後悔しても仕方ない。出会ったときからシンに惹かれていたのは否定しようのない事実だ。経験豊富な侯爵がジュリアナを誘惑したと言う人もいるだろうが、彼女のほうもたいして抗おうとしなかった。あれはジュリアナ自身が下した決断なのだ。

そうやって初めて社会のしきたりに逆らうのは、胸躍る開放的な経験だった。誰も――シンでさえも――その記憶を彼女から奪うことはできない。

「お母様、条件と言ったけれど、つまりゴムフレイ伯爵はお金以外のものも要求しているの？　いったいなにを？」

「あなたよ」

ジュリアナは思わず立ちあがって炉床へ移動した。石炭は燃えていなかった。だがなにをもってしても、骨の髄まで凍えた体をあたためられそうにない。

母親に背を向けたまま口を開く。「もちろん、お断りしたんでしょう？」母が押し黙っているので、振り返って笑った。「わたしがそんな男性と結婚すると、どうして思えるの？」

「正確に言うと、彼が提示した条件はあなたとの結婚ではないわ」

ジュリアナは平手打ちされたように息をのんだ。

レディ・ダンカムが駆け寄ってきてジュリアナの体に腕をまわし、ソファーへといざなった。お互いまた腰をおろすまで、ジュリアナは口がきけなかった。

「伯爵はわたしを愛人にしたいのね？」

「愛人の場合、あなたの将来の選択肢はかなり限られるけど、ゴムフレイ伯爵の申し出はそれほどひどくないわ。伯爵はこれを求愛の一種と見なしてほしいと思っておられるはずよ」母はジュリアナに鋭いまなざしを向けられて、一気に老けこんだように見えた。「ゴムフレイ伯爵は、あなたが彼を一番の求婚者として受け入れてくれるなら、借金を免除し、わたしに署名させた約束手形も返すとおっしゃっているの」

母はゴムフレイ伯爵の取り決めが便宜上の求婚期間だと必死に説明しているが、ジュリアナには伯爵が妻より愛人を求めているとしか思えなかった。

「期間はどのくらい？」ジュリアナは叫びそうになるのをこらえ、喉を詰まらせて尋ねた。

娘の自制心の強さに警戒しつつ、母は答えた。「夏の終わりまでよ」

「そんなに短いの？」

とはいえ、ジュリアナにとっては一〇〇〇年のように思えた。

レディ・ダンカムが目をそらした。「ゴ、ゴムフレイ伯爵からの伝言で、その期間を借金に対する処罰とは見なさないでほしいそうよ。伯爵はあなたに魅力を感じ、一緒に過ごすようになったら、その思いに応えてほしいと願っていらっしゃるわ。万事順調なら、夏の終わりに挙式の日取りを決めてもかまわないとか」

「あらそう？　そうなれば、この件についてのみんなの罪悪感が薄れるわけね？」

「ジュリアナ！」

涙で視界を曇らせながら、ジュリアナは立ちあがった。この応接室から逃げだしたい。できることなら屋敷を飛びだし、疲れ果てて倒れるまで逃げ続けたかった。

「触らないで！」母につかまれる前に腕を引いて叫んだ。「ひどすぎるわ！　もしもお父様がこんなひどい話を持ちかけられたら、ゴムフレイ伯爵に銃弾を撃ちこんだはずよ。お父様だったら……」あえぎながらボディスを引っ張った。息苦しい。「決して借金のかたにわたしを売り飛ばしたりしなかったわ！」

すすり泣きを押し殺し、目の前が真っ暗になってその場にしゃがんだ。

ジュリアナのかすかな抗議の声を無視して、レディ・ダンカムは娘を抱きしめ、絨毯《じゅうたん》の上に座りこんだ。「あなたの愛するお父様は亡くなったのよ」語気荒く言った。「もう五年も前に。それ以来、わたしたちはお父様なしで苦境と向きあってきたわ」

母はジュリアナの肩に頬を寄せた。「この世を支配しているのは男性よ。わたしたち女性は彼らの気まぐれやしきたりに従って生きていかなければならない。あなたをこんな目に遭わせずにすむなら、絶対にそうするわ」

ジュリアナは頬を伝う涙をぬぐった。「伯爵の申し出はお断りしてちょうだい、お母様」

「だけど、そのあとはどうなるの？」レディ・ダンカムはジュリアナの顎をつかむと、怒りに満ちた自分の目に浮かぶ不快な事実を突きつけた。「醜聞にまみれて……あなたたちは立派な紳士と結婚する可能性を失い……一家そろって債務者向けの監獄に放りこまれるの？　あなただけが、家族を救う力を備えているのよ。これは無理なお願いかしら？」

ええ、そうよ。

ジュリアナはまぶたを閉じ、母から告げられた真実を頭から締めだそうとした。

「オリヴァーに助けを求めたら？　たしかに彼は、お母様がわたしたちをロンドンに連れてきたことに腹を立てているわ。でも醜聞を回避するためなら、ゴムフレイ伯爵に借金を返してくれるかもしれない」

「いいえ、それはありえないわ」レディ・ダンカムは悔やむように重々しいため息をついた。「あなたの言うとおり、オリヴァーはわたしに憤慨しているのよ。わたしが安易な気持ちで指示に逆らったせいで、わが家に対する彼の見方はますます厳しくなった。わたしたちが窮地に陥っても、きっと黙ってほくそ笑むだけでしょうね」

「だからわたしが犠牲になるの？」ジュリアナはぼんやりと言った。

平手打ちされたように、レディ・ダンカムがびくっとした。「いったいなにを犠牲にするというの？　もうシンクレアに純潔を奪われたのでしょう。そんな重要なことをわたしに隠し通せると思っていたの？　あなたのことならなんでもお見通しよ」

「お母様、お願い」

「幸い上流社会の人たちは、あなたがシンクレア侯爵の名ばかりの愛人なのか、名実ともにそうなのか勘ぐっていないわ。侯爵はいい方だけど、彼から求婚されるのを待っても無駄よ。でもゴムフレイ伯爵は、わたしたち一家を救う方法を示してくださった」

ジュリアナは信じられなかった。シンとの情事を母に気づかれていたとは。その新事実に、本当に具合が悪くなりそうだった。「どうか……放して」母の抱擁から逃れようともがき、脚がスカートに絡まってうつ伏せに倒れた。

絨毯にぶつかった頬がかっと熱くなったが、その痛みを喜んで受けとめた。歯を食いしばりながらよろよろと立ちあがり、戸口に向かう。

「ジュリアナ、理性的になってちょうだい」母は懇願して、ソファーを支えに立ちあがった。「別にあなたを辱めようとしてシンクレア侯爵の話を持ちだしたわけではないの。母親は娘が恋に落ちるとわかるものなのよ。シンクレア侯爵がそばにいると、あなたの顔は決まって光り輝いている。それに舞踏室を移動するあなたを見つめる侯爵の目つきときたら……。侯爵があなたを求めているのは一目瞭然だし、彼の評判を考えれば、おのずと察しがつくわ」

ジュリアナは片手を顔に当てた。上流社会のレディたちとのシンの噂がどんなものかは容易に察しがついた。けれど、彼と分かちあった愛情あふれるひとときを母に汚されたくない。

「わかったわ。つまり、ひとりの男性の娼婦となったわたしは、家族のために別の男性の娼婦になってもかまわないはずだとお母様は思われたのね？」

「違うわ！」母が叫んだ。必死になっているせいか、遅ればせながら羞恥心《しゅうちしん》に襲われたのか、顔が真っ赤になっている。「わたしの言葉をそんなふうにねじ曲げるなんて卑怯《ひきょう》よ。たしかにわたしはあなたを失望させた。そのことは自分でも重々承知しているし、憎まれて当然だわ。でも、お願いだからゴムフレイ伯爵の申し出を考慮してちょうだい。わたしはともかく、コーディリアとルーシラのために」

ジュリアナは扉を開けてから母を振り返った。母はひどい顔をしていた。鼻は真っ赤に腫《は》れ、涙がとめどなく頬を伝っている。ジュリアナと同じくらいみじめに見えた。母が娘の許しを求めているのなら、もうしばらく待ってもらわなければならない。

ジュリアナは感覚が麻痺《まひ》していた。「午後には答えを伝えるわ」そう言ってうなずいた。

「じゃあ、失礼するわね」母に背を向ける。

「待って。どこに行くつもり？」

レディ・ダンカムは一歩踏みだしたが、ジュリアナにひとにらみされて、賢明にもその場にとどまった。

「新鮮な空気を吸ってくるわ。心配しないで。馬車のなかはいたって安全だから。数時間後には結論を伝えます」

「もうひとつ話していないことがあるのよ」ジュリアナが扉を閉める前に、レディ・ダンカムが切りだした。「ゴムフレイ伯爵から、絶対に守らなければならない条件をいくつか出されたわ。第一に、この取り決めについてはいっさい口外しないこと。あなたは自ら望んで伯爵と一緒にいると社交界に信じこませなければならないの」

「第二の条件は？」

「シンクレア侯爵との交友関係を絶つこと」ジュリアナがはっと息をのむと、母のまなざしが和らいだ。「そのことでつらい思いをさせてしまうなら、どうか許してちょうだい。でも、ゴムフレイ伯爵はこの件は譲らないと断言なさったわ」

二時間後、ジュリアナは馬車でいとこの町屋敷に到着した。母と別れたときは、最終的な行き先を決めていなかった。まだ母との言い争いが耳に残るなか、ロンドン郊外に向かうよう御者に指示した。馬車が一時間ほど街路を駆け抜けたころ、自分がどの界隈にいるのかに気づいた。〈ノックス〉の立派な外観が目に入った瞬間、馬車をとめるよう御者に懇願しそうになった。

大半の紳士は自宅ではなくなじみのクラブで過ごすことが多い。シンもぴったりと閉ざされた扉の向こうで仲間と笑いあったり、彼女が耳にしないほうがいい話題について語りあったりしている可能性が高かった。

結局、馬車のなかで息を押し殺したまま、ゆっくりとクラブを通り過ぎた。あなたが必要だとシンに告げる勇気があればよかったのに、と思いながら。けれど、彼をこんなごたごたに巻きこむのは失礼だし、母のカードゲームによる借金が招いた問題を知られるのは恥ずかしい。

レディにだってプライドがあるのだ。

好むと好まざるとにかかわらず、ジュリアナを救えるのはいとこのオリヴァーだろう。それに彼にとっても、この問題は内輪で処理するのが望ましいはずだ。

ジュリアナは冷静な面持ちで町屋敷の玄関扉に近づいた。ここはかつて彼女たち一家の住まいだった。両親がロンドンへ出かけるたび、ジュリアナと姉たちはこのアイヴァース館で留守番をしたものだ。だが、もはやここに対して以前のような愛着はない。アイヴァース館は今や正式にいとこのものだ。

「ここで待っていてちょうだい」御者の手を借りて馬車からおりながら言った。「長くはかからないから」

ダンカム侯爵が在宅かどうか確かめるべく、御者がさっそく扉を叩いた。侯爵は午後にならないと訪問者と面会しないと執事に告げられたが、ジュリアナが自分の名を記したカードを渡すと、早い時刻にもかかわらず面会が許された。

薄暗い玄関ホールに足を踏み入れるやいなや、いとこが階段からおりてきた。この形式張らない出迎えに、ジュリアナはいやな予感を覚えた。なぜオリヴァーはわざわざ出迎えたのだろう？　彼女が応接室で待っていると執事が告げに来るのを待っているだけでよかったはずなのに。

「オリヴァー」近づいてくるいとこに膝を折ってお辞儀をした。「お元気そうですね」

彼はその挨拶に眉をつりあげた。執事をさがらせたあと、背中で手を組みながらジュリアナのまわりをまわった。「正直、きみのほうは具合が悪そうだな。こんな時間に訪ねてくるなんて、いったいなんの用だ？」

オリヴァーの態度はとても友好的とは言えなかった。ふたりが親しい間柄であれば、ジュリアナは応接室や書斎に通されただろう。だが、招かれざる客のように玄関ホールに立たされている。会ってもらっただけでも幸運だと思うべきかもしれない。

「さあ、用件は？」

単刀直入に切りだすのよ。ジュリアナは胸のうちで自分に助言を与えた。オリヴァーは遠まわしな言い方を好まない。

「実は、母が困ったことになって」

彼は鼻を鳴らした。「どうせカードゲーム絡みの問題だろう」

その愚弄《ぐろう》するような物言いに、ジュリアナはぐいと顎をあげた。

「ええ。母がゴムフレイ伯爵に借金をして、それがかなりの額らしいんです」

侯爵は含み笑いをもらした。「そうだろうな。ゴムフレイ伯爵はカードゲームでは侮れない相手だという評判だ。レディ・ダンカムもそれをご存じのはずだが」

「仮にそうだとしても、わたしたちにはあなたの助けが必要です」

「断る」

そのにべもないひと言で、ジュリアナが用意していた訴えはかき消された。しばし言葉を失い、オリヴァーを凝視しつつ必死に平静を取り戻そうとする。彼女は左側の壁際に並ぶ椅子を物ほしげにちらりと見た。オリヴァーが椅子を勧めてくれないので、そこに座ったら礼儀知らずと受けとられかねない。

「状況の深刻さをおわかりになっていないようですね」指先がひりひりするほど、ぎゅっとレティキュールを握りしめた。「ゴムフレイ伯爵は即刻借金を返済するよう要求しています」

オリヴァーが眉間に皺を寄せ、上着の袖口を強く引っ張って袖をぴんと伸ばした。

「レディ・ダンカムはそれに同意したのだろう」

なんて冷酷な人。オリヴァーは自分以外の人間を気にかけたことがあるのだろうか、とジュリアナは思った。彼はレディ・ダンカムの窮状より、袖の皺を気にしているようだ。

「ええ」

オリヴァーが顔をあげ、冷ややかな灰色の目でジュリアナをひたと見据えた。

「だったら、彼女は自分の義務にきちんと向きあうべきだ」

彼の冷淡な態度にジュリアナは憤り、胃がむかむかし始めた。

「は、母はあなたのお力添えなしに借金を返済することはできません。あなたもそれはよくおわかりのはずです。どうしてそこまで身内に冷たくできるのですか？」

「身内だと？」オリヴァーが詰め寄ってきて、ジュリアナは背中が扉にぴったりつくまであとずさりした。「これは愛情の告白か？」

間近にいるせいで、オリヴァーの体が放つ熱が伝わってきた。彼の狙いがジュリアナを怯えさせることだとすれば、それは成功していた。彼女の反応を見て、オリヴァーが笑い声をあげた。

「われわれはたまたま血のつながりがあるだけだ、レディ・ジュリアナ。わたしに対するきみの愛情は、レディ・ダンカムの財布の中身くらい微々たるものだ」

認めるのは癪だが、オリヴァーの言い分は正しい。彼はアイヴァース家の女性たちから敬意や愛情を勝ちとるようなことはなにひとつしてこなかったけれど、そんなことは関係ない。母を助けるためにオリヴァーの富を必要としていなければ、ジュリアナがこの玄関ホールに足を踏み入れることはなかっただろう。

ジュリアナは勇気を奮い起こすように息を吸い、あえて彼の目を見つめた。「ゴムフレイ伯爵がもし裁判を起こせば醜聞になります。当然、一族の名は――」

「一族の名？」オリヴァーが左の眉をこすった。「そんな理由しか思いつかないのか？ きみは聡明《そうめい》な令嬢だろう。感情に訴えるのではなく、もっと論理的に説得を試みると思っていたよ」

「あなたは家長として――」彼女は食いさがった。

「今度はわたしに家長の責任を説くつもりか！」ジュリアナから離れ、大きく手を振ってホールに並ぶ誰も座っていない椅子を指し示す。「では、家長の義務を説明しよう。わたしの役目は誇り高くダンカム侯爵の称号を担い、富や領地をしっかりと管理し、立派な令嬢と結婚して世継ぎをもうけ、自分が維持してきた資産を受け継がせることだ。その責任は重々理解しているよ」

「今回の件は母を破滅させるでしょう」ジュリアナは静かにつぶやいた。

「これでレディ・ダンカムも身のほどを知るだろう」オリヴァーが言い返す。「彼女は約束を守らない人物だと陰口を叩かれている。わたしも裏切られたひとりだし、それを聞いても驚かなかった」

ジュリアナの緑の瞳が怒りに燃えあがった。

「いったいなんのことですか？　母はいつだって義務を果たしています」

最終的には。

「それは毎回わたしが手を差しのべたからだ、レディ・ジュリアナ！」彼の怒号が響き渡った。「レディ・ダンカムが何度もわたしに手紙をよこし、きみたち姉妹に対する責任を念押ししたのを知っているか？　おや、知らないのか？　だったら、わたしが彼女から頼まれるたびに――いや、要求されたと言ったほうが正確だが――送金してきたことも聞かされていないんだろう？」

ジュリアナはこみあげる涙をこらえようと目をしばたたき、オリヴァーの前では泣くまいとした。そんなことをして、彼に満足感を味わわせたくない。

「あなたがまた母に何度もお金を貸してくださったことは知りませんでした」

「そうだろうとも。だったら、半年前にまたしても金を無心されたとき、わたしが彼女に課した約束も知らないんだな？」

「どんな約束ですか？」

ジュリアナが知らないふりをしていると思ったらしく、彼はせせら笑った。

「わたしはある条件をのめば借金を肩代わりしてもかまわないと告げた。その条件とは、きみたち姉妹をロンドンに連れてこないというものだった」

「わたしたちがロンドンで社交シーズンを過ごすことがあなたの耳に入れば怒られるだろうと、母は言っていました。でも、その理由は教えてもらっていません」ジュリアナはむっとしてオリヴァーを見た。「それに、母のなにもかもがあなたをいらだたせるようですね。母があなたに批判されると思いこむのも当然だわ」

「レディ・ダンカムは間違っている」オリヴァーが声を荒らげた。ジュリアナのあえぎ声を無視して彼女の背後に手を伸ばし、扉を開いた。「ごきげんよう、レディ・ジュリアナ。そうしたいなら、レディ・ダンカムにわたしからのお悔やみを伝えてくれ。だが、それ以上のものを彼女に与える気はない」

ジュリアナは戸口を抜けて明るい日差しのなかに踏みだした。次の瞬間、ばたんと音をたてて扉が閉められた。目元を覆うように手でひさしを作りながら、彼女は馬車に引き返した。うっかりパラソルを忘れてしまったが、目がくらむほど日差しが強かった。

冷酷なオリヴァーを心底軽蔑《けいべつ》したい気分で、馬車の椅子に腰を落ち着けた。ただ、母がまた何度も彼に借金をしていたことは知らなかった。オリヴァーは恩着せがましく口うるさいけれど、嘘つきだったことはない。どうして母はその借金や、ロンドンには行かないと約束したことを教えてくれなかったのだろう？

オリヴァーはレディ・ダンカムがお金持ちの財布の中身を狙ってロンドンに来たのだと疑っている。しかし、ジュリアナの見方は違った。母にはさまざまな欠点があるが、娘たちを愛していることはたしかだ。母は娘たちが田舎の借家に閉じこめられるのではなく、それぞれ結婚して自分の屋敷を持つことを願っている。そのためには、たとえ現ダンカム侯爵の命令にそむくことになっても、ロンドンで社交シーズンを過ごすことは必要不可欠なのだ。

「ああ、お母様」一家が借りた家へと戻りながら、ジュリアナは通り過ぎる路上の光景には目もくれずにため息をもらした。

思い悩んだ末、頭に浮かんだのはシンだった。彼女はシンクレア侯爵の屋敷へ向かうよう御者に命じたい気持ちに駆られた。彼が不在だったら待てばいい。反省とは無縁のあのならず者は、帰宅するなり半狂乱のわたしに抱きつかれたらどうするだろう？　ジュリアナはふっと笑った。彼にひとかけらでも分別があれば、わたしを馬車まで引きずっていってなかに放りこみ、追い払うはずだ。

いや、それはいささか辛辣な見方かもしれない。シンは悪い人ではない。ただ、一時的な楽しみしか与えられないだけだ。実際、出会った当初から、彼は自分にいくつも欠点があることを警告していたではないか？　ありとあらゆる男女関係のもつれを極力避けようとする紳士に助けを求めるのは不当だろう。

そんなこと、思っていないくせに！

シンを身内の問題に巻きこみたくない本当の理由はそういうことではない。万が一にも、シンがゴムフレイ伯爵の要求を知って、伯爵に決闘を申しこむようなことがあってはならない。カードゲームによる借金のために、彼が命を危険にさらすことは絶対にあってはならないのだ。

だから、ジュリアナのほうからこの情事に終止符を打つべきなのだ。

そう思うと、胃が焼けつくように熱くなった。

愛人を切り捨てるにはどうすればいいのだろう？　ひとつ行動を誤っただけで、彼女に捨てられたシンがゴムフレイ伯爵に決闘を挑みかねない。

シンの身になにかあれば、わたしの心は粉々に砕け散ってしまう――。

ジュリアナは目をしばたたき、その内なる叫びにぴんと背筋を伸ばした。

愛。

わたしはシンを愛しているの？　いいえ、そんなはずはない！　ジュリアナはその可能性を否定して、馬車の床を踏み鳴らした。紳士から目を向けられるたびに恋に落ちるのは、コーディリアやルーシラだ。

シンが今隣にいたら、ジュリアナの動揺をおかしがるだろうか？　それとも哀れむ？　情熱と愛を混同してはいけないと彼に警告されたとき、その違いはちゃんと理解していると請けあった。

シンに恋をしてはいけないと自分を戒めてきたのに。

手袋をはめた両手に顔をうずめ、ジュリアナはうめき声をもらした。自分と母には共通点があるようだ。約束が守れないという共通点が。

憂鬱な真実が頭から離れないまま、馬車をおりて屋敷に入った。母は家政婦と書斎にいた。

ふたりが今週の献立について話しあっていたので、戸口でためらった。

「散歩はどうだった？」家政婦をさがらせたあと、レディ・ダンカムが尋ねた。

「無駄骨だったわ」

母が疲れ果てた顔でうなずいた。そのとき初めて、外出した本当の理由を見抜かれていたのかもしれないとジュリアナは思った。

「結論が出たわ」戸枠をつかんで体を支える。「ゴムフレイ伯爵がお母様の借金を回収するつもりでいる以上、わたしはその汚らわしい要求をのむしかない。彼の求愛を受け入れます」

「ジュリアナ」母が両腕を広げて彼女を抱きしめようと歩みでた。

「お願い」片手をあげて母を制した。「今は砕け散りそうなほどもろくなっているの。でも、わたしは強くならなければならないわ。自分自身のために。そしてわたしたち一家のために」

母はうなだれた。「ほかに手立てがあれば……」

ジュリアナはゆっくりと向きを変え、その場から遠ざかった。

「ゴムフレイ伯爵に伝えて。彼の卑劣な要求が通ったと」

12

「一週間に二度も姉上から呼び出しか」劇場のロビーに足を踏み入れたシンは、ハンターにからかわれた。セイント、レイン、デアが足を引きずるようにしてふたりのあとに続く。

「あの氷の女王を怒らせるなんて、なにをしでかしたんだ？」

シンは怒った顔で友人をにらんだ。

「姉を氷の女王と呼ぶのはやめてくれないか。万が一本人の耳に入れば、わたしはなんとしてもおまえの口を封じろとせっつかれる羽目になる」

デアが背後から親しげにシンの肩をつかんだ。

「助けが必要なら、喜んで手を貸そう。ハンターを黙らせることができるなら、拳を血だらけにするだけの価値はある」

「そんなことをしてレディ・アレグラを動揺させる気か？」ハンターが片手を胸に当て、女性を真似てまつげをぱちぱちさせた。「そんなことは断じてあってはならない。まあ、おまえが片膝をついて懇願すれば、彼女も男らしいおまえの怪我《けが》を手当てしてくれるだろうが」

拳闘家を彷彿させる体つきのデアが、威嚇するようにハンターのほうに一歩踏みだした。

じりじりと詰め寄っていくデアを、セイントが片腕で制した。

「場所をわきまえろ。流血沙汰はあとにしておけ」

シンもいかめしい顔でうなずいた。

「前回個人のボックス席で大喧嘩をやらかしたときは、出入り禁止にならないよう支配人に多額の賄賂《わいろ》を渡さなければならなかった」そう言って、ハンターを鋭くにらむ。

その非難にハンターが逆上した。「悪いのはヴェインとフロストだろう。レディ・ウッジエンに、コルセットに布きれを詰めこんで胸をふくらませたのかなんてばかな質問をしたのは。その愚かな女がウッジェン伯爵と結婚する前に、ふたりとも彼女とベッドをともにしたが、どちらも豊満な胸を愛撫した覚えがないらしい」

「くそっ」シンは押し殺した声で毒づいた。あの晩、ウッジェン伯爵は報復すると息巻いていた。姉と会うのに友人たちにつきあってもらって正解だったかもしれない。ベリンダは弟が再三の要求にもかかわらず、計画どおりジュリアナを捨てずに今も情事を続けている理由を知りたがっている。彼はこれからそれに答えなければならなかった。「姉のボックス席に長居する気はない」

ベリンダの不満を聞き終えたら、姉の怒りの元凶であるレディを探すとしよう。今日の午後、アイヴァース家の従僕によってジュリアナの不可解な手紙が届けられた。そこにはどうしても会いたいと綴《つづ》られていたが、いつも彼女に感じるあたたかみが欠けていた。

アイヴァース家でなにか問題が起きている気がする。

それがなんであれ、シンは解決するつもりだった。たわいのない想像で傷ついた女性を慰めるのはお手のものだ。

「とにかくこの一時間は、みんな邪悪な本能を自制してくれ」

デアが懐疑的な目でシンを見た。

「三〇分がせいぜいだな。フロストとヴェインが姿をくらまして、どこかをうろついていることを考えると」


ゴムフレイ伯爵はジュリアナが席につくまで肘をつかんで放さなかった。事情を知らない第三者は、彼の振る舞いを思いやりの表われと見て取るかもしれない。だが、お金と引き替えに手に入れた新たな連れが逃げだすのを心配しているのだろうと、彼女は疑っていた。

ゴムフレイ伯爵は抜け目がなかった。

汚らわしい求婚者が隣に座ると、ジュリアナはバルコニーから飛びおりたい気持ちに駆られた。そんなことをすれば物議を醸すことになるが、そこから身を投げても死ねるとは限らない。それに自分は約束したのだ。いずれにしろ、三カ月足らずで夏は終わる。

「どうだい、くつろいでいるかね、レディ・ジュリアナ？」

ええ、あなたが両手で触れてこなければ。

唇を震わせながら、無理やりかすかな笑みを浮かべた。

「ええ、お気遣いをいただいてありがとうございます」

礼儀正しい返事に気をよくしたのか、伯爵が身を寄せてきた。

「ジュリアナ、われわれの初めての外出にきみの姉上たちを招待しなかったことをどうか許してくれ。ふたりがいれば、きみの緊張もほぐれただろう。だが、今夜はきみへの求愛を世間に公表する場だ。だから、わたしのわがままを大目に見てほしい」

「求愛？」ジュリアナは嘲笑《あざわら》うようにきき返した。

「社交界を納得させるための単なる建前だよ」伯爵は彼女の手をぽんと叩いた。「きみの姉上たちは今でも良縁に恵まれたいと思っているのだろう。わたしはきみの演技に満足している限り、彼女たちの気高い大志を醜聞によって踏みにじる気はない。それにレディ・ダンカムに話したとおり、妻をめとるのも悪くはないからな」

オーケストラが最初の曲を演奏し始めたが、序曲に入るまで聴衆たちは誰も耳を傾けそうになかった。周囲のボックス席は優雅に着飾ったパトロンであふれ返っている。彼らは友人や敵や興味をそそる人物と挨拶を交わそうと思っているのだろう。

ジュリアナは人々の関心の的となっていることに気づき、身じろぎをした。ゴムフレイ伯爵は美しい戦利品の彼女をみんなに見せびらかしているのだ。

シンはどこにいるの？

もう会えないことをまだ彼に伝えていない。

ゴムフレイ伯爵はジュリアナが承諾すると信じて疑わなかったらしく、彼女がオリヴァーの屋敷を訪ねて力を貸してほしいと懇願しているあいだに取り決めを交わしていた。

ジュリアナはシンを呼び寄せようと従僕を使いにやった。だが何時間待っても、彼は現われなかった。空が黄昏《たそがれ》に染まるにつれ、ふたりの情事が運命どおりの結末を迎えたと彼に伝えられる可能性も薄れた。

シンに対する懸念を母に告げられた瞬間、ジュリアナはわっと泣き崩れ、自分の寝室に閉じこもった。

ゴムフレイ伯爵に突然心変わりしたことを、こんな形でシンに知られたくなかった。だが、手紙で伝えるのも適切とは思えない。明日、彼の屋敷に赴いて直接対面しよう。シンが留守だったら、〈ノックス〉に行けばいい。彼の仲間が居場所を教えてくれるはずだ。

シンは決して劇場に足を運んだりしない。

そう思うと心が落ち着いた。劇場を毛嫌いしていると、シンの口から何度も聞いたことがある。彼は今夜〈ノックス〉にいるか、ロンドンの街を仲間たちとうろついているに違いない。

わたしにはまだ時間がある。

シンには明日、別れを告げよう。地獄に落ちろと言われそうだけれど。

なんとも的を射た言葉だ。ジュリアナはすでに悪魔にとらえられ、逃げるすべもないのだから。

シンが仲間と到着したとき、グレーデル伯爵夫人は自分のボックス席で取り巻きに囲まれていた。銀色のイブニング・ドレスを身にまとい、あでやかな姿で。腰までの長さの漆黒の髪は、メイドが数時間かけて巻いたらしく、むきだしの肩をこするように美しく垂れている。首や手首や、手袋をはめた指には、ダイヤモンドが燦然《さんぜん》と輝いていた。

姉の気を引こうと争う五人の紳士のうち、どの男がその派手な飾り物を贈ったのだろう、とシンは思案した。その男は気前のいい贈り物の見返りになにを得たのだろう。姉のことだから、甘い言葉でたぶらかして、五人全員から高価な品々をせしめたに違いない。

いったいキッド男爵はどこにいるんだ？

もし自分がキッド男爵だったら、ベリンダの軽薄な振る舞いを容認しないだろう。姉はぴしゃりと尻を叩いてやる必要がある。

シンの鋭い視線に気づき、ベリンダが狡猾な笑みを浮かべて手を差しだした。「アレクシウス、わたしの招きに応じてくれて本当にうれしいわ」

込みあったボックス席にセイント、デア、レイン、ハンターが入ってくると、ベリンダの瞳がうれしそうに輝いた。競争相手が出現したと思ったらしく、姉のおべっか使いたちは不満げだった。仲間はベリンダを誘惑してシンの反感を買うほどばかではないと、彼は言ってやりたかった。〝ローズ・オブ・ヴァイス〟が規則に従うことはまれだが、仲間の姉妹を誘惑すれば流血沙汰になることはわかっている。

「あら、お友達も連れてきてくれたのね。まったく悪ふざけが好きなんだから！」ベリンダはシンにウィンクをしてから、左側の椅子を顎で指した。そこに座っていた紳士はすぐさまシンのために席を空けた。

「われわれは長居をするつもりはない、ベル」シンは細めた目で劇場内を見渡した。フロストとヴェインが決闘を申しこまれる前に、ふたりを見つけてさっさと退散するのが全員のためだ。「それで、なんの用だ?」

「もう!」ベリンダは象牙色と銀色の扇を振り、弟の無愛想な物言いをとがめた。「最近のあなたはなんて礼儀知らずなの」

シンは姉の頬にキスをした。「これ以上うるさくせっつかれたら、姉上の予想をうわまわる行動に出るぞ」

その脅し文句にわずかにひるみ、ベリンダは死者を包む布の大きさを見積るときのように計算高い薄茶色の目でシンを見つめながら扇をひらめかせた。姉に呼びつけられた彼は、反省しているような顔つきではなかった。

「わたしはあなたからつっけんどんな態度を取られるようなことはなにひとつしていないわ、アレクシウス」

つい習慣で、シンは友に助けを求めた。だが、ボックス席の奥にたたずむデアはレインやふたりの紳士と話しこみ、セイントとハンターは隣のボックス席のレディたちといちゃついていた。誰も姉弟喧嘩には注意を払っていない。

「なぜわたしを呼びだしたんだ、ベル?」

わざととぼけてもう一度きくと、姉は目をみはった。「理由はよくわかっているはずよ。

何通も手紙を送ったでしょう。そのたびに同じ質問を投げかけたわ。どうしてわたしの期待を裏切ったのかと」

感情的に震える声に、シンは動じまいとした。

「期待を裏切った？　どういうことだ？」

ベリンダがぴしゃりと扇を閉じた。頬がかすかに紅潮している。

「あなたはあの小娘を誘惑して捨てるはずでしょう」

自分がレディ・ジュリアナを追い求めたのは彼女に欲望をかきたてられたからではなく、不愉快な目的のためだと指摘され、シンはいらだちが募った。

「頼まれたとおりにしたじゃないか」姉をにらんだ。

彼はジュリアナとベッドをともにした。これまでに何度も愛を交わし、とことん誘惑して至福の歓びを味わわせた。だが、姉にその詳細を説明する気はない。

ベリンダがいらだち交じりの吐息をもらした。「もちろん、そのことに疑いの余地はないわ。レディ・ジュリアナの美しい真珠のネックレスを見たもの。あれはあなたが贈ったものでしょう？　たくましいあなたがあの小娘と深い仲になったことを赤裸々に示すために。まったく、官能的なゲームがよっぽど好きなのね」図星だと言わんばかりのシンの沈黙に、姉は吹きだした。「あのばかな小娘は、あなたの贈り物に秘められた意味を全然知らないんでしょう？」

シンは痛いほど奥歯を噛みしめた。なんて愚かだったんだ！　ジュリアナに真珠などあげなければよかった。けれど、あのときは真珠のネックレスで歓びを与えたいという思いに抗えなかった。あの雨の午後、ジュリアナを腕に抱きながらネックレスで秘めた場所を愛撫していたときは、彼女がこれほど大切な存在になるとは夢にも思っていなかった。

ジュリアナはこれまでベッドをともにしたどのレディとも違うのに、ほかの女性と同じように扱ってしまった。

冷酷な姉の頼みによって。

シンは姉に険しい目を向けた。「私生活の詳細を語るつもりはない。それとも、あまりに心が空っぽで、なにかみだらなことを——わたしがほかの女性とベッドをともにすることでも——想像しなければ欲情できないのか？」

ベリンダが小首を傾《かし》げ、勝ち誇ったように顔を輝かせた。

「そう、レディ・ジュリアナはあなたの邪なゲームについてなにも知らないのね。上流社会のレディの半数が、真珠を用いたあなたの愛撫を経験ずみだと知ったら、あの小娘はどう反応するかしら。ちょっと賭けをしてみない？　オペラグラスでボックス席を見渡したら、大胆にも夫の目の前であなたの真珠のネックレスを身につけている女性が何人見つかると思う？　ふたり、七人、それとも一二人？」

シンは挑発されているとわかっていたが、それでも人目をはばからずにベリンダを絞め殺したい衝動に駆られた。姉がオペラグラスを目元に近づけたので、その手首をつかんだ。

「ばかな真似はやめるんだ。わたしを警戒している女性に過去の愛人の話などするわけがないだろう？　わたしはレディ・ジュリアナの信頼を勝ちとらなければならなかったんだから」

「許してちょうだい、アレクシウス。わたしのために自分の身を犠牲にし、順応性に富む主義を曲げなければならなかったなんて、あなたはとても勇敢で忠実だわ」

「気づいてもらえてありがたいよ」押し殺した声でつぶやく。

「だったら教えて。なぜ公衆の面前で別れを切りだして、あの小娘に屈辱を味わわせてやらないの？」ベリンダは手首をひねってシンの手を振り払うと、オペラグラスを目の高さに持ちあげた。

ベリンダが自分の主張を証明するためにシンから贈られた真珠のネックレスを身につけた女性たちを探すつもりなら、彼は逆上してなにをしでかすかわからなかった。なぜシンがかかわる女性は皆、彼の気を変にさせようとするのだろう？

ベリンダはシンがジュリアナを傷つけることを望んでいる。もし彼の裏切りがジュリアナにばれれば、そう簡単に許してはもらえまい。ジュリアナに対する姉のあからさまな敵意によって、シンの運命は定まったも同然だ。姉に対して愛と忠誠を示すべきだが、ジュリアナには大いなる敬意と欲望を抱いている。ほんの火遊びのつもりで始めたことが、彼女への愛情が深まるにつれて複雑になってしまった。ベリンダがひとたび策略をめぐらせば、彼を含め、誰もが満足する結果は得られないだろう。

シンは、友人や競争相手や愛人候補を探して聴衆を眺めまわす姉の横顔を見つめた。ベリンダの美貌を脅かすレディはほとんど存在しない。姉が自分の恵まれた容姿に満足しないのは実に遺憾なことだ。

「わたしにはわたしの理由がある」なんとかベリンダをなだめようとして言った。

けれど、姉のいらだちはおさまらなかった。

ベリンダが不満げな声をもらした。「ねえ、もっとましな口実は思いつかないの?」

シンは限られた選択肢を考慮した。ジュリアナに愛情を抱いたと勘ぐられるのを覚悟で、沈黙を貫くこともできる。しかし、それがどんな結果をもたらすかは予測不可能だ。ベリンダにはあと先も考えずに自分で処理しようとする悪い癖がある。そもそも姉の頼みに応じたのもそのせいだ。

多少なりとも主導権を握ることで、いざとなったら双方の女性を守ろうと思っていた。たとえ、そのために卑劣な嘘をつくことになっても。

シンは両手を組みあわせて両膝に肘をついた。ベリンダはどこかのボックス席に目が釘づけになっているが、こちらに耳は傾けているはずだ。声をひそめて、彼は言った。「なぜ誘惑だけでよしとするんだ? レディ・ジュリアナとベッドをともにするのはちっとも大変ではなかった」

もちろん、それは嘘だ。ジュリアナがなかなか誘いに応じなかったせいで、さんざん追いかけまわす羽目となった。しかし、それを打ち明ければ厄介なことになる。

シンは生まれてこのかた、ひとりの女性をこれほど求めたことはなかった。自分の腕のなかでついにジュリアナが降伏したとき、勝利の喜びと情熱に駆りたてられ、何度も彼女を貫いた。ベリンダのことや姉から頼まれた復讐について思いだしたのは、ずっとあとになってからだった。

ベリンダがオペラグラスから目を離した。「だったら、なにをするつもりなの?」

「身も心も誘惑するのさ」シンは気楽な口調で答えた。

気楽すぎる口調で。

その言葉は、普段のシンが女性の体や心をいかに気にかけないか、思いださせるものだった。「すでにレディ・ジュリアナの純潔は奪った。次は彼女の優しさにつけこんで愛情を勝ちとる。それはレディ・ジュリアナに、一生許せないほどの屈辱を与えるはずだ」

この計画を実行すれば、ジュリアナを永遠に失うことになるだろう。そう考えただけで、周囲の椅子や人々をずたずたに切り裂きたくなった。

かつて冷酷で傲慢だった男は、ジュリアナと出会ったのを機に生まれ変わった。

シンは彼女と会って醜い真実を打ち明けなければならないとわかっていた。きっとひと筋縄ではいかないだろうし、許してもらえないかもしれない。彼は鋭い胸の痛みを無視した。きっとジュリアナは許してくれるはずだ。

いずれは。

とにかく今は、依然として姉に忠実だとベリンダに信じこませる必要がある。

夜明けを告げる鶏のように、ベリンダが甲高い笑い声をあげた。「わたしの復讐を担うハンサムな弟のシン、本当にそんなことをやってのける自信があるの？」

彼は美しくも冷ややかな笑みを返した。「レディ・ジュリアナはわたしを愛するようになるはずだ」

ベリンダは右目を閉じて左目でオペラグラスを覗いた。なにか愉快なものを眺めているらしく、ほっそりとした体を噴水のように震わせた。「あなた、ぐずぐずしている暇はなさそうよ」

シンはオペラグラスを渡された。

姉のくだらない冗談にいらだちながら、オペラグラスを目に当てる。飛びこんできた光景にぱっと立ちあがり、胸にわきあがった怒りで視界が黒ずんだ。

「もっとも、そんなことよりもっと厄介な問題があるわね」ベリンダはこのとんでもない展開に動じることなく言った。「どうやらあなたはお払い箱にされたみたいよ」

13

「ゴムフレイ、どうやってシンクレアからその美女を奪ったんだ？　あの男は彼女に言い寄っていたんじゃないのか？」

ジュリアナはリプリー卿の下品な質問にうんざりした。彼は彼女をじろじろと眺めまわしていた。ジュリアナだけでなく彼女の連れに対しても失礼極まりない態度だ。社交界におけるわたしの地位はここまで落ちぶれてしまったのだろうか？　あと何回こんなことに我慢しなければならないのだろう？

ゴムフレイ伯爵に腕をきつく握りしめられていなければ、この場から逃げだしたかもしれない。だが、ばかげた真似をしてはならないと腕の痛みが警告している。ジュリアナがシンを振って伯爵に心変わりしたと周囲に信じこませられるかどうかに、彼女の家族の運命がかかっているのだ。

伯爵は羨望《せんぼう》のまなざしを浴びて上機嫌だった。「レディ・ジュリアナはよりよい紳士を見分ける目を備えているのさ。そうじゃないかい、愛《いと》しい人？」

ジュリアナはいっそうきつく腕を締めつけられた。ぎゅっと歯を食いしばりながら、ほほえむ。「あなたの雄弁なお言葉に異を唱えるつもりなど毛頭ございません、伯爵様」

　まわりの人々は笑ったが、ゴムフレイ伯爵はばかにされたのか思案するように困惑顔で眉をひそめた。リプリー卿が話題を変えたため、彼女の返事は聞き流された。

　愚かな人。シンやほかの人たちであれば、ジュリアナの皮肉を理解したはずだ。ゴムフレイ伯爵が率直に話すことを彼女に期待しているのなら、大いにがっかりすることになるだろう。レディ・ダンカムの借金が清算されたと伯爵が見なすまではとらわれの身だ。そんな彼女にとって、反抗心は唯一の武器だった。

　眼下ではオーケストラが最初の二曲の演奏を終え、続いて序曲が流れだした。ジュリアナは劇場内を見渡した。誰もまだ自分の席につこうとしていない。彼女は音楽に集中したかったが、観客の話し声でほとんど聞こえなかった。この拷問は束の間の休息も与えられないのだ。

　不意に目頭が熱くなった。涙かしら？　ジュリアナはゴムフレイ伯爵から顔をそむけた。こんなところで泣いてはいけない。新たな求婚者と楽しんでいるふりをしなければならないのだから。伯爵に気づかれれば、あとで彼の逆鱗にさらされるのは目に見えている。

　うっかり涙が流れそうになって必死に目をしばたたいていると、隣のボックス席からじっと見つめられていることに気づいた。平手打ちされたかのように怒りがこみあげて身構えた。まったく、なんて図々しい人かしら！　失礼な紳士をきっとにらみつけようとした矢先、相手の正体がわかり、ぞっとして喉に手を当てた。

チリングスワース伯爵。

非情な運命に、ジュリアナはわめき散らしたくなった。チリングスワース伯爵はシンの友人のなかで一番彼女を嫌っているようだった。とはいえ、あの晩キスされたことを除けば、彼のこれまでの言動は非難に値しない。だが、ふとチリングスワース伯爵の視線に気づくと、その青緑色の目は決まって敵意に燃えていた。彼を怒らせるようなことをした覚えはないにもかかわらず。

チリングスワース伯爵がゆっくりほほえんだので、胸に不安が広がった。

ハンサムな顔には満足げに勝ち誇った表情が浮かんでいる。運命によって邪悪な使者に選ばれた彼は、シンにジュリアナの裏切りをさぞ醜く伝えることだろう。

実際、真実も醜悪だけれど。

「どこに行くつもりだ？」

ゴムフレイ伯爵からいらだたしげに問いただされ、ジュリアナとチリングスワース伯爵の無言のやりとりが途切れた。いつの間にか立ちあがっていた彼女は、ゴムフレイ伯爵に乱暴に引っ張られて座らされた。彼は終始ジュリアナの腕をつかんで放さなかった。

これではまるで、鉛の首輪をつけられた馬や見世物の熊《くま》も同然だ。

「少し気分がすぐれなくて」彼女は嘘をつき、さりげなく腕をひねって伯爵の手を振りほどこうとした。強く握りしめられているせいで、指の感覚がなくなってきた。「控え室で数分休ませていただけませんか？」

伯爵は空いているほうの手で自分の友人たちを指し示した。「きみは友人に囲まれているのだし、気つけ薬を使えばいいではないか」

ゴムフレイ伯爵は彼女と目を合わせようとしなかった。

ジュリアナは身を乗りだして耳打ちした。「伯爵様、女性にはほかの理由で気分が悪くなることもあります。女性特有の……」わざと自分の腕に目をやる。「あなたの手をお借りできない理由で」

伯爵がためらった。

彼はジュリアナがそばを離れれば、そのまま劇場から逃げだすとでも思っているのだろうか？　それとも、レディ・ダンカムと交わした忌まわしい取引を口外されるのを恐れているのだろうか？　伯爵とふたりきりであれば、わたしは母の借金を返すつもりでいるし、心配は無用だと請けあうのに。

「まったく、気の毒なお嬢さんを控え室で休ませてあげなさいよ」リプリー卿の連れの女性がたしなめるように言った。

ジュリアナがしばらくひとりになるために口実をでっちあげたのではないかとゴムフレイ伯爵が疑っているのは明らかだが、礼儀正しく許可を求められた以上、それを無下に反対することはできないだろう。伯爵は友人たちから暴君だと思われたくないはずだ。

伯爵はうなずいてジュリアナの腕を放した。「控え室だな。それより先には行かないでくれ」長手袋で隠れた彼女の痣をぽんと叩いた。「戻ってこられなければ、こちらが迎えに行く」

冷酷なまなざし同様、その言葉には彼の脅しがありありとにじんでいた。

ジュリアナが戻ってこなければ、伯爵は彼女を見つけて引きずり戻すつもりなのだ。ジュリアナは震えながらうなずいた。

まっすぐ身を起こした瞬間、彼女は喉を詰まらせた。

凶暴な顔つきのシンが、退路を断つように立ちはだかっていた。

ああ、なんてこと、こんなひどいことになるとは夢にも思わなかった。

シンはかろうじて抑えている怒りを今にも爆発させそうだ。

その標的となるのは自分だろうと、ジュリアナは覚悟した。

14

裏切られた怒りに血をたぎらせながら、シンはジュリアナをにらんだ。

「バルコニーから飛びおりるつもりがないなら、逃げる方向を間違えているぞ」

ジュリアナの瞳に浮かんだ恐怖や、距離を置こうとあがく姿から、彼女の化けの皮がはがれた。もしも昨日、いや、ほんの一時間前、彼女の名誉に疑問を抱く者がいたら、シンはその男を殴り倒しただろう。実際こうして裏切りの証拠を目の前に突きつけられても、彼はジュリアナがゴムフレイの手中に落ちたもっともらしい理由を必死に探している。

シンは手を差しだした。「一緒に来るんだ」

ジュリアナが怯えながらシンからゴムフレイに視線を移すと、伯爵が彼女の背後に移動した。シンは上唇をゆがめた。女々しい腰抜けめ。本物の紳士なら、決して女性の背後に隠れたりしない。

「レディ・ジュリアナはきみとの交際に飽きたのだよ、シンクレア」伯爵は肩を引き、鳥のように胸をふくらませた。今にも小さな声でさえずりそうだ。「未練がましい真似をして、彼女や自分を辱めるのはやめたまえ」

目を細めてジュリアナを見据えたまま、シンは手を振ってゴムフレイをだまらせた。「本当なのか？　きみはこの耳障りな男と望んでつきあっているのか？」

ジュリアナは周囲を見まわしたが、シンの顔に目を向けようとはしなかった。「あ、あなたと話すべきだったわ。そうしようとしたのよ。従僕に手紙を届けさせたでしょう」

「手紙にはこんなことは書かれていなかった！」彼が怒鳴ると、ジュリアナはひるんだ。

聴衆の注目の的となり、彼女が気まずい思いをしているのは明らかだった。ジュリアナには気の毒だが、シンは彼女の気持ちなどかまわずに、抜け目なくそれを逆手に取った。

「それで、どうなんだ？」

ジュリアナがぱっと彼の顔を見あげた。たいていの女性は逆上した男と争うとき、涙という強力な武器を使う。きっと彼女の美しい緑の瞳も潤んでいるはずだ。たとえジュリアナがそんな手を使っても、彼女を悪く思うつもりはなかった。しかし、その目は乾いていた。

「あなたがわたしのことを本当に理解しているなら、すでに答えはわかっているはずよ、シンクレア侯爵」淡々とした声で、ジュリアナは答えた。

それは腹を立てた女性がシンをいらだたせるためだけに、いかにも口にしそうな意味深長な台詞《せりふ》だった。シンが一歩踏みだしたところ、ゴムフレイがジュリアナの肩に手をのせた。

彼女への指示か独占欲を示そうとしたのだろう。

どちらの理由であろうと、シンにとっては関係なかった。

ゴムフレイがわが物顔でジュリアナに触れ、彼女が抗いもせずに受け入れてじっと立ち尽くしているのを見て、シンはかっとなってまくしたてた。「レディ・ジュリアナ、正直きみのことがさっぱりわからない。こんなことを言うと冷酷で赤裸々だと思われるかもしれないが、どうか気にしないでくれ。わたしは女性の体をとことん奪うことしか望んでいないとき、相手の気持ちに思いを馳《は》せることなどめったにない」

その言葉の真意に誤解の余地はなかった。

まるで平手打ちされたかのように、ジュリアナがはっと息をのんだ。同じボックス席に居合わせた紳士淑女は驚きや困惑の言葉をもらした。

シンはわざと無表情を保った。ジュリアナの顔に一瞬苦悶《くもん》の表情がよぎったが、動じまいとした。

ブロンドの巻き毛を激しく揺らして、彼女がうなずいた。「わたしのほうは出会ったときから、あなたのことをすっかり理解していたわ、シンクレア侯爵」

「それは本当か？」

「ええ！」ジュリアナは反抗的にぐいと顎をあげた。「でも、わたしを傷つけたかもしれないと心配する必要はないわ。あなたがなにか個人的なものを与えてくれるような男性だったら、この別れを何年も悲しんだでしょうけれど」

彼女の告白にシンは面食らった。この小娘はわずかに残ったプライドも投げ捨て、社交界の笑い物になる危険を冒している。「ジュリアナ――」彼は警告するように言った。

「まだ話は終わっていないわ」感情的な声で、彼女は続けた。「あなたになにか大切なものを奪われていたら、あなたを失って傷ついたかもしれない。でも、大事なものはなにひとつ奪われなかった。だから、あなたはもう自由の身よ、シンクレア侯爵」いざとなればシンを守ろうとバルコニーに片足をのせているフロストをにらんだ。「どうぞ、ご友人や……貪欲な愛人たちや、元の冷酷非道な人生にお戻りになって。そして、わたしが今夜一緒に過ごすことにした殿方を非難するのはやめてちょうだい！」

ゴムフレイ伯爵が彼女の頰に人差し指を滑らせた。「よく言ったぞ、ジュリアナ」シンに向かってほくそ笑む。「きみの勇気はきみが正しいことを充分に裏づけている」

ジュリアナがシンの無表情な顔から視線を引き離し、いらだたしげに伯爵を見た。「どういうことですか？」

「シンクレアと彼の姉上に公然と刃向かう者はほとんどいないからな」

シンは凍りついた。はらわたが煮えくり返る思いで友人たちに目を走らせる。右手にいるデア、左手にいるセイント、ハンターへと。いったい誰がばらした？　ベリンダの頼み事について詳しく知る人間はごくひと握りだ。誰がゴムフレイにもらしたにしろ、シンの怒りを一身に受けることになるだろう。

「シンクレア侯爵のお姉様？」ジュリアナが青ざめた顔できき返した。「彼はお姉様のことを一度だけちらりと口にしましたが、彼女がロンドンにいらっしゃるとは知りませんでした」

「それは妙だな、レディ・グレーデルのほうはきみのことをよく知っているようなのに」ゴムフレイは愉快そうに明かした。「どうか許してくれ――ふたりが姉弟だと誰にも聞かされていなかったのかね？」

その新事実に愕然《がくぜん》として、ジュリアナはかぶりを振った。

ゴムフレイは拳を握りしめるシンをたしなめるように首を振った。すっかりご満悦の様子で。

「いったい誰に聞いた？」シンは詰問した。

ゴムフレイはそれを聞き流し、ジュリアナに視線を注いだ。

「なんと悲劇的な過ちだ。だが、この姉弟が無垢な女性に敵意を抱くなど、誰が予想できただろう」

ジュリアナはぞっとした顔でなにか言おうと口を開いたが、ゴムフレイへの質問が喉に引っかかっているようだ。

しかし、鶏の糞《ふん》のように汚らわしいゴムフレイがあっさり言った。

「シンクレアがきみに抱いていた愛情は偽りだよ。レディ・グレーデルの親友によれば、この男は姉上に頼まれてきみに近づいたそうだ。きみの純潔を奪うという目的で。シンクレアがその目的を果たしたことを、わたしは信じて疑わないが」

ジュリアナが大きくよろめくと、気絶した場合に備えてまわりにいた数人の紳士が近づいた。

「わたしは大丈夫です」彼女は素っ気なく言い、人々の救いの手を振り払った。

ジュリアナが抗うとわかっていても、シンは彼女を抱きあげて観客の視線から守るために空いているボックス席に運び去りたかった。嫉妬に駆られた彼の非難に加え、ゴムフレイが秘密を暴露したせいで、ジュリアナは公衆の面前で屈辱を味わわされた。ベリンダの予想をうわまわる形で。

またしても、シンはシンクレア一族の名に恥じぬ冷酷非道ぶりを発揮した。

父は息子が引き起こしたこの騒動を、さぞ誇らしく思うに違いない。

ゴムフレイはジュリアナを自分のものだと宣言し、彼女が元恋人に抱いていた思いを容赦なく踏みにじったことでさらに図に乗った。「かねてから不思議に思っていたのだよ、シンクレア、姉上のためとはいえ、よく自分の体を売ることに耐えられるものだと」

シンは稲妻のような速さで反撃した。ジュリアナのやつれた顔をじっと見つめるなり、ゴムフレイの傲慢な顔を殴った。手の関節が伯爵の歯に当たって鋭い痛みが走った。ゴムフレイはよろよろと退き、尻餅《しりもち》をついた。床に血だまりができていく。幸い、そのほとんどが相手のものだった。

伯爵が血まみれの歯をむきだしにした。「忌々しいろくでなしめ！」彼はシンに向かって闇雲に飛びかかってきた。

デアがジュリアナをつかみ、殴りあいに巻きこまれないよう脇へいざなった。ボックス席の人々が途方に暮れるなか、ふたりの男は空いていた椅子に突っこんでいき、ほかの椅子をなぎ倒した。シンはみぞおちを思いきり殴られて唸った。ゴムフレイともども床を転がると、ボックス席にいた女性たちが悲鳴をあげておののいた。背後からは男性たちの叫び声が聞こえる。突然、腕をきつくつかまれ、ゴムフレイから引き離されそうになった。シンは一瞬の隙を突いて伯爵の股間を踵で踏みつけた。両腕をつかむ手に抗いながらも、ゴムフレイが脇腹を下にして嘔吐《おうと》する様子に満足感を覚えた。

シンは自分を拘束する男たちも叩きのめそうとしたが、相手はフロストとハンターだった。ふたりの手を振り払い、袖で口の端をぬぐう。

「いったいどこから現われたんだ？　羽を生やして飛んできたのか？」

フロストがシンの痣だらけの背中をぴしゃりと叩いた。

「ぐずぐずしていたら、愉快な見世物を見逃すところだった」

「まったく、ヴェインとフロストが誰かを挑発して喧嘩するんじゃないかと心配していたら、こんなことになるとは」セイントがぼやいた。彼はレインとともに押さえつけていた紳士たちを放し、彼らが伯爵の手当てをできるようにした。

シンはゴムフレイに目をやった。伯爵は友人たちの手を借りてようやく立っているありさまだ。「ヴェインはどこだ？」

ヴェインの居場所をわざわざ突きとめようとする者はひとりもいなかった。

「これだけ目撃者がいれば、われわれは一生出入り禁止になるだろうな」レインがうれしそうに言う。

「必要とあらば、いつだって賄賂をたっぷり渡すことは可能だ」フロストはしかめっ面のシンを見て肩をすくめると、両腕を広げて周囲のボックス席を指し示した。「彼らは愉快な娯楽を提供したわれわれに、せめて金を支払うべきだ」

ジュリアナ。

彼女は無言でデアのかたわらに立っていた。幸い、喧嘩に巻きこまれて怪我をした様子はない。

シンは激しくなってきた腰の痛みを無視して、足を引きずりながら仲間たちの前を通り過ぎ、彼女に近づいた。「一緒に来てくれ」

彼が腕に触れたとたん、ジュリアナは茫然自失《ぼうぜんじしつ》の状態からわれに返った。ボックス席から連れだそうとすると、隣でもがいた。

「シン、今すぐ放して！」

ゴムフレイが自分の友人たちを押しのけた。「彼女はわたしのものだ、シンクレア。おまえには渡さない」シンとジュリアナの退席を阻むように立ちはだかる。

「ゴムフレイの顔をきれいにしてやってくれ」シンは肩越しに呼びかけた。仲間たちが、誰も自分とジュリアナを追いかけてこないようにしてくれるはずだと確信しながら。「帰る前に、レディ・ジュリアナとちょっと話をしたい」

15

シンは深紅のベルベットのカーテンを脇によけると、ジュリアナとともに狭い戸口を通り抜け、小さな控え室に移動した。そこは彼女がもともとゴムフレイ伯爵の鼻持ちならない友人たちから逃れるために避難するつもりだった場所だ。席を外そうとしていたときに、シンとその仲間が現われたのだ。

「放して」ジュリアナは歯を食いしばった。「あなたと話すことなんてなにもないわ」

「嘘つきめ」

ジュリアナは背中を壁に押しつけられ、シンの体でその場に釘づけにされた。腕を伸ばすことができれば、扉は手の届く距離にあった。

「社交界にちょっとした娯楽を提供したのだから、お互い相手に言いたいことがいくつかあるはずだ」

それを聞いて、ジュリアナは悲痛に顔がゆがめた。シンとゴムフレイ伯爵のせいで、劇場中の観客の前で屈辱を味わわされた。身動きを封じられながらも、彼女はシンの肩を拳で叩いた。「あの恐ろしい女性があなたの姉だったなんて！」

「血のつながりは半分しかない」彼は素っ気なく応えた。「母親が違うからな」そっとジュリアナを揺さぶる。「抗うのはよせ。そんなことをしても自分を傷つけるだけだ」

「いいえ、お互い知ってのとおり、わたしを傷つけたのはほかでもないあなたよ!」叫び返して、彼から逃れようとさらにもがいた。

だが努力もむなしく、力尽きるまでその場に押さえつけられた。忌々しいシンの顔を引っ掻くことすらできない。この邪魔な手袋のせいで! ジュリアナは疲れ果て、ぐったりと壁にもたれた。

「どういうわけか、出会ったとたんにレディ・グレーデルはわたしに反感を持ったわ」ジュリアナは顔をそむけ、細めた目でシンの上着の袖をにらんだ。裏切られたと思うと、つらすぎて彼を直視できなかった。「伯爵夫人はわたしのロンドン滞在を台なしにしようと決意しているようだった。あなたがその彼女をずっと手助けしていたなんて!」

「きみが思うほどじゃない」シンが叫び返した。「きみのこととなると姉への忠誠心が揺らぐと、何度も姉に責められた」

ジュリアナはぱっと目を見開き、怒りをぶつけた。「レディ・グレーデルにわたしたちがしたことを話したの? ああ、もう耐えられない! レトルコット伯爵邸の庭で初めてあなたを見たときから、信用できないならず者だと思っていたわ」

シンの緑がかった榛色の目が威嚇するようにきらめいた。「ほう? そのわりには、あっさりわたしに愛撫を許したな。きみはたいして抵抗しなかった――」

「やめて」ジュリアナは出会った当初の出来事を思い返した。唇を奪われ、シンと交わした口づけ。馬車で過ごした、あの雨の昼さがり。真珠のネックレス。わたしはなんて世間知らずのまぬけだったのだろう！　「ゴムフレイ伯爵が言ったことは本当なの？　あなたはお姉様に命令されて、わたしを誘惑したの？」

シンの沈黙にジュリアナは胸が引き裂かれた。なおも見つめていると、彼の首筋が張りつめた。「姉はそれを弟への頼み事と見なしていた」シンがついに重い口を開いた。

「ひどいわ。わたしはてっきりあなたが――」彼女は言葉を切った。自分の世界に喜んで迎え入れた、思いやりと愛情に満ちた男性をもはや信じられずに。

シンが険しい目でジュリアナを見た。「なんだ？　きみを愛しているとでも？」

ジュリアナの気持ちや彼の嘘を痛烈に嘲る言葉に、彼女はたじろいだ。

「レトルコット伯爵邸の庭で、わたしがどんな男か目の当たりにしたはずだ。信用できないならず者だと、さっき言ったじゃないか。わたしが何人もの女性に同様のことをしてこなければ、姉もこんな頼み事はしなかった。それとも、わたしが征服したほかの女性たちと自分は違うとでも思っていたのか？」

シンの狙いどおり、その言葉はジュリアナを深く傷つけた。「わたしはレディ・グレーデルがあなたのお姉様だと知らなかった。もし知っていれば……」

きついコルセットのせいで倒れそうだ。気絶しないよう切れ切れに息を吸い、彼の燃えるようなまなざしを受けとめた。「もし知っていたら、あなたとはいっさいかかわらないようにしたはずよ。あなたのまわりの空気さえ吸わなかったでしょうね」

シンが笑った拍子に、ブランデーの香りがするあたたかい息が顔にかかった。ジュリアナはそれを吸いこむまいとした。「美しくも哀れな、わが魔女よ。わたしの息以上のものを体に受け入れたきみは、さぞプライドが傷ついているだろうね」

もし後悔の念が黒い底なし沼なら、彼女はのみこまれていたに違いない。

ジュリアナはシンの胸を押した。まるで花崗岩《かこうがん》のようにびくともしなかった。

「傷ついたなんてものじゃないわ、シンクレア侯爵。吐き気がするほどよ！」

「本当か？　それは傷ついたな。気の毒だが、きみがわたしに劣らぬ嘘つきだと証明したくなった」

彼女が反応する間もなく、シンが唇を重ねてきた。それは徹底的に奪い求めるキスだった。情熱の炎にそっと肌を撫でられた瞬間、彼に身も心も所有されていることを思い知らされた。思わず絶望のうめき声が口からもれる。これまでふたりが分かちあってきたものは、冷酷な嘘の上に成り立っている。もしシンがジュリアナか愛する姉のどちらかを選べと言われたら、彼は間違いなく身内に忠誠を誓うだろう。

でも、そんなシンを責められない。自分だって同じことをするはずだ。

とはいえ、彼がジュリアナを傷つけたことには変わりない。

シンは長々とキスをして彼女の下唇をそっと噛んだあと、唇を離した。

「なぜゴムフレイはきみに触れる権利があると思いこんでいるんだ？」

キスに恍惚《こうこつ》となり、ジュリアナは彼を見つめて目をしばたたくことしかできなかった。シンはジュリアナの腕をつかんだ手をゆるめ、ふたたび彼女の唇を味わった。「どうか教えてくれ。ボックス席に引き返して、あの男に決闘を申しこんではならない理由をひとつでいいからあげてくれ」

ジュリアナはシンにまどわされたことに気づき、首や顔を真っ赤に染めた。

「今すぐ放して！」またしてもキスでなだめようとした彼の下唇を嚙んだ。

「くそっ！　血に飢えた魔女め！」シンはジュリアナを解放すると、唇に触れて出血しているかどうか確かめ、人差し指を彼女に突きつけた。「わたしに触れられるのが好きなくせに。否定しようとしても無駄だぞ」

たしかに明白な事実を否定したところで仕方ない。

「またキスをしようとしたら、医者に治療してもらうことになるわよ」脅し文句を口にしながら、滞っていた血流を元に戻そうと腕をさすった。

「ゴムフレイは――」シンが言いかけた。

ジュリアナは啞然としてぽかんと口を開けた。彼の傲慢さとしつこさはきりがないらしい。

「あなたには関係ないことよ」いったん口をつぐみ、反抗的にぐいと顔をあげる。「わたしのことだってそう。あんなことをした以上、あなたにはもう、わたしが誰とどこで夜を過ごすか問いただす権利はないわ」

シンが顔を手でこすった。自分がしたことにやましさを覚えたのか、居心地が悪そうだ。

いい気味よ！　ジュリアナは彼を許す気はなかった。たとえシンが一〇〇〇年苦しんだとしても、罪を償うことはできない。

彼が近づいてきて、気がつくとまたジュリアナは壁に背を押しつけていた。

「ひとつだけ教えてくれ。なぜあいつを選んだ？　どうしてゴムフレイなんだ？」

シンは心配してくれているわけではない、とジュリアナは自分に言い聞かせた。彼は別の男性に乗り換えられて憤っているだけだ。シンに身内の問題を相談しなくて正解だった。彼は姉と一緒になって、わたしのみじめな境遇を笑い飛ばしただろう。翌朝には、レディ・ダンカムがカードゲームの借金を清算するために末娘を売ったことが社交界に知れ渡ったに違いない。

時計の針を数時間巻き戻せたらいいのに。そうしたら、シンのクラブを通り過ぎずに御者に馬車をとめさせただろう。〈ノックス〉の正面階段をのぼってシンとの面会を要求し、そこで情事に終止符を打っていれば、彼の計画を崩壊させられたのだ。

そうすれば、ずたずたになったプライドのかけらを持ち続けられたかもしれない。

ジュリアナは腕を組んだ。「あなたは三つの質問をしたけれど、どれにも答えるつもりはないわ。伯爵が待っていらっしゃるから、もう失礼するわね」

ゴムフレイ伯爵のことを思うと恐怖がこみあげた。伯爵のもとにも、興味津々で憶測をめぐらす上流社会の人々のもとにも戻りたくない。もしも選択肢が与えられるなら、自分の快楽のためにジュリアナを利用するふたりの紳士から立ち去りたかった。

シンが彼女の腕をつかんだ。「まだふたりのあいだの問題は片がついていない」

「いったいなにに片をつけたいの、シン？」悲しみに喉を締めつけられながら尋ねた。「わたしにどうしてほしいの？　泣いてほしいの？　懇願してほしいの？　あなたの足元にくずおれればいいの？」

「そんなわけないだろう！」シンはジュリアナが並べあげたことに心底ぞっとしているようだった。「ジュリアナ」彼はため息をもらした。いつもの魅力や知性があまり感じられない。

「ゴムフレイのもとに戻るのはよせ。きみはあの男の評判を聞いたことがないんだろう。あの男は……愛人に手荒な真似をするともっぱらの噂だ。無垢なきみは知る由もないが、紳士のなかには異常な性癖を持つ者もいる」

シンや彼の仲間と違って。

けれど、シンや彼の同類がクラブに集い、泥酔するまで酒をあおったり、征服した女性の猥談《わいだん》で場を盛りあげたり、次の獲物について賭けをしたりしていたとしても意外ではない。

わたしの名前は今、その手の賭け金帳に載っているのだろうか。ジュリアナは自問しつつも滅入《めい》った。

ジュリアナの沈黙を誤解して、シンが彼女を自分のほうに向かせた。

「いいかい、きみはわたしの姉やゴムフレイや忌々しい社交界になにも証明しなくていいんだ。きみは男が一〇人束になってもかなわないほど勇敢だということはもうわかっている。どうかご家族のもとに送らせてくれ」

シンは同情しているのだ。それも当然だろう。ジュリアナは一歩を踏みだして彼の胸に顔をうずめたい衝動に駆られた。シンの腕に抱かれると、いつだって安心でき、慈しまれていると感じたものだ。

だが、彼の手も申し出もはねのけた。「今回の騒動でのあなたの失礼な振る舞いを思うと、ずいぶん寛大でいらっしゃるのね、シンクレア侯爵」

シンは憮然とした。「たった今きみを勇敢だと言ったが、まぬけという言葉のほうがぴったりだな。わたしは自分を侮辱した相手を殴っただけだ」

「それなら、わたしを殴ったらどう？」両腕を広げて、ジュリアナは挑発した。「たとえあなたに殴られても、嘘つきを愛してしまったと気づいたときの痛みよりひどいはずはないもの」

彼の緑がかった榛色の目が衝撃で呆然《ぼうぜん》となり、やがていぶかしむように細められた。

「きみはわたしを愛してなどいない」シンは一蹴した。

「ええ、もう愛はないわ。憎しみにかき消されたから」彼女は玄関ホールを指した。「あなたはもう勝利をおさめたのよ。どうぞ満足してお帰りになって」

「ゴムフレイのことは？」

シンのことだから痛烈に批判するはずだ。「彼のほうがいい人よ」

シンはまぶたを閉じてうなずいた。「わかった」ジュリアナの脇を通り過ぎ、ボックス席と控え室を隔てるカーテンをさっと開くと、友人たちに告げた。「帰るとしよう」

カーテンを閉じて、シンが振り向いた。ジュリアナは次の言葉に身構えた。なぜなら、これが彼の声を聞く最後の機会となるからだ。こんなひどい形で別れたら最後、もう二度と顔を合わすことはないだろう。

シンが上着の内側に手を伸ばし、ベストのポケットからなにかを取りだした。驚いたことに、それは白い羽根飾りだった。

「なぜずっと持っていたのか自分でもわからない」彼は感情もあらわに言った。「あの最初の晩から持ち歩いていた」自嘲するように小さく笑う。「だが、今となってはどうでもいいことだ」

シンはふわふわした羽根を吹き飛ばした。ふたりが見守るなか、それは目に見えない風に乗り、ジュリアナの左足の靴の上に優しく舞いおりた。

彼女は身をかがめて羽根を拾いあげた。

これは……？

なんの変哲もない羽根にじっと目を凝らす。

やはり、あの羽根だ。何週間も前、これのせいでレトルコット伯爵邸の榛の木の上にいたところをシンに見つかった。

どうして彼はこれを持ち続けていたのだろう？

思いがけない告白に困惑するあまり、シンがふたたび口を開くまで、ジュリアナは彼が遠ざかったことに気づかなかった。

「あともうひとつ」シンがそっけなく言った。「もし妊娠していたらどうするんだ？」

その問いにジュリアナは思わずびくっとした。とっさにおなかに手を当て、不安に襲われた。「そ、その心配はないわ――少なくとも、妊娠しているとは思わない」

「必ず確認してくれ」シンがぶっきらぼうな口調で言い返した。「はっきり断っておくが、きみがゴムフレイの婚外子をわたしの子供だと偽ったりすれば、きみやきみの家族は将来不幸な運命をたどるだろう」

脅し文句を口にしてから、彼は向きを変えて玄関ホールへと向かった。

深紅のカーテンが開き、シンが親しげにデアと呼んだヒュー卿、レインコート伯爵、ハンツリー公爵が控え室に入ってくると、ジュリアナは震える手で口を覆った。戸口からあとずさりして顎に手を当て、平静を装ってヘースティングズの港の下手な風景画を眺めた。

紳士たちはジュリアナの横顔に視線を注ぎ、シンのあとを追ってひとりずつ夜の闇に消えた。彼女の無頓着な様子をうのみにした者はひとりもいなかった。ジュリアナはさっと向きを変え、壁にもたれた。シンとの激しい口論が、隣のボックス席の全員に筒抜けだったとしてもおかしくない。

セイントヒル侯爵が開いている戸口に向かいながら、自分の存在を知らせるように咳払いをした。「レディ・ジュリアナ」敬意のこもる声でつぶやき、戸口で足をとめる。「動揺するあまり、シンは不作法に振る舞ったかもしれません。ですから、彼の代わりにひと言だけ。もしシンや〝ローズ・オブ・ヴァイス〟の助けが必要になったら、遠慮なくクラブに連絡してください。必ずシンに伝わるようにしますから」

セイントヒル侯爵が姿を消し、通路を遠ざかる足音が聞こえた。

侯爵の思いがけない気遣いにジュリアナの目が潤んだ。それを機に、堰《せき》を切ったように嗚《お》咽《えつ》がもれた。口を覆い、床に座りこみそうになった。

「いったいなにをしているのだ？」

ゴムフレイ伯爵に詰問され、両手を膝におろした。「な、なんでもありません」

つかつかと近づいてくるなり、ゴムフレイ伯爵はジュリアナを引っ張りあげた。伯爵の顔についていた血はぬぐい去られていたが、シンに殴られた下唇は切れて腫れあがり、頰は痣だらけだった。道徳観も性根も腐りきっている伯爵は、自分が打ち負かせる相手を探していた。「泣きじゃくる女をそばに置きたければ、一シリングも出せば路上で買える。だが、きみには大金を費やした」

伯爵はハンカチを取りだしてジュリアナに投げつけた。「顔をふいて髪型を整えろ。観客はきみが戻ってくるのを待ち構えている。彼らをがっかりさせたくはないだろう」

ジュリアナは目元をふいた。ゴムフレイ伯爵から顔をそむけてはなをかみ、汚れたハンカチをレティキュールにしまった。握りしめた拳を開き、シンが捨てた羽根を切なげに見つめる。とっさにそれをレティキュールの口に放りこみ、紐《ひも》を思いきり引っ張って閉じた。

身を起こした拍子に、反対側の壁の細長い鏡が目に入った。それを口実に伯爵から遠ざかり、髪の乱れを直した。

鏡に映った自分を見て、ジュリアナは顔をしかめた。鏡のなかから見つめ返す女性は、愛人から情熱的なキスをされたばかりに見える。シンの貪欲な口づけのせいで唇は赤く、やや腫れていた。束の間かき抱かれて抗ったとき、髪のピンも何本かはずれかけてしまったようだ。彼女はほつれたブロンドをふたたびピンできちんととめた。

「われわれの取引についてシンクレアになにか話したのか？」

ジュリアナは背後に立つゴムフレイ伯爵を鏡越しににらんだ。「いいえ。そんなことをしてなんの意味があるでしょう？　今夜はもう充分に辱めを受けました」

「いや、充分とは言えない」伯爵は彼女の首からむきだしになった肩にかけてを指先でたどった。「なぜあの男にキスを許した？」

「そんなことはしていません」張りつめた声で答える。

次の瞬間、ジュリアナは勢いよく壁に押しつけられた。悲鳴をあげる間もなく、金箔《きんぱく》が張られた鏡の枠に右の頬がぶつかった。うなじをきつくつかまれ、後ろに引っ張られる。鏡が床に落ち、足元で砕け散った。

「わたしに二度と嘘をつくな、レディ・ジュリアナ」ゴムフレイ伯爵は彼女のこわばった首を撫でた。「さもないとひどい目に遭うぞ」

ジュリアナの視界の隅に、カーテンの端を握りしめたまま控え室にたたずむチリングスワース伯爵の姿が映った。いつから見られていたのだろう？　別にどうだっていいわ。セイントヒル侯爵は親切な言葉をかけてくださったけど、彼の友人のチリングスワース伯爵はゴムフレイ伯爵の手荒な行為を賞賛するはずだ。

彼女は傲慢にほほえむチリングスワース伯爵を平然と見つめ返した。

「邪魔して申し訳ない」彼が礼儀正しく言った。「今すぐ立ち去るよ。いつものやり方で自分の席に戻るべきだったようだ」

「さあ、レディ・ジュリアナ」ゴムフレイ伯爵が彼女の肘をつかんだ。「われわれも席に戻るとしよう」

彼はチリングスワース伯爵に会釈した。「チリングスワース、わたしがシンクレアの趣味のよさを褒めていたと、あの男に伝えてくれ」ジュリアナにみだらな視線を向けながら、彼女を連れて開いているカーテンを通り過ぎる。「ありとあらゆる快楽を味わうのを楽しみにし、この幸運を与えてくれたシンクレアに感謝していると」

「ああ、伝えておこう」

ジュリアナが振り返ったときにはもうカーテンは閉まり、チリングスワース伯爵は彼女を見捨てて立ち去っていた。

16

数時間後、ジュリアナはゴムフレイ伯爵とともに彼の屋敷へ馬車で向かっていた。伯爵は新たな戦利品をどうするか考えをめぐらしているようだ。今では彼女も自分のことをそう見なし始めた。いつの間にか、人に利用されて捨てられる無力な駒《こま》となってしまった。まず母が一家のためにジュリアナとふたりの姉を嫁がせようとし、次にシンが意地悪な異母姉に頼まれてジュリアナを追い求めて誘惑した。そして今度は、別の身勝手な紳士が彼女をお金と引き替えに手に入れた。

小さな窓からぼんやり外を眺めていると、自分の未来が脳裏をよぎった。それはロンドンの街路のごとく冷え冷えとして陰鬱だった。

「なかなかいい晩だった」ゴムフレイ伯爵がほくそ笑んだ。向かいに座る彼が長い脚を伸ばしているせいで、汚れた靴がジュリアナの左腰にたびたびぶつかった。

「シンクレア侯爵にお鼻を殴られて血だらけになったときは、楽しんでいらっしゃるようには見えませんでしたが」

伯爵はとっさに慎重な手つきで鼻に触れ、彼女をにらんだ。「シンクレアの名前を口にし続けるのは身のためにならないぞ。その美しい首がどうなろうとかまわないというのであれば、母上や姉上たちのことを考えたまえ」

認めるのは癪だが、ゴムフレイ伯爵の言うとおりだった。彼の神経を逆撫でするのは賢明ではない。「お気に障るようなことを口にするつもりはありませんでした、伯爵様。わたしはただ事実を述べたまでです。シンクレア侯爵に殴られたのに、なぜうれしそうなのか理解できなかったものですから」

ジュリアナが静かな声でわびると、ゴムフレイ伯爵の怒りは和らいだ。薄暗い馬車のなかで白い歯を見せて笑い、伯爵は身を乗りだして彼女の膝をそっと叩いた。

「シンクレアはレディ・グレーデルに頼まれたのかもしれないが、あの男が大いに楽しんでいたのはたしかだ。まだ別れる気がなかったのに、わたしにきみを奪われて、シンクレアは激怒していた」伯爵は鼻歌でも歌いだしそうなほど上機嫌だった。「やつに不意打ちを食らわせたと思えば、多少血を流したことくらいなんでもない」

ジュリアナは椅子の背にもたれて暗闇に身を潜めた。

今夜は家族のもとに帰してもらえるかもしれないという期待は、ゴムフレイ伯爵が彼の家へ向かうよう御者に命じた瞬間に打ち砕かれた。

伯爵はレディ・ダンカムとの裏取引の条件をこっそり修正したわけだが、やましさを感じているようにはちっとも見えない。

今もシンに憤る伯爵は、ジュリアナを寝取ることで復讐しようとしているのだろう。シンからなにかを奪えば大いに満足するとでもいうように。

ジュリアナはまぶたをさげ、長いまつげの隙間から行き過ぎる風景を眺めた。これまで彼女に親密に触れたことがあるのはシンだけだ。最初はいとも簡単に体から反応を引きだされることが怖かった。だが、やがて愛の営みは歓びに変わった。

どの愛人たちもそうなのだろうか？

ゴムフレイ伯爵もシンのように、触れるだけでわたしを燃えあがらせることができるのかしら？　伯爵はわたしにすべてを忘れさせるの？　シンの乳首を舐めたときの塩辛い味も、欲情した彼の匂いも、精を放つ瞬間、彼の喉からほとばしる快感の低い唸り声も。シンの裏切りや彼と交わした辛辣な言葉を思いだすと、今も胸が痛む。

シンにとって、ふたりが分かちあったことはすべて無意味だったのだろうか？　すべてがゲームだったの？

ジュリアナは魂と引き替えにしてでも真実が知りたかった。

「眠ってしまったのか」彼女の腕をつかむゴムフレイ伯爵の手つきは強い独占欲を感じさせる反面、妙に優しかった。「わが家に着いたぞ、お嬢さん」

ジュリアナが馬車からおりると、伯爵は彼女の肩をマントで覆い、玄関へいざなった。

「気にならないのですか？」質問したとたん、後悔して唇を噛んだ。

「なにがだ？」伯爵は扉を開け、玄関ホールにジュリアナを押しこんだ。「寝ぼけているようだな。なにを言いたいのかさっぱりわからない。まだ夢を見ているんだろう」

「いいえ、もう目が覚めました」

ゴムフレイ伯爵が扉を閉める音が響き、ジュリアナは暗闇のなかで身を震わせた。伯爵が蠟燭かランプを灯《とも》そうと前を通り過ぎた。

「ききたいことがあるなら、きけばいい」

なにかを引っ掻くような音がして、蠟燭に火がついた。

ジュリアナはちらちらとまたたく炎をじっと見つめた。「シンクレア侯爵が最初にわたしとベッドをともにしたことは、気にならないのですか？」

ゴムフレイ伯爵は拳を口に当て、忍び笑いをもらした。銀の燭台《しょくだい》をつかみ、こちらに近づいてくる。ジュリアナを蠟燭の炎で照らしたときも、まだその口元はゆるんでいた。

「なんてうぶなお嬢さんだ。なかなか魅力的だよ、レディ・ジュリアナ。それはお芝居か？それとも、その美しい体をシンクレアにむさぼられてもなお純真さを保っているのか？」

伯爵は彼女の腕をつかんで、こめかみにキスをした。「質問の答えはイエスだ。シンクレアが先にきみと寝ようとまったくかまわない。あの悪党がまだきみに未練を残し、その欲望を満たせずにいると思うと、きみを奪うたびにさらなる満足感を得られそうだ」

「それは誤解です。シンクレア侯爵はわたしを求めてなどいません」

伯爵が啞然として彼女を見た。「きみは実に魅力的な女性だ。一緒に夏を過ごすのが待ち遠しいよ、レディ・ジュリアナ」

彼はジュリアナを階段に導いた。

「ひょっとすると、きみは母親の借金を返し終えたあとも、わたしのベッドにとどまりたいと懇願するかもしれないな」

それは断じてありえない。ジュリアナはそう思ったが、口には出さなかった。

「たいてい愛人には数週間で飽きてしまう」伯爵のさりげない言葉から、自分の愛の技能や力に自信があることがうかがえた。「だが、きみがわたしを満足させてくれれば、もっと長く手元に置きたいと思うかもしれない」

シンはブランデーの空き瓶をカードゲームのテーブルに乱暴に置いた。「もうやめにするよ」ろれつのまわらない声で言うと、ふらふらと立ちあがった。

仲間たちと劇場をあとにし、一行は馬車に乗りこんで〈ノックス〉へ向かった。シンは、自分が姉からもレディ・ジュリアナの誘惑からも晴れて自由の身となったことをみんなで祝おうと持ちかけた。

シンが彼の身も心もからめとった女性を無造作に捨てたことに仲間たちは賛辞を贈り、クラブで最高級のブランデーを彼の喉に流しこんだ。その後、一同は大金を注ぎこんで賭けに没頭した。

フロストがぼうっとした目でシンを見た。「ばかを言うな。まだ五本空けただけじゃないか」

「いつからそんなに胃腸が弱くなったんだ?」ヴェインがからかった。ぽっちゃりした鳶色《とびいろ》の髪の女を膝にのせた彼は、仲間内で一番酒にも勝負にも強かった。

「ブランデーのことじゃない」シンは侮辱されてせせら笑った。「ゲームからおりると言ったんだ。今夜はカードゲームができるほど頭が働かない」

「そんなこと言うなよ」ハンターがぼやく。「こっちは明日の朝までに、おまえのロンドンの邸宅と愛馬を勝ちとるつもりだったんだぞ」

レインが椅子の背にもたれて近くのテーブルからブランデーの瓶をくすね、歯でコルクを抜いた。「シンの馬を勝ちとるのは、このわたしだと思っていたが」仲間たちが笑うと、テーブルに並ぶ空のグラスに酒を注いだ。

シンはテーブルに両手をついて体を支えた。「きみたちはそれでもわたしの友人か？　ますますここでやめるべきだという気になったぞ」

「臆病者」シンがふらつきながらテーブルを離れると、フロストが言った。

シンは誰もが滑稽《こっけい》だと思う下品なしぐさで応えた。

深夜にもかかわらず、〈ノックス〉はにぎわっていた。シンは何人もの客にぶつかりながら部屋を横切った。かろうじて立っていられたのは、それだけ混雑していたからだ。戸口へたどりつく前に、デアとセイントに左右の腕をつかまれた。

「いったいどこに行くつもりだ、シン？」デアがシンの鼻先で叫んだ。

「ブランデーを探しているんだよ」このまま飲み続ければ、いずれジュリアナの声を頭から消せるだろう。

　セイントが笑い、シンをデアの腕のなかに押しこんだ。「わたしが新しい瓶を取ってくる。それまで、シンが階段で吐かないよう見張っていてくれ」

「二階に行ったほうがいいか？」デアが尋ねる。

　シンはかぶりを振り、そっけなく答えた。「椅子」

「くそっ、おまえは重いな」

　デアの手を借りて、シンはいったんテーブルに座り、そこから椅子に腰を移してから室内の様子を眺めた。「とにかく、わたしがちゃんと家にたどりつくようにしてくれ。もしも息絶えるなら、自分のベッドで死にたいからな」

　デアがシンをじっと見おろした。「わかった、おまえの言うとおりにする。一緒にいようか？」

　シンは顔をこすり、友人の顔に浮かぶ哀れみの表情を無視しようとした。デアは愛する女性を失うつらさを身をもって知っている。

　愛？　その考えにシンは眉をひそめた。わたしはジュリアナを愛しているわけではない。ただ、あたたかく従順な彼女の体を失って悲しいだけだ。ジュリアナの笑い声や、この腕のなかで身を震わせながらわたしの肩を噛むしぐさが恋しいだけだ。

　セイントが瓶とグラスを手に戻ってきた。

　シンは瓶をつかむなり顔をしかめた。「いや、ひとりにしてくれ」

　セイントがデアをにらんだ。「こいつになにを言ったんだ？」

「なにも。シンは酔っ払って荒れているのさ」デアは、シンがグラスではなくテーブルにブランデーを注ぐ様子を見守った。「わたしにやらせてくれ」グラスを満たすと、どんと瓶を置いた。「この瓶を飲み干す前に、シンは酔いつぶれるだろう」

「それはどうかな。シンがこれともう一本を飲み干してから酔いつぶれるほうに一〇〇ポンドだ」セイントが言い返す。

「よし」

ふたりは賭けの条件を決め、シンとブランデーをその場に残して立ち去った。

シンはひとりきりになってせいせいした。彼に注意を払う者はひとりもいなかった。部屋の反対側で数人の男が歌うみだらな曲に耳を傾けながら、ブランデーを飲む。ときおり、パトロンに色目を使う娼婦の笑い声や負けず嫌いな男の怒鳴り声、勝者の歓声が響いた。

デアの予想に反し、シンは二本目の瓶を開け、半分ほど飲んだところで立ちあがり、庭で用を足すことにした。どうやって外に出たのかは記憶にないが、涼しい夜気は心地よかった。おかげで元気を取り戻し、テーブルに戻って酒を飲み干せそうだった。

数分かかってきちんと扉を閉めてから向き直ると、マダム・ヴェンナに雇われている娼婦がブランデーの瓶の前に立っていた。

「こんばんは、シンクレア侯爵」

シンは目を細めた。彼女がフロストや〈ノックス〉の顧客と一緒にいるところを見た記憶がある。「きみには見覚えがある」だが、名前が思いだせなかった。

「ええ。皆さんからローズと呼ばれています」

歓迎される自信がないのか、ローズはゆっくりと近づいてきた。シンは胸に触れられてもその手を払いのけず、抱きつかれてもとがめなかった。「誰かがそばにいたほうがよさそうですね。今夜の侯爵様は少々足元がふらついているようですから」

「頭がくらくらする」シンはつぶやき、ローズの赤毛に鼻先をうずめた。彼女の香りは不快なものではなかった。長い手足、透き通るように白い肌、大きな紺色の瞳。なかなかの美人だ。

ローズにはジュリアナを思いださせるところはいっさいない。

「酒よりずっといいな」肩で息をしながら、ローズの首筋にキスをする。

だが酔いがまわりすぎて、ほとんどなにも感じなかった。今夜は優しくなれそうにない。ジュリアナを忘れたいとしか願っていないのだから……。

17

「マイ・ダーリン、起きてちょうだい、アレクシウス！」

ゆうべ飲み干した一本半のブランデーになおも胃をむかむかさせながら、シンは枕《まくら》に顔をうずめてうめいた。死にそうな気分というのはこのことか。まさに地獄だな。頭と胃のどちらがより痛むのかわからない。

誰かが腕をつかんで彼を揺さぶった。胃のなかでブランデーがたぷたぷ揺れる音がした。繊細な耳には、それが血の海をのみこんだかのように響いた。

「放っておいてくれ！」

ここはいったいどこだ？　匂いや感触からして自分のベッドにいるようだが、ベッドにもぐりこんだことはもちろん、家に帰ったことさえ覚えていない。

「まったく、朝のあなたときたら獣のようね！」

〝獣〟という言葉にかすかな記憶があるが、思いだせない。頭が混乱し、酔いが覚めやらないまま、ベッドにいる忌々しい女性の正体を突きとめようとした。はっきり覚えているのは、仲間とクラブに引き返したときまでだ。それ以降の出来事はブランデーにかき消されてしまった。心身ともに記憶がないが、おそらく狂気に駆られ、愛の神エロス並みの性欲を発揮したに違いない。

シンは慎重に仰向けになった。そのせいで頭がくらくらして、まぶたも開けられなかった。「今は正気を失い、人の相手ができる状態にない。いい子だから、わたしにこの枕で窒息させられる前にどこかへ行ってくれ」

それは真実ではなかった。今の彼には人殺しをする力などない。ベッドに横たわって痛みに耐えるのがせいぜいだ。

「アレクシウス？」がみがみ女が、痣のできた彼のまぶたに親指を当て、無理やり開けさせた。部屋に差しこんだ陽光が、熱い火かき棒のように目に突き刺さった。「起きているの？」

痛みに悲鳴をあげ、女の両手を乱暴に押しのけた。「くそっ、静かに死なせてもくれないのか？」胃がむかむかして怒鳴った。

汗まみれで、目元に手を押し当て、吐き気と闘う。ある程度おさまったところで、自分の腹部をさすっている女をにらんだ。

素早く目をしばたたくと、姉の美しい顔や黒髪がはっきりと見えた。「ベルか？ いったいここでなにをしているんだ？」しゃがれた声できいた。

その問いに、ベリンダが唖然として小首を傾げた。「いったい誰だと思ったの？」弟に姉だとわかってもらえなかったことに気づき、ぽかんと口を開けた。さっと手で口を覆い、くすくす笑う。「かわいそうなアレクシウス。目が覚めたら自分のベッドに見知らぬ女性がいたことが、これまで何回あったの？」

「こんなに気分が悪くなければ、それほど多くないと答えるところだ」そうぼやくと、姉はまた忍び笑いをもらした。

ベリンダが断固として居座るつもりだと悟り、シンはまぶたを開け、自分が裸だということに気づいた。誰かに――おそらく従僕に――服を脱がしてもらったのだろう。腰から下は皺くちゃのシーツに覆われていた。けれども、眠っているあいだに蹴飛ばした毛布をつかんで引きあげ、むきだしの上半身を隠さずにはいられなかった。

「今、何時だ？」両肘をついて上体を起こす。

「一一時ごろだと思うわ」

シンはあくびをした。「午前の訪問にしてはいささか早すぎるんじゃないか、ベル。たしか一一時前にはベッドから出ない主義だっただろう」

訪問の理由を不意に思いだしたらしく、ベリンダがベッドにのぼってきた。有頂天の子供さながらに目を輝かせながら。「待ちきれなかったのよ。あなたがレディ・ジュリアナやゴムフレイ伯爵と一戦交えたあと、わたしのボックス席に戻ってきてくれていたら、わざわざこちらから訪ねずにすんだのに」

ゆうべの冷酷な振る舞いを思いだしたとたん、シンの顔からのんきな表情が消えた。

ジュリアナ。

「長居をする気はないと告げただろう」

ベリンダはうかつにもシンの気分が一変したことや、彼の説明がふたりの距離を広げたことに気づかなかった。ベリンダがにじり寄ってくると、シンは姉が座れるように脚をどけた。「たしかにそうね」彼女は唇をとがらせた。「でも、ゆうべのあなたの大胆不敵な対決のあと、ふたりでお祝いしたかったのに」

ベリンダが身を寄せてきて、シンの頬にキスをした。汗とブランデーが入り混じった不快な匂いに、姉は鼻に皺を寄せた。「だけど、酒くさいあなたはわたし抜きでお祝いをしたようね」

彼は目を細めてベリンダをにらんだ。「わたしにいったいなにをしてほしいんだ、ベル？」

「まったく」彼女がたしなめるように言った。「やけに不機嫌なのね。わたしが謝りに来たというのに」

「いったいなにを謝りたいんだ？」ベリンダが陽気な理由は察しがつくが、それでも警戒しながら尋ねた。

「なにって、あなたを疑ったことに決まっているじゃない！」彼女は膝にのってきて、シンを抱きしめた。「そんな顔をしないでちょうだい。あなたが決して約束を破らないことはわかっていたわ。でもレディ・ジュリアナは狡猾な競争相手だから、キッド男爵の愛情を奪われたうえ、あなたまで彼女のとりこになるんじゃないかと不安だったの。ねえ、信じられる？　わたしはもう少しで、あのばかな小娘に恋をしたのかと、あなたを問いつめるところだったのよ」

シンの目の奥の痛みが一段と激しくなった。目を閉じて、痛みを抑えようとまぶたを指で押す。「まったくの取り越し苦労だ。レディ・ジュリアナに恋をするなど愚の骨頂だよ」

それに自殺行為だ。

〝かねてから不思議に思っていたのだよ、シンクレア、姉上のためとはいえ、よく自分の体を売ることに耐えられるものだと〟ゴムフレイの当てこすりがシンの頭のなかに響いた。

ジュリアナはわたしを軽蔑したに違いない。しかも、彼自身がそう仕向けたのだ。

ベリンダはシンの手をまぶたから引き離し、その一本一本の指にそっとキスをした。「あなたはすばらしかったわ。まさに意表を突く行動だった！　あなたが嫉妬に駆られてゴムフレイ伯爵のボックス席に乗りこむまで、誰もあなたの意図を予想できなかったはずよ。わたしもほかの観客同様、あなたがゴムフレイ伯爵をバルコニーから放り落とすのか、それとも彼の顔を血だらけにするだけですませるのかわからずに興奮したわ」

「機会があれば、喜んでその両方をやったはずだ」

シンは悪名高いゴムフレイにジュリアナをゆだねて立ち去るのがいやでたまらなかった。だが彼女はシンに腹を立てるあまり、われを失っていた。なぜゴムフレイと劇場へ来ることに同意したのかさえ教えてくれなかった。

ベリンダの顔に懸念がよぎった。「レディ・ジュリアナを手に入れるために？」

「いや」ジュリアナがゴムフレイに慰めを求めたことを思いださせられて、シンはいらだった。「昔ゴムフレイが〝ローズ・オブ・ヴァイス〟に〈ノックス〉の入会許可を求めてきたときから、あいつのことは気に食わなかった」

ベリンダが両手を組みあわせて口元に持ちあげた。「あなたはゴムフレイ伯爵の入会に反対する票を入れたのね」

彼は横柄に肩をすくめた。「投票は匿名で行われた。ゴムフレイは臆病なろくでなしだ。たとえあいつが〈ノックス〉の入会条件を満たしていたとしても、道徳的見地から反対票を投じただろう」

ベリンダはシンの裸の胸に頬を寄せ、てのひらを置いた。「だったら、ゴムフレイ伯爵はあなたが捨てた愛人を拾う人物にうってつけね。あなたはよくやったわ。わたしはレディ・ジュリアナが公衆の面前であなたに振られたとき、オペラグラスで見守っていたの。あの女がちらりと見せた絶望と怒りは、どんな言葉よりも真実を雄弁に物語ってる。レディ・ジュリアナはあなたを愛していたはずよ」

今はもう違うが。

ジュリアナの純潔を容赦なく奪ったとき、シンは彼女の愛情を失ったのだ。出し抜けに起きあがり、姉を遠ざけた。「だったら、もう満足だろう、ベル」毛布をつかみ、腰に巻きつけると、姉から距離を置きたくてベッドから抜けだした。

ベリンダがうなずいた。「ええ。あなたがお仲間と立ち去ったあと、キッド男爵が挨拶に来て、ゆうべはずっとそばにいてくれたわ」

「レディ・ジュリアナはどうなったんだ？」彼は好奇心を抑えきれなかった自分の舌を噛み

切りたくなった。また姉がジュリアナに敵意を抱くようなことはしたくない。自分たち姉弟はもう充分に罪を犯している。「ゴムフレイと劇場にとどまったのか？」

シンは部屋の反対側に移動して呼び鈴の紐を引っ張った。眠りに戻れないなら、せめて浴槽につかりたい。従僕にベリンダを寝室から追いだしてもらおう。運がよければ、姉は朝食まで居座らないはずだ。

ベッドに座ったまま、ベリンダはほくそ笑んでいた。伸びをする姉は、甘やかされた猫を彷彿させた。「あのふたりはほぼ最後まで芝居を観《み》たわ。言うまでもなく、途方もない屈辱を味わわされたレディ・ジュリアナがその場から逃げたがっているのは誰の目にも明らかだった。わたしの取り巻きのひとりの提案で、彼女があなたとふたりで話したあと泣くかどうかに賭けたの。おかげで一〇ポンド損してしまったけれど」

「負けた分は払うよ」シンはうわの空で応えながら、椅子から青いシルクのシャツを取った。

レディの涙を賭けの対象と見なすとは、ベリンダの取り巻きは冷酷非道な輩だ。シンは腰にシーツを巻いて結ぶと、シャツの左右の袖に腕を通し、姉に背を向けてシーツを床に落とした。シャツのボタンをとめながら、ジュリアナのほうが大半の紳士より勇気があると姉に告げようかとも思った。

だがベリンダが敵視する相手をかばえば、姉の怒りをかきたてるだけだ。ジュリアナのために、シンは沈黙を貫いた。それが自分にできるせめてものことだ。

ベリンダは物憂げにほつれた髪を指に巻きつけながら、彼の背中をうっとりと眺めていた。

「それで、レディ・ジュリアナとは控え室でなにを話したの？　あの小娘はゴムフレイ伯爵に支えられるようにして席へ戻ったわ。あなたたちの秘密の会話をなにもかも知りたいの」

シンは鏡に映った自分と目が合うと、すぐさま視線をそらした。鏡のなかからこちらをにらみ返す傲慢なろくでなしが気に入らない。

「ベル、今は頭がずきずきして、ひと晩中壁の漆喰《しっくい》を舐めていたみたいな気分なんだ」姉が吹きだしても、彼は無視した。「もう誰ともレディ・ジュリアナの話をする気はない」

ちょうどそのとき従僕が扉を叩き、姉にしつこく問いただされて言い争いになるのを避けられた。シンは戸口に向かった。

「もう望みはかなっただろう、親愛なる姉上。その勝利で満足してくれ」

シンは扉を開き、不愉快な会話に終止符を打つことができた。

18

自宅でくつろげないとき、男はたいていクラブに足を運ぶ。シンは入浴と身支度をすませると、使用人用の出入口から屋敷を抜けだして貸し馬車をつかまえ、いらいらしながら彼を待つベリンダを朝食室に置き去りにした。

姉がレディ・ジュリアナを辱めたことを得意げに語るのと、胃の調子が悪いのに朝食をとるのと、どちらがより不快なのかわからなかった。だが、あのまま屋敷にいれば、もどしてしまいそうだった。がたがたと揺れる馬車でクラブに向かうあいだも、二日酔いが覚める兆しはまったく見えなかった。〈ノックス〉にたどりつく前に、鋭い声で御者に馬車をとめさせた。歩いたほうが気分がよさそうだと思い、馬車からおりることにしたのだ。

だが、そう思ったのも束の間、通りの反対側からキッド男爵が近づいてくるのが目に入った。男爵が帽子のつばに触れて会釈をした。

「やあ、シンクレア。今日は絶好の散歩日和だな」男爵は意気揚々と言った。

「キッド」

姉がなぜ誰よりもこの男に気に入られたがっているのか不思議に思ったのは、これが初めてではない。キッド男爵は、ベリンダがベッドに誘った紳士のなかでもっともハンサムでも裕福でもなかった。気性に関して言えば、ふたりは正反対だ。男爵の控え目な性格はシンをいらだたせることが多く、冷酷なベリンダを相手にするにはあまりに優しすぎる。それに、シンとベリンダがジュリアナに与えた痛みに値するほどの人物にも思えない。

シンは不意に憤りを覚え、温厚なキッド男爵の顔面を殴りたい衝動に駆られた。男爵に怒りをぶつけなかったのは、おめでたいことに、自分の気まぐれのせいでなにが起きたか彼がまったく気づいていないからだ。

残念ながら、シンはそれほど鈍感ではなかった。

「途中まで一緒に歩いてもかまわないかい？」キッド男爵はそう言って、クラブへ向かうように促した。「しばらく前から、きみとふたりでぜひ話したいと思っていた」

シンはうなずいた。数分の沈黙ののち、口を開いた。「どうせ姉のことだろう」

男爵はクラヴァットをまっすぐにした。「いや、実は、話したいのはレディ・ジュリアナのことだ」

ジュリアナの名前を聞いて、シンは危うくつまずきかけた。無意識に立ちどまり、男爵の腕をつかんだ。「きみがそんなに向こう見ずな男だとは思わなかったよ、キッド。わたしはレディ・ジュリアナについて話したいと言ってきた別の男の顔を殴ったんだぞ」

「ああ、いや」男爵は危険な領域に足を踏み入れてしまったことに気づいたらしく、顔を真っ赤にした。「ゴムフレイ伯爵のことだろう。劇場できみたちがなにをしたかは聞いている」

そして、シンとジュリアナのあいだで交わされた冷酷なやりとりも。キッド男爵はそれを口にしなかったが、ハンサムな顔に浮かんだ表情を見れば一目瞭然だった。おそらく劇場で噂が飛び交っていたのだろう。その後、男爵はベリンダに挨拶をしに行き、ジュリアナが受けた屈辱を聞かされたはずだ。ベリンダのことだから、自分の頼みで弟がジュリアナに近づいたことは伏せておいたに違いない。シンが上流社会から英雄と悪党のどちらに見られようと、姉は弟だけに汚名を着せようとするはずだ。

シンは手をおろした。キッド男爵がついてくるのを見越して、またゆっくりと歩きだす。たちまち男爵が追いついてきた。

「ゴムフレイ伯爵を殴ったことをたしなめに来たのか？」

三五歳の男爵はその問いに啞然とした。「とんでもない！　あの男はろくでなしだ。それこそまさに、きみと話したい理由だよ。レディ・ジュリアナがゴムフレイ伯爵と一緒に現われ、そのせいできみが伯爵と激しく言い争ったと数人から聞いた」

「ほかにもいろいろ聞いたんだろう」

男爵が謎めいた表情でシンを見た。「出しゃばった真似をしてすまない、だが、きみはレディ・ジュリアナに好意を抱いていたんじゃなかったのか、シンクレア？」

シンは喉を締めつけられた。「ああ、そのとおりだ」

「だったら、なぜレディ・ジュリアナをゴムフレイ伯爵のもとに置き去りにした？」男爵が詰問した。

シンは鞭《むち》で打たれたようにびくっとした。ゆうべあんなにブランデーをあおったのも、ジュリアナがゴムフレイとベッドをともにすると思うと耐えられなかったからだ。「きみにはまったく関係のないことだが、誰もレディ・ジュリアナにゴムフレイ伯爵と一緒に過ごすことを強要したわけじゃない、キッド。彼女自身があのろくでなしと一緒にいることを選んだんだ。わたしが家族のもとに送り届けると申しでたあとも」

男爵は眉をひそめ、シンの主張を否定するようにかぶりを振った。

「とても信じられない」

シンも同感だった。キッド男爵の怒りに染まる顔を見ながら目を細める。男爵はシンに劣らぬほど苦悩していた。「ずいぶん動揺しているんだな。ジュリアナがわたしに熱をあげなくなったら、きみを求めると思っていたのか？」

それが事実なら、ベリンダは自殺騒ぎを起こすだろう。

静かな声で威嚇するように問いつめられて、キッド男爵は目をぱちくりさせた。「そんなはずがないだろう！　わたしはレディ・ジュリアナのことをいい友人だと思っている。それ以上の感情は抱いていない。わたしはもうずいぶん前から、きみの姉上に愛と忠誠を捧げているんだ」

キッド男爵が本気で憤慨している様子を見て、シンの嫉妬心は一気におさまった。男爵がベリンダに忠誠を誓っているからといって非難することはできない。自分だって彼と同じではないか。

「わたしはきみの姉上を愛している、シンクレア」男爵は告白し、反応をうかがうように慎重な目つきでこちらをうかがった。「わたしに決闘を申しこむ気なら、その必要はないよ。きみの許しを求めるつもりも、ベリンダに今すぐ求婚するつもりもない。グレーデル伯爵に抑圧されていたベリンダは、自由を謳歌し続けたいはずだ」

シンは黙って眉をつりあげた。グレーデル伯爵が妻を虐待していたことを知る者はごくわずかだ。その全員が、ベリンダの苦しみを噂の種にして姉に復讐されることを恐れている。男爵が姉の悲惨な結婚生活の真相を詳しく知っているとすれば、本人から聞いたとしか思えない。

「きみは大半の連中よりベルのことをよくわかっているんだな」

「わたしはいずれベリンダの気持ちを変えさせ、わたしの気持ちを受け入れてもらいたいと思っている。ただ、彼女にはわたしの願いをどうか伏せておいてくれ」

「それで、レディ・ジュリアナはその願望とどう関係するんだ？」

どう答えるべきか考えあぐねているらしく、男爵は咳払いで時間稼ぎをした。

「それに答える前に、もうひとつ頼み事がある」

「用心したほうがいい」シンは警告した。「わたしはその手のことに見返りを求める悪い癖があるからな」

「これはわたしだけでなくレディ・ジュリアナのためでもある。こんなふうに秘密をもらすのは心苦しいが」男爵は帽子を脱いで髪をかきあげ、ふたたび帽子をかぶった。「ゆうべベリンダは、きみとレディ・ジュリアナがどんなやりとりを交わしたかはっきり教えてくれなかった。ただ、レディ・ジュリアナがゴムフレイ伯爵のもとにとどまったことを考えると、きみとの関係を絶つことにしたようだな」

「ゴムフレイのことでレディ・ジュリアナと言い争ったかどうか、きいているのか？」シンは吹きだした。「ああ、われわれは公衆の面前で激しくやりあった。知ってのとおり、シンクレア一族は慎み深さに欠けているからな」

キッド男爵が不意に立ちどまってシンを見据えた。「だったら、レディ・ジュリアナについてこれ以上話すのはやめたほうがよさそうだ。わたしは彼女をすばらしい女性だと思い、尊敬している。レディ・ジュリアナを傷つけたり、彼女にさらなる負担をかけたりしたくない」

「レディ・ジュリアナもきみに好意を抱いている。正直、きみたちのあいだにどんな秘密があるのか勘ぐって思い悩んだ」

キッド男爵がジュリアナと静かに友情を育んだせいで、ベリンダが嫉妬に駆られて逆上したなど、シンはとても口にできなかった。ベリンダが男爵を問いつめる代わりに、保護本能が強い弟を頼り、自分の競争相手に復讐してほしいと懇願したなど。

心優しいキッド男爵は、父親によって研ぎ澄まされたシンやベリンダの非情さを決して理解できないだろう。それもあって、男爵は姉にふさわしいとは思えなかった。キッドはあまりにも繊細で軟弱すぎる面がある。友人としか思っていない女性に対するベリンダの冷酷な仕打ちに同感するとも思えない。もし真実を知ったら、ベリンダに愛想を尽かしてしまう恐れもある。

数カ月前であれば、シンは姉を守るふりをして喜んで真相を明かしただろう。

けれども、今日は違った。

ベリンダはジュリアナへの利己的かつ残酷な仕打ちに対して罰を受けて当然かもしれない。だが、シンは自分の罪のほうがはるかに重いのに、姉を傷つける気にはなれなかった。これまで自らの過ちをくよくよ思い悩んだり、罪悪感や後悔に駆られたりしたことなどない。しかし二五歳になって初めて、その手の重苦しい感情と向きあうことになった。

シンはエールの樽《たる》をぎっしり積んだ荷馬車が通り過ぎるのを眺めた。

「ゆうべはさんざんな結果になったが、レディ・ジュリアナを傷つけたいとは思わない」肩をすくめる。「とにかく、これ以上は」

キッド男爵は深く息を吸い、シンが信頼できるかどうか思案している様子だった。これが一週間前だったら、男爵がためらうのを見て、侮辱されたと思ったはずだ。

「世間には知られていないが、レディ・ジュリアナはロンドンに到着して以来、自分が作曲した作品を発表するために出版社をひそかに探している」男爵が低い声で切りだした。「わたしは協力を頼まれたが、残念ながらたいした成果をあげられていない」

シンにはほっとする資格などなかったが、みぞおちのしこりが消えた。ジュリアナは彼女にとって音楽がどれほど大切か説明しようとしていた。それなのに、わたしは彼女を誘惑するのに忙しく、話にきちんと耳を傾けていなかった。

「一度、レディ・ジュリアナが自分の作品をピアノで披露してくれたことがある」

そのあと、わたしは彼女の純潔を奪った。

「レディ・ジュリアナはたぐいまれな才能を備えている。わたしは出版業者とのつてを利用して彼女の願いをかなえようとしたが、女性作曲家は男性作曲家ほど信頼や敬意を得られなかった」

「なるほど」

「それにレディ・ジュリアナのご家族も、彼女が作曲家を目指すことを快く思っていない。レディ・ダンカムはお嬢さんたちをそれぞれ釣りあう相手に嫁がせたいと望んでおられるようだ」

「レディ・ジュリアナからレディ・ダンカムの計画は聞いている」だが、ジュリアナは自分自身の夢をあえてシンには明かさなかった。彼はいかめしい顔つきになり、ふたたび憤った。なぜ彼女が黙っていたかは想像にかたくない。わたしが秘密を守るかどうか信用できなかったからだろう。その事実に打ちのめされて舌を噛んだ。突き刺すような痛みが胸を襲ったが、ジュリアナが直感にすぐれていたのは間違いない。

「そういった障害にもかかわらず、わたしは断念しなかった」シンの苦しみには気づかずに男爵は続けた。「逆に、レディ・ジュリアナにある提案を持ちかけようと思っている。実は、しばらく前から出版業を立ちあげようと考えていた」

シンは新たな敬意を抱いて男爵を見た。

「レディ・ジュリアナの作品を自らの手で出版したいのか？」

「いけないか？　双方にとって有益な事業となるはずだ。ただ――」キッド男爵が重苦しいため息をついた。「きみの姉上は認めないだろう。だから、今話したことは決して口外しないでほしい。それでなくてもベリンダは結婚に臆病になっている。わたしが事業に手を出したいと思っていることが明らかになれば、彼女の愛情は得られそうにない」

ジュリアナとキッド男爵の友情は、恋愛に発展するたぐいのものではなかった。姉同様、シンも嫉妬に駆られたまぬけだったのだ。

「出版業に手を出せば、ベリンダに求婚しても断られると恐れているんだな」

キッド男爵はおどおどとシンを見あげた。

「きみの姉上のことは愛しているが、彼女の欠点に気づいていないわけじゃない。ベリンダは自分より地位が低い紳士を誘惑しても、その男と結婚しようとは思わないはずだ！」

19

キッド男爵から真実を打ち明けられてほどなく、シンはレディ・ダンカムたちが住む屋敷の扉を叩いていた。ここに来る前、ハンターの四輪馬車を借りるために〈ノックス〉に立ち寄った。ありがたいことに、ハンターから答えられないような質問を投げかけられて足止めを食うことはなかった。だが、フロストはそうはいかなかった。

どういうわけかフロストは、シンとジュリアナの関係に批判的だった。あの晩、シンとネルが一緒にいたケンプ卿の応接室に、フロストとジュリアナが文字どおり転がりこんできたとき、フロストは彼女にキスしようとしていた。あのときはジュリアナとの再会に驚くあまり、そのことを見過ごしてしまった。部屋に入ってくる前、ふたりのあいだでいったいなにがあったのだろう？　フロストは人目を忍んでジュリアナを求めようとして、はねつけられたのだろうか？　不埒なやつめ！　フロストが彼女に触れたと思うだけで、シンの怒りに火がついた。

「いったいなんの用だ、フロスト？」

「ゆうべは楽しんだか？」

友人のなにげない問いに、うなじの毛が逆立った。「ああ、みんなと同じくらいには。カードゲームの席についてからの記憶はほとんどないが。わたしはいくら負けたんだ?」

「だったら、ローズのことは覚えていないんだな?」

「ローズ?」その名前を聞いたとたん、赤毛の魅力的な娼婦が頭に浮かんだ。「たしか、マダム・ヴェンナのところの娼婦じゃなかったか?」

「おまえがデアとセイントを追い払ったから、死ぬほど酒をあおらないようローズを差し向けた」

シンはうなじをさすりながら、ゆうべの記憶の断片をつなぎあわせようとした。赤毛の美女と笑いあったのはぼんやり覚えている。テーブルに戻る際、手を貸してもらった。彼女にキスしようとした気がする。

「おまえがローズをよこしたのか」彼女となにをしたか覚えていないことにうろたえた。

「なぜそんなことを?」

「悪いか?」フロストが言い返す。「おまえには一夜の情事しか求めていない女がお似合いだと思ったからさ」

気をそそる光景が次々と脳裏によみがえった。女の胸に触れたシンの唇。彼のものを愛撫する女の手。女に覆いかぶさり、スカートをたくしあげた場面。

あの娼婦と寝たのだろうか?

「おまえにそんなことを決める権利はないはずだ、フロスト」友人の策略にはまって娼婦とベッドをともにしたことを知り、シンは怒りを爆発させた。「くそっ！　わたしが求めているのはジュリアナだと知っているくせに。ゆうべのわたしは泥酔し、まともに判断できない状態――」

「わかっているさ。あんな醜態を見られたら、わたしだってことの詳細を忘れたいはずだ」

シンは友人を見てぽかんと口を開けた。「なんだって？」

「おまえはローズを床に押し倒し、彼女の上で意識を失ったんだ」フロストはうんざりしたようにかぶりを振った。「ズボンのボタンは外れていたから、少なくともその気になった女となにをすればいいのかはわかっていたようだが。あとでローズにがっかりしたと言われたよ」

「黙れ！」

信じられないことに、別の女とベッドをともにしたと思うと、シンはぞっとした。ジュリアナに対する裏切りのように感じたからだ。まったく腑に落ちない。彼女はシンを嫌悪し、ゴムフレイと一緒にいることを選んだというのに。

「何事もなかったと知って、逆にほっとした顔つきだな」フロストが驚きとかすかな失望がにじむ声で言う。「おまえが自分のベッドで死にたがっていたとデアから聞いて、わたしたちはおまえを床から引っ張りあげて馬車に押しこんだ」

これ以上ここにとどまれば、シンはフロストを殺してしまいそうだった。

「いろいろ手を貸してくれたことについてはあとで話そう、自分勝手なろくでなしめ！　おまえにとって幸いなことに、わたしはもう行かなければならない」

シンが階段をおりて厩舎に向かおうとすると、追いかけてきたフロストが目の前に立ちはだかった。「シン、単なる情事の相手を追いかけるなんて分別のない振る舞いだと思わないか？」

「わたしの愚かさにつけこんで娼婦を差し向けたおまえに、分別についてとやかく言われたくない。ああ、それともうひとつ。レディ・ジュリアナはおまえが言ったような〝単なる情事の相手〟じゃない！　姉は彼女を完全に誤解していた」フロストを鋭くにらんだ。「つまり、わたしもおまえも間違っていたということだ！」

シンは向きを変えた。

「じゃあ、ゴムフレイのことはどうなんだ？」逃げだそうとするシンに、フロストが問いかけた。「おそらく、ゴムフレイはおまえの大切なレディ・ジュリアナと一夜をともにし、美しい股《また》のあいだを何度も貫いたに違いない」

ジュリアナが自分以外の男に抱かれたと思うと耐えられず、シンは目を閉じた。フロストはシンの苦しむ姿にほくそ笑んでいるようだ。シンは友人を振り返った。「彼女をあのろくでなしのもとに置き去りにしたのだから、それも自業自得だ」

シンがたった四歩進んだところで、フロストがふたたび口を開いた。

「そうだ、シン、ゆうべ言い忘れたんだが、おまえが興味を持ちそうなことがある」その物憂げな口調にシンは神経を逆撫でされ、ぱっと振り返るなり噛みついた。

いも辞さない構えだった。

「いったいなんだ？」

フロストは喧嘩をしたくてうずうずしている。これ以上しつこくされたら、シンは殴りあいも辞さない構えだった。

フロストが漆喰塗りの壁に垂直に走るひび割れを指でたどった。「おまえが控え室から出ていったあと、ゴムフレイはレディ・ジュリアナがおまえとなにを話したのか知りたがっていた。おまえのようにレディの扱いに長けていない伯爵は、力ずくで答えを聞きだそうとした。そのせいで、レディ・ジュリアナの顔にうっすら痣ができたかもしれない」

「あのろくでなしめ！　もしも彼女を傷つけたなら、素手で絞め殺してやる」シンは息を乱した。「なぜもっと早く教えてくれなかった？」

「レディ・ジュリアナと別れたがっているように見えたからさ」フロストは腕を組んで肩をすくめた。「それに、今回に限って賢明に振る舞おうとしていたおまえを思いとどまらせるはずがないだろう？」

シンは拳を持ちあげて、もう一度アイヴァース家の玄関扉を叩いた。まだフロストへの怒りはおさまらなかった。彼がゴムフレイとジュリアナのやりとりを見ていながら隠していたことや、わざとローズを差し向けたことに対して。他人事に干渉するのはフロストの流儀ではないのかもしれないが、目撃したことを話してくれていれば、シンもなんらかの手を打てた。友人たちと〈ノックス〉に戻り、ひと晩中酒をあおってカードゲームに興じる代わりに。

ジュリアナが残虐な伯爵と一夜を過ごしたことを思うたび、動悸が激しくなった。

いや、フロストは間違っている。ジュリアナは深く傷つき、憤慨していたが、ゴムフレイのもとにとどまるほど向こう見ずではないはずだ。いくらシンに侮辱されたからといって、そんな卑しい復讐に走る女性ではない。シンが仲間と立ち去ったあと、家族のもとに送ってほしいとゴムフレイに伝えたに違いない。

玄関の扉が開き、アイヴァース家の執事が現われた。

「どういったご用件でしょうか？」

執事は礼儀正しかったが、愛想がいいとは言えなかった。シンはその冷ややかな態度を自分に対する侮辱とは受けとらなかった。あまり愛想がいい執事だと、屋敷は招かれざる客であふれることになる。

「シンクレア侯爵がレディ・ジュリアナとの面会を求めていると伝えてくれ」

執事は脇にどかなかった。「申し訳ございません、シンクレア侯爵様。レディ・ジュリアナは今こちらにはいらっしゃいません」

「わたしだけにそう言えと命じられているのか？　それとも、ロンドン市民の誰が訪ねてきても同じ返事をするのか？」喧嘩腰に問いただした。シンは怒った女性への対処の仕方を多少心得ていた。

「レディ・ジュリアナとレディ・ダンカムは外出中です、侯爵様」

シンは気がつくと戸口にもたれていた。ジュリアナは母親と一緒にいるのだ。少なくともゴムフレイにとらわれているという心配はなくなった。

「レディ・ジュリアナの姉上たちは？」

「今日の午後は、レディ・コーディリアとレディ・ルーシラの来客は受けつけないよう固く命じられております」

ジュリアナは、シンとベリンダの関係や彼がジュリアナに近づいた意図を家族に話したのだろう。ジュリアナのふたりの姉はシンの顔など見たくないと思っているに違いない。だが、彼はすんなり引きさがる性格ではなかった。「彼女たちがわたしの訪問を受け入れるほうに五ポンド賭ける」

かつて賭けをしてまでアイヴァース家に入ろうとした者はひとりもいなかったらしく、執事はうろたえた。「シンクレア侯爵様！」

「レディ・ジュリアナに会いに来たとおふたりに伝えてくれ」執事が動揺した隙に、シンはたたみかけた。「わたしが間違っていたら、きみは五ポンドを手に入れ、わたしを放りだせばいい」

執事はシンをじろじろと眺めまわした。シンがジュリアナの姉たちと会いたがっていることに不審感を抱いているようだ。「レディ・コーディリアとレディ・ルーシラが面会をお断りした場合、静かに引きとっていただけますか？」

シンは心臓の上にてのひらを当てた。「わたしが気にかけているのはレディ・ジュリアナだ」誠実な声で告げる。「レディ・ジュリアナの身を案じ、ごきょうだいに彼女の無事を確認したいだけだ」

　執事はその答えに納得した様子だった。「わかりました。玄関ホールにお通しすることはできませんので、そこでお待ちください」

　シンの目の前で扉が閉まった。

　五分が過ぎたころ、もしかしたら執事にだまされたのかもしれないと思い始めた。シンは窓を見あげた。アイヴァース家の女性たちは彼をだしにして高笑いしているのかもしれない。彼女たちが自分を見おろしているとすれば、かなり用心深いのだろう。窓辺には人の気配がまったくない。

　突然、扉が開き、執事が脇に寄った。「レディ・コーディリアとレディ・ルーシラが応接室でお会いするそうです、シンクレア侯爵様」礼儀正しく言う。

　シンは玄関ホールに足を踏み入れ、階段の踊り場を見あげた。そこには誰もいなかった。こみあげる失望を押し殺す。ばかだな、ジュリアナが自分を待ちわびていたかもしれないと思うなんて。

「五ポンドをお渡ししなければなりませんね、侯爵様」執事がむすっとした声で言った。

　シンに賭け金を受けとる気は毛頭なかった。あの賭けを持ちかけたのはなかに入れてもらうための苦肉の策にすぎない。「次の質問に正直に答えてもらえれば、賭け金は払ってもらったことにする。レディ・ジュリアナは本当に留守なのか？」

　執事がうなずいた。「先ほど申しあげたとおり、外出中です」彼は応接室の大きな両開きの扉の前でためらった。「ご家族はお嬢様のことを心配なさっています」

シンが応える間もなく、執事が扉を開いて彼の名前を告げた。

ジュリアナの姉たちはシンを迎えるべく、すでに立ちあがっていた。背が高いほうの女性は黄色のモーニング・ドレス姿で、彼女を引き立たせるようにもうひとりの女性は水色のドレスをまとっていた。ふたりともジュリアナ同様ブロンドで色白だが、優雅さや美しさという点においては一番下の妹の足元にも及ばない。彼は姉妹それぞれに礼儀正しく頭をさげて挨拶した。「レディ・コーディリア、レディ・ルーシラ、こんなふうに突然お邪魔して申し訳ありません」

姉妹は膝を折ってお辞儀をし、レディ・コーディリアが緑色のソファーを勧めてきた。「どうぞおかけください、シンクレア侯爵」歯切れのいい口調で言う。

作法にかなった振る舞いだが、彼女の淡青色の瞳に燃えるあからさまな敵意は見間違いようがなかった。

「お茶をお持ちしましょうか、お嬢様？」

「その必要はないわ、ギルバート」レディ・ルーシラが答えて、シンの向かい側の椅子に腰かけた。そのまなざしは冷ややかで、顔には笑みも浮かんでいない。「シンクレア侯爵はあっという間にお帰りになるから」

執事が扉を閉めて三人だけになるまで、誰ひとり口を開かなかった。

ソファーに浅く座ったシンは、ジュリアナの姉たちから殴られるのを半ば覚悟した。「ジユリアナはどこにいるんですか？」

レディ・コーディリアが妹の背後に立った。ふたりともシンを嫌悪しているようだ。「あなたが置き去りにした場所ですわ、シンクレア侯爵」

彼は両膝にてのひらを置いた。「劇場に出かけるには時刻が早すぎませんか」

レディ・ルーシラが椅子の上で身をこわばらせた。あんなに拳を握りしめていたら、両手が痛いはずだ。「お互いざっくばらんにお話しすることにしましょう、侯爵様。愛する妹とあなたが交わした醜いやりとりは、わたしたちの耳にも届いております」

「ジュリアナからゆうべの出来事を聞いて、おふたりはわたしを汚らわしい悪党だと思っているのでしょうね」シンは悔恨がにじむ声で応えた。「ですが、わたしの知らなかったことが――」

「ゆうべジュリアナがゴムフレイ伯爵の馬車に乗りこんで以来、わたしたちは妹を目にしていません」レディ・ルーシラが驚愕の事実を口にした。

レディ・コーディリアが冷笑を浮かべた。「今朝は訪問者が次々とお見えになりました。最初の方がいらしたときは、まだ朝食の最中でした。あなたがレディ・グレーデルのお身内であるばかりか、かわいそうなジュリアナをだましていたことを聞き、わたしたちが食欲を失ったのは言うまでもありません」

「ゴムフレイはジュリアナを家に送り届けなかったんですか？」シンにとって、ベリンダが彼の異母姉だと知って狼狽《ろうばい》した姉妹が食欲を失ったことなどどうでもよかった。それよりジユリアナがなぜ帰宅しなかったのかが知りたかった。

「なんてかわいそうなジュリアナ」レディ・ルーシラが袖口からレースのハンカチを取りだして目元をふいた。「あなたと愛しあっていると思いこんでいたなんて」

「ルーシラ」レディ・コーディリアが優しく声をかけ、慰めるように妹の肩に触れた。

「シンクレア侯爵にはわたしたち全員がだまされたわ。純真なジュリアナは、悪魔にいくつもの顔があることや、ハンサムで魅力的な悪魔がいることを知らなかったのよ」

非難の言葉を浴びながら、シンは癇癪を起こすまいとした。「彼女の居場所さえ教えてもらえれば、喜んで本人に謝罪します」

「ジュリアナはあなたの言うことなど信じないでしょう」

「わたしたちだってそうよ」レディ・ルーシラが反抗的につけ加える。

「ジュリアナはゴムフレイにとらわれたままなのですね」シンはそう言うと、ふたりをにらんだ。「なぜレディ・ダンカムは娘が劇場から戻らなかったとき、治安官に命じて伯爵の屋敷を捜索させなかったんですか？」

応接室が不穏な沈黙に包まれた。

「それが条件のひとつだったからです」

「コーディリア、それは話してはいけないことになっていたでしょう。お母様に口止めされたじゃない」

「条件というと？」食いしばった歯の隙間から押しだすようにして尋ねる。

真実を話すべきか考えあぐねるように、姉妹は無言で顔を見あわせた。

「どうか教えてくれ！」

レディ・コーディリアが唇を噛んでため息をもらした。「母がゴムフレイ伯爵にカードゲームで借金をしたことがすべての発端です」

シンは鼻梁《びりよう》をつまんだ。賭け事にはあまり興味がないが、カードで負けて不愉快な晩を過ごしたことは幾度もある。「かなりの額のようだな」

「ええ、とても返済できないほど」レディ・ルーシラが悲しげな声で答えた。

レディ・コーディリアがうなずく。「母はゴムフレイ伯爵から即刻返済するよう迫られました」

「つまり、レディ・ダンカムは自分の借金のかたにジュリアナをゴムフレイに差しだしたのか」シンは毒づいて立ちあがり、室内を行ったり来たりし始めた。「まったくなんということだ！　それなのにきみたちふたりは、自分の姉を守ろうとしたわたしを悪魔だと言うのか」

レディ・ルーシラが頭をあげた。その淡緑色の瞳には困惑の表情が浮かんでいた。

「どうして――」

「その話はあとだ！」彼が怒鳴ると、姉妹は縮みあがった。「ゴムフレイとレディ・ダンカムのあいだでどんな取引が交わされたんだ？　なぜきみたちではなくジュリアナが選ばれた？」

レディ・コーディリアが椅子の背を盾にするようにして握りしめた。

「わたしたちが妹を犠牲にするほど冷酷だと思っていらっしゃるの？　わたしたちはジュリアナを愛しています。伯爵自身があの子を選び、借金を返せないなら、ジュリアナを愛人として差しだせと母を脅したんです」

「伯爵によれば、借金が完済すると見なされるのは夏の終わりだとか」レディ・ルーシラが湿ったハンカチを押し当ててはなをすすった。

ジュリアナにゴムフレイのことを問いただして裏切られたと感じたことを思いだし、シンは凍りついた。

〝本当なのか？　きみはこの耳障りな男と望んでつきあっているのか？〟

〝あなたがわたしのことを本当に理解しているなら、すでに答えはわかっているはずよ、シンクレア侯爵〟

ゆうべはその淡々として謎めいた返事に逆上したが、今は彼女がなにを伝えようとしていたかわかる。シンがジュリアナを心から信頼していれば、彼女が自ら進んで伯爵と一緒にいるはずがないと直感的に悟っただろう。

「ああ、ジュリアナ。なぜわたしのもとに来てくれなかったのだ？」

レディ・コーディリアに指摘されるまで、シンはその問いを口に出したことに気づかなかった。「わたしたちはこの取引について口止めされていました。それがゴムフレイ伯爵が出した条件のひとつです。そして、ジュリアナは伯爵を選んであなたと別れたと、周囲に信じこませなければなりませんでした。母によると、伯爵はなによりもその点にこだわったそうです。それがうまくいかなければ、母の賭け事好きを世間に暴露すると脅したとか。伯爵は、わたしたち一家が醜聞に巻きこまれたら破滅すると知っていました。どんな良縁も――」

レディ・コーディリアがすっと目をそらした。

シンはせせら笑った。これまで女性に手をあげたことはないが、妹の身より自分の結婚を優先したこの傲慢なブロンド娘を叩きたくて指がうずいた。「つまりアイヴァース家にとっては、三姉妹のうちのひとりを犠牲にするのが最善だったわけか」

「いずれにしても、卑劣な取引であることに変わりありません」レディ・ルーシラが理性的に言った。「だからこそ、母はゴムフレイ伯爵に会いに行ったんです」

シンは小声で毒づいた。ゴムフレイのような悪党と渡りあえると本気で考えているなら、アイヴァース家の女性たちには後見人が必要だ。彼は唸るような声で別れを告げ、閉じた戸口へと足早に向かった。

「なにをなさるつもりですか？」

彼はレディ・コーディリアをにらんだ。「ゆうべすべきだったことだ。ゴムフレイの屋敷に直行し、きみの母上とジュリアナを連れ戻す」

取っ手に手をかけて両開きの扉を押し開いた。

ゴムフレイと相対して、ジュリアナを無事に家まで送り届けたら、怒って秘密を打ち明けてくれなかった彼女を二階に連れていき、尻を叩いてやる。

そのあと、自分の卑劣な行為をわびるとしよう。

20

ゴムフレイの屋敷に到着したとき、シンは礼儀正しく理性的に振る舞える気分ではなかった。伯爵の執事が玄関を開けると、ブーツを履いた足で扉を蹴った。扉が大きく開き、仰天した執事はとっさに脇に寄って扉をつかんだ。

「閣下！」

シンは説明も謝罪もしなかった。なかに入り、屋敷の間取りに素早く目を走らせた。

「即刻お引きとりください。ゴムフレイ伯爵の招待状なしに、この屋敷に足を踏み入れることはなりません」執事は主人に解雇されることなく貴族の侵入者を追いだす方法が思いつかず、途方に暮れていた。

「あの悪党はどこにいる？」シンは二階を見あげた。「まだベッドのなかか？」

ジュリアナがゴムフレイと身を絡ませて一緒に寝ているところを想像したとたん、殺意に顔がこわばった。その凶暴な形相に、執事が一歩さがった。

「ゴムフレイ伯爵は今いらっしゃいません」シンが階段へと踏みだすと、執事は手をもみ絞りながらそちらに向かった。「立ち去っていただけないなら、治安官を呼びますよ」

「主人に対する忠誠心は見あげたものだが、仕える相手が間違っている」シンは扉が閉まった突き当たりの部屋に目をとめ、おそらく書斎だろうと踏んだ。「だったら治安官を呼べ。ゴムフレイ伯爵は、レディ・ジュリアナ・アイヴァースの意に反して彼女を拘束している理由を執行官に説明すべきだ」

「酔っておられるのですか？　お気はたしかですか？　ゴムフレイ伯爵は立派な紳士です」

シンの言葉を侮辱と受けとったように執事が言った。

シンは執事を階段の手すりまで退かせた。威嚇するような笑みを浮かべながら、執事の肩に両手をのせる。「わたしは酔いが覚めたから、きみは行動が予想できない頭のどうかした男を相手にしていると思えばいい。ゴムフレイはどこだ？　もしやつが彼女を乱暴したとしたら、きみは主人の非道な行為を知っていたことになる。そうしたら、執行官にきみも起訴してもらうからな」

執事がごくりと唾をのみこんだ。無言のまま、飛びだした目で廊下の突き当たりの閉じた扉を指し示す。

シンは執事の肩を叩いた。「よし」執事を放すとくるりと向きを変え、毅然《きぜん》とした足取りでその扉に向かった。

「扉には鍵がかかっておりません」

振り返らずに、シンはちゃんと聞こえたと示すように手をあげた。忌々しい扉を心配するのは執事ぐらいのものだ。シンは取っ手をひねって扉を押し開けた。執事は嘘をついていなかった。ゴムフレイが戸口に背を向けて書斎の中央に立っていた。その手には空のグラスが握られている。玄関ホールの騒動が聞こえていたのだとしても、シンの来訪をさほど気にしていないようだ。

ジュリアナやレディ・ダンカムの姿は見当たらなかった。おそらく、ジュリアナのきょうだいが勘違いしたのだろう。

「彼女はどこだ？」

シンは部屋に駆けこんでゴムフレイ伯爵を組み伏せるつもりだった。伯爵が美しい絨毯に歯を食いこませたところで、体のどこを最初に殴るか決めればいいと。

「シンクレア」ゴムフレイは物憂げな声で応え、グラスを口に近づけた。それが空だと気づき、顔をしかめる。「きみが現われたからといって別に驚きはしないよ。屋敷に入るのに、わが家の執事を絞め殺していなければいいが。あの男は勇敢ではないが忠実だからな」

伯爵は机に近づき、小さな瓶を手に取った。「失礼、きみもポートワインをどうだい？」

異を唱えるように、シンの胃がうずいた。「わたしは酒を飲みに来たわけではない、ゴムフレイ」

「ほう？」伯爵がシンに背を向けてグラスに酒を注いだ。「このワインはドーロ川流域で作られた極上の品だ」

「ジュリアナはどこだ？」

ゴムフレイはグラスをかかげ、窓から差しこむ陽光に深紅のポートワインを透かしてうっとりと眺めた。ため息をもらして机の縁にもたれる。「レディ・ジュリアナか。彼女にも〝上質〟や〝極上〟といった言葉が当てはまる」

シンは詰め寄った。「彼女は高級ワインでもなければ、ただの収集品でもない」

「なんと正義感ぶった台詞だ！　きみが彼女を愛しているんじゃないかと思ってしまいそうだ」伯爵はワインをひと口飲むと、グラスの縁の上からシンを見据えた。そして、たしなめるように小指を振った。「だがお互い知ってのとおり、きみがレディ・ジュリアナに抱いている思いのほうが邪悪だ。わたしが彼女を恐喝したというなら、きみの場合は相当に罪深いことになるな」

シンはそれ以上耳を傾ける気はなかった。ジュリアナの姉たちから、ゴムフレイがレディ・ダンカムのカードゲームでの借金のかたにジュリアナを要求したことは聞いている。けれども、本人が自分の悪事をあっさり告白するとは思ってもみなかった。三歩でゴムフレイに近づき、小さなワイングラスを払いのけてみぞおちを殴った。

ゴムフレイは身を折り曲げて吐き気をもよおした。グラスが窓ガラスにぶつかって砕け、深紅のワインが飛び散った。それは伯爵の血のように見えた。しかし、まだほんの序の口だ。シンは膝を引きあげ、相手の顔面に膝蹴りを食らわせた。ゴムフレイが机に衝突し、上にのっていたものがすべて四方に散らばった。

ブーツにぶつかったワインの瓶を蹴飛ばし、ゴムフレイの上着の襟をつかむ。

「絨毯を汚してすまないな。だが、もう我慢の限界だ。ジュリアナはどこにいる？　寝室に閉じこめて鍵をかけたのか？」

「彼女はここにいないよ、シンクレア」

「嘘をつけ！」

ゴムフレイを引っ張りあげ、その顎に拳を叩きつけた。ゆうべ伯爵を殴ったときにできた切り傷や痣で、手の関節が痛んだ。しかし、ゴムフレイのほうはもっと哀れな状態だった。折れた鼻は普段の二倍の大きさに腫れあがり、痣で顔がまだらになっている。下唇も切れて、口の端と右の鼻の穴から血が滴っていた。

シンは机の上に這いあがり、伯爵の胸にのった。「さっきジュリアナの家に立ち寄って、彼女の姉たちと話をした。貴様は彼女を家に送り届けなかったそうじゃないか」

ゴムフレイが歯をむいた。どの歯も不気味に血に染まっている。「そこをどけ、このろくでなし」伯爵が鋭く息を吸った。シンの重みが胸にのしかかり、呼吸は浅かった。「わかった――すべて話す！」

シンは無表情な目でじっと見おろすと、伯爵の胸の上からゆっくりとおりた。

ゴムフレイはがばっと身を起こし、机の端をつかんで体を支えた。鍋《なべ》から逃げだそうとしてあっさり料理人につかまったアオウミガメのように、昔から嫌悪していた男にいとも簡単に叩きのめされて憤慨しながら。「わたしは彼女の体を奪うつもりだった」

シンは伯爵を殴らずに身をかがめ、踏みつぶされた自分の帽子を拾った。「レディ・ダンカムのカードの借金を返してもらう代わりに、だろう」

ゴムフレイがにやりとした。だが、たちまち顔をしかめ、血まみれの下唇の傷口にそっと触れた。「それだけではない。きみが今つきあっている愛人を奪うことに気をそそられたのだよ」

シンのいかめしい顔を見て、ゴムフレイが含み笑いをもらした。

「きみが公衆の面前で愛人に捨てられて憤るところを見られたのだから、鼻を折られただけの甲斐はあった。それに、レディ・ジュリアナのほうは気が進まない様子だったが、彼女の体で思う存分欲望を満たす機会も得た」値踏みをするような目つきでシンを見る。「まあ、そんなことを言われてもきみは真に受けないか」

ジュリアナがゴムフレイにひと晩中とらわれながら無傷で逃げのびたとは、にわかに信じられなかった。「貴様は彼女と寝なかったのか」驚きを隠せずに言う。

ゴムフレイは降伏のしぐさをした。「言っておくが、別に高潔に振る舞おうとしたわけじゃない。わたしは勝利に酔いしれたくて、レディ・ジュリアナをここに連れてきた。彼女が家族のためにどんな要求にも応えると見越したうえで」

「いったいなにがあった？」

「本当にワインはいらないのか？　わたしはもう一杯飲みたい気分だ」ゴムフレイは気分がよくなったらしく、壁際に置かれたワゴンによろよろと歩み寄り、クリスタルのデカンターを選んだ。「ポートワインには劣るが、これで充分だろう」

伯爵はグラスに酒を注いだ。

「わたしはレディ・ジュリアナにキスをした」ゴムフレイはその記憶にほほえんだ。「ワインよりすばらしい味がしたよ。あの滑らかな舌は阿片《あへん》のように強烈で魅力的だった」

シンは両脇で拳を握りしめ、身をこわばらせた。彼のプライドと怒り、そしてジュリアナの母親に対する献身が、彼女をゴムフレイの腕のなかへと駆りたてたのだ。シンは伯爵への憎悪に劣らぬほど強い自己嫌悪の念に襲われた。

このろくでなしはそれを知っているのだ。

「わたしはレディ・ジュリアナがほしかった。心から欲していた。だが劇場できみと殴りあったせいで体はぼろぼろだったし、彼女はびくついていた」伯爵はシンの脇を通り過ぎて、大きな安楽椅子に腰をおろした。「だから、わたしを迎える準備をしろと言って、レディ・ジュリアナを寝室にやった。そのあと自分の寝室に行って服を脱ぎ、鼻の痛みを和らげるために阿片チンキをほんの少量飲んだ。それからワインを数杯飲み干した。美しい褒美を味わうのに注意散漫になりたくなかったからな」

「ジュリアナが逃げたんだな」シンの頭に、勇敢な彼女がシーツを数枚結びあわせて窓から垂らし、それを這いおりて恐喝者から逃れる場面が思い浮かんだ。

「いや、そんな劇的なことではない、シンクレア」伯爵がベストのポケットからハンカチを出して鼻血をふいた。「実は阿片チンキの量を間違えたんだ。わたしは居心地の悪い椅子に座ったまま眠りこみ、今朝執事が扉を叩くまで目が覚めなかった」

シンは噴きだした。ジュリアナの幸運が信じられずにかぶりを振る。

「たしかにレディ・ジュリアナは束の間の自由を味わった」ゴムフレイはにこりともせずに言った。「だが、まだわたしの愛人であることに変わりはなかった。痛みから完全に回復したわたしは、今度こそきみの元恋人が与えてくれる快楽を味見するはずだった。彼女の母親といとこが折悪《おりあ》しく現われなければ」

「ふたりがジュリアナを連れ去ったのか？」シンは眉をあげた。「あっさり獲物を手放すなんて、貴様らしくないな」

「もちろん彼女を行かせまいとしたさ」最後まで図々しく悪びれずに伯爵は応えた。「ダンカム侯爵は、もともとレディ・ダンカムのカードゲームでの借金を肩代わりするのを拒んだ。しかし、今になって気が変わったらしい。玄関口に現われたふたりは、借金の支払いをする代わりにレディ・ジュリアナを返すよう要求してきた。さもなければ治安官に通報すると」

ダンカムはゴムフレイが持ちかけた下劣な取引を知りながら、レディ・ダンカムやその娘たちを見捨てたのか？　この件が片づく前に現ダンカム侯爵を訪ね、一族に対する責任を叩きこんでやらなければ、とシンは思った。

「だから、シンクレア、レディ・ジュリアナの前で名誉を挽回《ばんかい》しようとしても無駄だ」ゴムフレイは汚れたハンカチを落とし、肘掛けに手をついて立ちあがった。「レディ・ジュリアナは家族のもとに戻り、彼女をだましたきみを今も憎んでいる。きみはもう彼女を失ったのだ」

「そうかもしれない」シンはジュリアナの無事を自分の目で確かめたい衝動に駆られた。

「だが、おまえはわたしのことなどかまっている場合じゃないぞ」

「なぜだ？」

シンはゴムフレイを思いきり殴った。伯爵は手を振りまわしながら後ろ向きに椅子に倒れこんだ。「わたしを金でなだめることはできないぞ。貴様に決闘を申しこむ。後日わたしの介添人が日取りを決めるためにおまえのもとを訪ねるだろう」

ハンカチを取りだして伯爵に投げつけた。「貴様が血を流すところを見るのが楽しみだ」

執事に伯爵の世話を任せて、シンは書斎をあとにした。

21

ジュリアナは家に戻っていなかった。

ゴムフレイと別れたあと、シンはアイヴァース家に引き返した。てっきり門前払いにされると思ったが、驚いたことに執事は扉を開け、声をかけるまで玄関ホールで待っていてほしいと告げた。

レディ・コーディリアはシンを嫌っているようだが、応接室の戸口で礼儀正しく挨拶すると、妹や母親がいる室内に招き入れた。彼女たちはシンの助けを借りることなく、ジュリアナを無傷のままゴムフレイ伯爵のもとから救出したわけだが、誰ひとり勝ち誇っている者はいなかった。

ジュリアナはいったいどこだ?

「たった今、ゴムフレイ伯爵の屋敷から戻ったところです。伯爵があなた方をわずらわせることはもう二度とありません」室内の張りつめた空気を和らげようとしてシンは請けあった。

レディ・ルーシラが弱々しくほほえんだ。「わたしたちの代わりに伯爵に抗議してくださって、ありがとうございます」

「あなたのご親切な行為を知れば、妹も感謝するはずです」

シンは困惑してレディ・コーディリアを見つめた。「それはどうでしょう。レディ・ジュリアナはわたしを許す前に這いつくばらせると思いますよ。彼女が男だったら、わたしに銃弾を撃ちこみたいがために決闘を申しこむかもしれない」

その突拍子もない言葉に、レディ・ルーシラが目をみはった。「ジュリアナは天使のように優しい子です。そんな冷酷なことをするはずがありません！」

「レディ・ジュリアナは頑固なうえに尊大で、不当な扱いを受けたと思えば相手に敵意を抱く女性です」シンは手をあげて、妹をかばおうとする忠実な姉たちの抗議を制した。「レディ・ジュリアナはわたしに腹を立てて当然ですし、彼女がもう一度機会を与えてくれるなら、許しを得たいと思っています」

「高潔なお考えですね、シンクレア侯爵」レディ・ダンカムが疲れたように言った。彼女の頭痛を和らげようと、娘のひとりが母の目元に濡れた布をのせた。「ですが、もう手遅れです」

「レディ・ダンカム、失礼なことを言うつもりはありませんが」侯爵夫人の向こう見ずな振る舞いのせいでジュリアナが悪名高い紳士の手に落ちたことに今も憤りを感じつつ、シンは慎重に言った。「できればジュリアナとふたりきりで話がしたいのですが」

侯爵夫人が布を持ちあげて彼に目を向けた。シンは彼女の娘を誘惑して愛人にしただけでなく、大勢の人々の前で辱めた。彼は侯爵夫人に脅威を感じて当然だった。彼女はシンがジユリアナとありとあらゆる邪な快楽を味わったことについても知っているはずだ。だが、幾晩もジュリアナを誘惑して過ごしたすばらしいひとときに彼が良心の呵責《かしやく》を覚えるのは困難だった。シンは後悔などしていないし、彼女も同じようにふたりの時間を楽しんだと思いたい。

もしジュリアナがそう感じていたなら、ベリンダやレディ・ダンカムの問題で敵対するようになる前に、ふたりが分かちあったものをなんとしても思いださせよう。

「それは難しいでしょうね」侯爵夫人はふたたび目元を布で覆った。

シンは大胆にも手を伸ばしてその布を取り去った。「なぜですか?」

「まあ、なんて失礼な! それを返してください!」

布を指からぶらさげ、シンは姉妹を交互に見据えた。侯爵夫人を縮みあがらせることはできないかもしれないが、娘たちのほうは御しやすい獲物だ。

「ジュリアナはゴムフレイとの恐ろしい一夜から立ち直るために二階で休んでいるわけではないのでしょう。いや、嘘はつかないでくれ」レディ・コーディリアに口を開く間を与えずにシンは言った。「彼女がここにいれば、ギルバートはわたしに尋ねられたときにそう答えたはずだ。いったいなにをした? 彼女を別の誰かに売り飛ばしたのか?」

女性たち三人がはっと息をのんだ。それぞれの顔には驚きや怒りの入り交じった表情が浮かんでいた。

最初に衝撃から立ち直ったのはレディ・ダンカムだった。「なにもかもあなたのせいです、シンクレア侯爵」

シンは持っていた布を目の前のテーブルに叩きつけた。ジュリアナを探すのに一日の大半を費やし、蓄積した怒りが爆発寸前だ。「わたしのせい？」

「ええ、あなたのせいです」レディ・ダンカムはむっとして言い募った。

「お母様」

レディ・コーディリアも母親の非難にあきれていた。

「わたしたちの問題をシンクレア侯爵のせいにはできないわ」

レディ・コーディリアは侯爵夫人を傷つけまいとして、母親が賭け事にのめりこんだせいで莫大な借金を負ったことは指摘しないつもりだろう。

シンはそんな情けをかける気は毛頭なかった。

「あなたがゴムフレイとのカードゲームに大金を注ぎこんだせいでジュリアナは危険にさらされたのであって、それはわたしのせいではありません」

「わたしは自分の罪を重々わかっています、シンクレア侯爵」侯爵夫人が叫び返した。「ですが、あなたは愚かにも自らの責任に気づいていらっしゃらない。あなたはわたしたちを救ってくださるはずだったのに！」

シンはレディ・ダンカムに平手打ちされたように感じ、彼女の言い分に啞然とした。娘たちも呆気《あっけ》にとられているのが、せめてもの慰めだ。

シンはうなじをさすった。朝からなにも口にしていないせいか意識が朦朧とする。あるいは、頭がどうかしたとしか思えない侯爵夫人の言うことを必死に理解しようとしているせいかもしれない。「あなた方が借金を抱えて困っていたことをまったく知らなかったわたしがどうすれば助けになれたのか、説明していただけますか？」

侯爵夫人は勝ち誇ったように目を輝かせながら彼を指さした。「それこそ、わたしの言いたかったことです！　あなたが立派な紳士であれば、ジュリアナもあなたのもとに直行してわが家の窮状を打ち明けたでしょう。でも、そうする代わりにいとこに会いに行きました」

「そしてダンカム侯爵は彼女を追い払った」シンはすでに侯爵を嫌悪していた。

レディ・ダンカムが悲しげにうなずく。「そんなことをしても無駄だと娘に話すべきでした。彼はわたしたちとは気質がまったく違うのです」

「あの人はわたしたちにお説教するのが大好きで」レディ・ルーシラが言い足した。「何時間でも小言を言うんです」

レディ・コーディリアが妹の手を握りしめた。「オリヴァーは賭け事に批判的なんです。でも、亡き父はその勝利金でわが家の家計を支えてきました。商才は備えていませんでしたが、カードゲームには非常に強かったので」

先代のダンカム侯爵がカードゲームで大金を稼いでいた噂を聞いた覚えはあるが、シンは本人と会ったことは一度もなかった。

レディ・ルーシラが身を乗りだした。「母もなかなかの腕前なんですよ」

「ゴムフレイ伯爵が登場するまでは」レディ・コーディリアがつけ加える。

侯爵夫人が重々しいため息をついた。「そうね。ゴムフレイ伯爵には完敗したわ。正直、あれほど運に恵まれた人は見たことがなかった。あなたたちのお父様が亡くなって以後はね」

シンは驚きに目をみはりながら、黙って女性たちを眺めた。今、自分は賭博師《とばく》の一家に取り囲まれているのだ。「ジュリアナも賭け事をするんですか？」

レディ・コーディリアの鼻筋に皺が寄った。「父はわたしたち全員に基本的な知識を授けてくれましたが、ジュリアナが秀でているのは音楽です。あの子はすばらしい演奏をするし、美しい曲を生みだします。だから、父もジュリアナの望みどおりにさせてきました」

「やがて、夫はこの世を去り、わたしは娘たちになんとか立派な夫を見つけようと、一家でロンドンにやってきました。あなたがジュリアナに興味を持ったと聞いたときは本当にうれしかったですわ。あの子もあなたを気に入っていたようですし。あなたが血も涙もないならず者だとわかって、がっかりしました」侯爵夫人が嘆くように言った。

レディ・ダンカムは、またシンの批判を開始したのだ。

「上流社会の誰に尋ねても、わたしやわたしの友人にお嬢さんたちを近づけてはならないと警告されたはずです」シンは声を荒らげて口走った。侯爵夫人は話をねじ曲げ、彼が自分自身を責めるように仕向けている。「わたしは花嫁を探していたわけではありません」弁解するようにつけ加えた。

「おっしゃるとおりね」レディ・コーディリアがぴしゃりと言った。「劇場でのあなたの即興芝居によって、あなたがレディ・グレーデルに頼まれたことをしていただけだということが周知の事実となりましたもの」

レディ・ルーシラがぶるっと身を震わせる。「レディ・グレーデルには一度だけ会ったことがあるけれど、恐ろしい女性よ」遅ればせながら、伯爵夫人がシンの異母姉であることを思いだして言った。「あなたを侮辱するつもりはありませんけど」

レディ・ダンカムがシンを見おろすように頭を傾けた。「花嫁を探していたわけではないとおっしゃったけれど、そのわりにはまるで夫のようにジュリアナを扱われるんですね」

その非難にたじろがずにいるのは容易なことではなかった。シンはうろたえて手で口を覆い、顎をさすった。アイヴァース家の女性たちがどれほど開けっぴろげだとしても、ジュリアナとの親密な関係を詳しく語るつもりはない。

侯爵夫人は外した布をまた手に取り、湿った生地を注意深く折りたたんだ。「まあ、わたしが犯した過ちのために、あなたを罰しても仕方がありませんけど」

そのとおりだ。

「もっとあなたについて徹底的に調べるべきでした。そうすればレディ・グレーデルとのつながりもわかったはずです。それを知っていたら、娘たちをあなたと会わせないようにして、ジュリアナには別の紳士を選んだでしょう」侯爵夫人は目元に布をのせ、ぐったりとソファーの背にもたれた。

シンはその布をぱっと外して言い放った。「あなたがジュリアナの相手にわたしを選んだわけではありません」

「あなたがそうおっしゃるなら、そうかもしれませんね」侯爵夫人は布を返してもらおうと手を差しだした。

彼は布をぎゅっと握りしめた。「いったいどういう計画だったんですか？　わたしがジュリアナと結婚して、あなたたち家族を貧困生活から救いだすとでも？」

レディ・コーディリアとレディ・ルーシラはシンの問いただすような視線と目を合わせようとはしなかった。侯爵夫人は黙って肩をすくめた。

「ゴムフレイに恐喝されて、あなたの計画は狂った。だが、あなたはジュリアナがわたしに助けを求めると踏んだ。ジュリアナがゴムフレイの愛人となることを、わたしが決して認めないと見越して。わたしがあなたの借金を肩代わりし、あんな取引を持ちかけたゴムフレイを罰することは、ある程度想像がつくでしょうからね」

レディ・ダンカムはふたたびソファーの背にもたれ、シンに期待のまなざしを向けた。

「今日の午後ゴムフレイ伯爵とお会いになったとき、なにをなさったのですか？」

シンはジュリアナに触れて彼女を怯えさせたゴムフレイを殺してやりたかった。「あの男の鼻と顎を殴って、ハンサムな顔を台なしにしてやりました。あばら骨も数本折ったかもしれません。その後、決闘を申しこみました」

「すばらしいわ」侯爵夫人の表情が、プライドやひとりよがりな満足感で明るくなった。

「やっぱり頼りになる方ね！　もちろん、ジュリアナはレディ・グレーデルの件であなたを絶対に許さないと決意しています。ですが、年齢を重ねたわたしは娘たちに関して合理的に考える質《たち》です。ジュリアナが助けを必要とすれば、きっとあなたは駆けつけてくださると信じていました」

　侯爵夫人の抜け目のなさにシンは舌を巻いた。策士の彼女にまんまと丸めこまれてしまった。しかし妙なことに、ジュリアナとまた会えるなら、そんなことはどうでもよかった。

「彼女はどこにいるんですか、レディ・ダンカム？」

　侯爵夫人は彼を見て、おずおずとほほえんだ。

「ジュリアナは今、未来の夫の屋敷におります」

　シンがレディ・ダンカムにつかみかかろうとすると、娘たちが悲鳴をあげた。侯爵夫人の両脇に手をつき、にらみつける。「ジュリアナに別の夫を見つけるゆとりがいつあったんです？」かっとなって問いただした。

　信じられない。ジュリアナを貪欲な男から奪い返したと思ったら、別の紳士が彼女を連れ去ったとは。

　レディ・ダンカムが哀れむようにシンの腕をぽんと叩いた。まったく、恐れを知らない女性だ。「わたしのカードゲームでの借金を清算する見返りに、現ダンカム侯爵のオリヴァーがジュリアナを要求したんです」侯爵夫人は身を起こし、激怒した彼をなだめるように見つめた。「先ほども申しあげたとおり、今回のことはあなたの責任です。わたしはあなたが当てにならないと見切りをつけ、オリヴァーの恐ろしい条件をのむしかありませんでした」

「彼は結婚式まで」レディ・コーディリアが目を潤ませた。「ジュリアナに会わせてくれないんです」

「当然ながら、オリヴァーは自分の花嫁をわたしに預けてはおけないと思ったようです」

シンがレディ・ダンカムの思惑に気づいていなければ、彼女が侯爵の命令に心底傷つき、困惑していると思っただろう。だがレディ・ダンカムは復讐を望み、シンがジュリアナへの罪滅ぼしに侯爵夫人の意を汲んで自発的に手を貸すであろうと踏んでいるのだ。

レディ・ダンカムの読みは正しかった。

シンは彼女を見てにやりとした。この狡猾な女性がだんだん気に入ってきた。

「それで、あなたのご決断は、シンクレア侯爵？」レディ・ダンカムは挑むように目をきらめかせ、顎をあげた。「もう一度だけ、ジュリアナの人生に首を突っこもうとするわたしに手を貸してくださいますか？」

22

「きみはなんて美しいんだ」

ジュリアナはかつて母が使っていた化粧台の前に座り、楕円形の小さな鏡に映った自分自身を見つめた。この白いドレスは、ゴムフレイ伯爵と肩を並べてボックス席に座っていたときや、シンが異母姉のグレーデル伯爵夫人と共謀していたことが発覚したときからずっと身につけている。

ボディスを飾るガラスのビーズにぼんやりと触れた。このイブニング・ドレスは、屈辱や貪欲さ、暴力、裏切り、憎悪を目の当たりにしてきた。できることなら引き裂いて脱ぎ捨て、燃やしてしまいたい。

「わたしは自分が美しいとは思えません」鏡から目をそらして、オリヴァーをじっと見つめた。「あなたのとらわれの身となった気分です」

数時間前、ゴムフレイ伯爵の戦利品だったジュリアナは、母のカードゲームでの借金を肩代わりしたいとこによって連れ去られた。数日前は自分のことをシンの恋人だと思っていた。だが、今はひとりになりたかった。

もうどんな男性もほしくない。

「まだゴムフレイのことで動揺しているんだね」オリヴァーが、透き通るような生地にレースがあしらわれたパフスリーブに震える手をさまよわせた。彼女を撫でたいという衝動に抗うように、ぐっと両手を握りしめる。「きみたち一家を助けないと思わせてきみを追い返したのは、非情な仕打ちだった。どうか許してほしい」

オリヴァーが唐突に身を引き、ジュリアナの背後の空気が震えた。彼は身も心も千々に乱れているようだ。「レディ・ダンカムは長年わたしの情けにつけこんできた。彼女がまたしてもわたしの命令を無視し、娘たちを連れてロンドンへ向かったと知ったとき、今度こそ教訓を叩きこまなければと決意した。そのためには、レディ・ダンカムをそそのかして大金を賭けさせる人物が必要だった。ゴムフレイは彼女の相手役にうってつけに思えた。あの男の道徳観念のゆがみやシンクレアへの憎悪を過小評価したのは、わたしの最大の過ちだ。ゴムフレイがきみを自宅に連れ帰るほど恥知らずな男だと見抜いていたら、決してあの男を信頼しなかっただろう」

教訓。

ジュリアナの喉元に笑いがこみあげた。とっさに口を覆い、場違いな笑い声を押し殺した。オリヴァーが母に教訓を？　どうしてわたしがその代償を払わなければならないの？

だがジュリアナにとって、母親を守ろうとするのは息をするのと同じくらい自然なことだった。「侯爵様、母にはまったく悪気はありません。あなたは母のことを無鉄砲だと思っていらっしゃるようですが、母は家族を守ろうとしているだけです」

侯爵の顔がさっとこわばった。ジュリアナはオリヴァーのことを昔から堅苦しく冷酷な男性だと思ってきた。彼に慈悲の念があるとしても、それを母に与えたことは一度たりともないはずだ。

「一番重要なのは、きみがあんな目に遭っても無傷だったことだ。ゴムフレイの一件は片づき、シンクレアもはや問題でなくなった。それに、わたしはきみやきみの家族に対する義務を果たす覚悟を決めたよ」

オリヴァーは彼女のうなじに手をのせた。「ジュリアナ、わたしは必ずやいい夫になると誓う」

それこそが問題なのだと、ジュリアナは絶望のうちに思った。いとことは結婚したくない。ゴムフレイ伯爵の愛人になろうと、ダンカム侯爵の妻になろうと、物々交換するようにふたりに買われたことに変わりはない。

「侯爵様、この結婚は現実的とは思えません」弱々しく手を動かして、かつて母が使っていた寝室を指し示した。「わたしはきれいなドレスさえ持っていないのですから」向き直ってオリヴァーの手首を押さえる。「わたしと結婚することで、わたしたち一家に責任を果たす必要もありません。わたしはひどい妻になるに決まっています。わたしの居場所は、母や姉たちがいる家です。どうかわたしを家に帰してください」

オリヴァーがあとずさりしたので、ジュリアナは手を膝におろした。「わたしは思慮に欠けていた」彼はぶっきらぼうに言った。「きみには食事や、あたたかい湯で満たされた浴槽や、きれいなドレスが必要だ。そのドレスはゴムフレイとの忌まわしい一件を思いださせるものだ。ただちに脱ぎ捨てたまえ」

「さあ、立って、背中をこちらに向けるんだ」オリヴァーが命じた。「そのドレスは皺だらけで汚れている。脱いでしまえば気分がよくなるはずだ」

ジュリアナも少し前に同じことを考えた。膝を伸ばし、詰め物がされた小さな椅子から立ちあがる。「メイドをよこしてもらえば、服を脱ぎます」

侯爵の険しい目にいらだちがよぎった。「レディ・ダンカムが指示に従わなかったせいで、わたしはロンドンに来る羽目になった。当然、社交シーズンを楽しむ予定もなかった。だからここには充分な数の使用人がいないし、客を迎える用意も整っていない。明日にはその問題に対処する。だが、今はメイドの代わりに不器用なわたしで我慢してくれ」

ジュリアナは化粧台から離れ、戸口のほうへじりじりと進んだ。

「ゆうべはこのドレスのまま寝ましたし、もうひと晩そうしたところでなんの支障もありません」

「ばかなことを言うな！　わたしはただ、きみを楽にしてあげたいだけだ」侯爵が近づいてきた。「もうすぐきみの夫になるわけだし、わたしがドレスを脱がせてもなんの不都合もないはずだ」

彼に触れられたとたん、ジュリアナはたじろいだ。「侯爵様、どうか――」

「じっとしているんだ」オリヴァーは一列に並んだガラスのボタンを外し始めた。「きみはどの男に触れられても不快なのか？　それとも、わたしにだけそう感じるのか？」

正直に答えれば相手を怒らせることになるので、ジュリアナはその質問を聞き流した。昔から彼を前にすると、気持ちが落ち着かなかった。ゴムフレイ伯爵の屋敷から母とオリヴァーに救出されて以来、彼が主導権を握っている。オリヴァーは母の抗議を無視してジュリアナを馬車から連れだし、過ちを犯した遠縁のいとこと結婚するといきなり宣言した。

ジュリアナと母との再会は涙に彩られ、あっという間に打ち切られた。

ドレスの背中が左右に開いた。オリヴァーがジュリアナの許可を求めずにパフスリーブを引きおろし、ドレスを床に落とした。イブニング・ドレスとほぼ変わらずに、コルセットやシュミーズやペチコートが体を覆っているものの、彼女は生まれたままの姿をさらしている気分だった。

意外にも、ジュリアナの下着姿を見てオリヴァーの目つきが和らぎ、熱を帯びた。

「なんと純真で美しいんだ」むさぼるように彼女を見つめ、オリヴァーがまわりを歩いた。

「六年前、きみたち一家を訪ねたときもそう感じた。あの夏、一三歳だったきみは女王のように庭を歩きまわっていた」

彼が背後に近づき、ジュリアナの髪に鼻をうずめてきた。左手で尻に触れられたとたん、彼女は飛びのいた。「あなたが何度か訪ねていらしたことは覚えています」応えながら、べッドの足元に移動する。「母は男の子を産む夢をすでにあきらめていたので、あなたが後継者になることはもうわかっていました。父は生前、こう言っていました。あなたが領地を熟知し、その美しさを理解することが重要なのだと」

「そして、一家に対する責任を理解することもだろう」

ジュリアナはため息をついた。「ええ、そうですね」妻子を愛する父は、自分の家族の面倒をしっかり見るよう、次期侯爵に約束させたかったのだろう。

オリヴァーが口にしたことに興味を引かれ、ジュリアナはベッドの支柱の先をつかむと、彼に向き直った。「なぜその夏のことを特に覚えているんですか？　なにか特別なことがあった記憶はありませんが」

オリヴァーが反対側の支柱にもたれて腕を組んだ。彼女の質問を聞いて、考えこんでいるようだ。「お父上はきみになにも話さなかったのか？」

「なにをですか？」

彼は嘲りの声をもらした。「もちろんそうだな。話すわけがない」顔をあげて、ジュリアナと目を合わせる。「あの夏、きみのお父上にきみに求婚する許しを求めた」

「し、知りませんでした」

その言葉はオリヴァーの耳に届かなかった。「最初、お父上は笑い飛ばした。冗談だと思われたようだ」

「わたしが一三歳だったからでしょう」

　優しく指摘されて、彼は逆上した。「きみがもっと大人になるまで待つつもりでいたさ。目障りな遠縁のいとことしか思われていなかったからな。結婚するころには、きみも成長し、わたしを愛するようになるはずだった。お父上には、きみのいい夫になると約束もした」髪をかきあげた拍子に後ろによろめいた。「お父上はわたしの申し出を拒否した。そのうえ傲慢にも、わたしは好人物だが、大切な娘にはふさわしくないとのたまった」

「きっとあなたの誤解です」ジュリアナは乾いた唇を舐めた。「父はそんな失礼なことを口にする人ではありません」

　オリヴァーが拳で胸を叩いた。長年のいらだちと怒りに、その目は燃えていた。

「お父上の拒絶の言葉に誤解の余地は微塵《みじん》もなかった。きみが草原で蝶を追いかけたり、家族を楽しませるためにくだらない曲を作ったりしていたとき、わたしは書斎でお父上から頑固な性格を批判され、快活で想像力に富むきみとはまったく性格が合わないと長々説明された。わたしたちが結婚すれば不幸になるのは目に見えていると断言されたよ」

　父はオリヴァーの求婚について一度も触れなかった。おそらく若者の気持ちを傷つけまいとしたのだろう。いとこの訪問がぱたりとやんだことも、これで説明がつく。それから一年ほどして、愛する父はこの世を去った。

　そして、この口うるさい暴君が爵位を継いだ。

「わたしのことをさぞ憎んでおられるでしょうね」ジュリアナは目をしばたたいた。「わたしの家族のことも」

オリヴァーがいきなり彼女の腰をつかんで引き寄せた。「お父上は間違っていたと思わせてくれ」

彼の唇が近づいてきて、ジュリアナはキスを避けられなかった。頭を両手で挟まれながら、エールの苦味をかすかに感じた。オリヴァーは彼女の父親が間違っていたとお互いを納得させようとしていた。だが、父が正しいとわかっている彼女は絶望感に襲われた。オリヴァーはジュリアナの唇を噛んだり舐めたりしてなんらかの反応を引きだそうとしたが、彼女はなにも感じなかった。

ジュリアナはオリヴァーに抱かれながら身震いをした。

彼がなにをしても、痛烈な悲しみしかこみあげてこない。

そして恐怖しか。

オリヴァーは彼女の沈黙を容認の証と受けとった。

「わたしは対処の仕方を誤った」彼が低い声でつぶやいた。「きみのメイドが喪服をしまった日に、きみと結婚すべきだった」

唇を重ねたまま唸り、オリヴァーは彼女の髪からピンを外した。ブロンドの髪が顔や肩を包むように滑り落ちる。彼はさらにジュリアナを抱き寄せて、下腹部が高ぶっていることを気づかせようとした。

オリヴァーは彼女を求めていた。

恐怖に駆られたジュリアナは、オリヴァーの腕のなかでもがいた。なんてばか力なの！

彼は結婚初夜を早めようと決意しているようだ。

「やめて」オリヴァーの唇に向かってつぶやき、ベッドの支柱を支えに彼を突き飛ばした。

「こんなこと、間違っているわ」

ジュリアナは思いきり頰を叩かれ、その勢いでベッドに倒れこんだ。顔にかかった髪を払う間もなくコルセットの前をつかまれ、引き寄せられた。

「間違っているだと？」オリヴァーが彼女の顎をつかんで荒っぽく唇を奪った。「シンクレアにスカートをまくりあげられたときは異を唱えなかったくせに」髪をわしづかみにされて頭をぐいと後ろに引っ張られ、ジュリアナは悲鳴をあげた。

口のなかは血の味がした。侯爵のものだろうか？　そうであってほしい。「気はたしかなの？　放してちょうだい！」彼を押しのける力がないことに憤り、はらわたが煮えくり返った。

オリヴァーが這いあがってきてジュリアナにまたがった。彼女は脚をばたつかせて身を弓なりにしたが、肩を鋭く嚙まれた。

「自分の未来の花嫁が愚かな母親によってロンドンへ連れ去られ、結婚相手を探していると知ったときは、頭がどうかなりそうだった」彼が頭をさげてキスしようとしたが、ジュリアナは顔をそむけた。オリヴァーは彼女の頰を舐めた。「何通も手紙を送ってレディ・ダンカムを怯えさせようと――」

ジュリアナはあえいだ。「あの脅迫状の送り主はあなただったの？」

一家は何通もの脅迫状に悩まされていた。

「わたしがロンドンに到着するまで、野心家のレディ・ダンカムを思いとどまらせようとしただけさ」彼女ともみあいながら、オリヴァーは息を切らした。

その言葉の意味を理解して、ジュリアナは凍りついた。「あの手紙……あなたはまだ田舎にいたのに、わが家の状況を詳しく把握していた……」声が小さくなった。

オリヴァーが彼女を見おろしてにやりとした。「わたしはお父上との約束を守り続けていたのだよ。ある人物を雇って、きみやきみの家族をひそかに監視させていた。彼はわたしがロンドンに到着するまで、わたしの目や耳の代わりをしてくれた」

彼はジュリアナの両腕を頭上にあげさせた。彼女はオリヴァーの手首に爪を食いこませたが、膝で脚を広げさせられた。「レディ・ダンカムより先に、わたしはシンクレアときみの情報をつかんだ。きみがあの男と汚らわしい情事を続けていることも。一度きみたちがふたりでいるところも目撃したよ。きみが貪欲な娼婦のように、やつにせがむ声も聞いた」

それからの数分、ふたりは無言でもみあい、オリヴァーが彼女の両手首を片手で押さえつけた。彼は空いているほうの手で、ジュリアナの真珠のネックレスを撫でた。

「これはシンクレアからもらったものだろう」

ジュリアナはわざわざ肯定しなかった。オリヴァーが彼女たちを監視していたなら、このネックレスが誰からの贈り物かも知っているはずだ。

「きみはあの男に処女を捧げたのに、恋人についてほとんど知らないんだな」オリヴァーはネックレスに指を絡ませ、真珠が彼女の首を締めつけるまで引っ張った。「シンクレアは自分がレディ・グレーデルの異母弟であることをひた隠しにしていたのだろう。真実を打ち明けたら、もう二度ときみに触れさせてもらえないからな。それに、真珠を個人的に好むことも黙っていたはずだ」

ジュリアナは切れ切れに息を吸った。オリヴァーはシンの贈り物でわたしを絞め殺すつもりだろうか？「喉が痛いわ」

「シンクレアはすべての愛人に真珠のネックレスを贈るそうだな」彼は非の打ちどころのない真珠に鋭い目を向けた。「しかも、変わったやり方でその高価な贈り物を女性に与えるとか——」

あの昼さがり、馬車のなかで。

ジュリアナはしゃくりあげ、涙で喉を詰まらせた。

いったい何人の女性がシンの真珠のネックレスを身につけたのだろう？一〇人？それとも五〇人？このネックレスを褒めてくれた人の顔が次々と脳裏に浮かぶ。女性たちのなかには同じくらい美しい真珠を身につけている人もいた。あれはシンからの贈り物だったの？みんなの褒め言葉にどんなふうに応えたかを思いだし、思わずうめいた。ああ、なんて愚かだったのかしら。シンとの情事を皆に気づかれていたなんて。真珠のネックレスは、シンがその女性を自分のものにしたことを世間に示す勲章だったのだ。

羞恥心に打ちのめされ、まぶたを閉じた。

「ほう、噂は本当だったのか」オリヴァーは手を離して、彼女の鎖骨の上にネックレスを落とした。「正直、きみの振る舞いにはいささか驚かされたよ、ジュリアナ」

手首も解放されたが、彼女は起きあがろうとはしなかった。

オリヴァーがジュリアナの髪を撫でた。「シンクレアの登場は予期せぬものだった。あの男がきみを追い求めていると密偵から報告があったとき、その理由がわからなかった。きみはあまりにも無垢で、シンクレアほど好色な男が興味を示すとは思えなかったからだ。シンクレアがゴムフレイのボックス席に乗りこむまで、やつの意図は不明だった」

ジュリアナは体の向きを変え、脇腹を下にした。

「シンクレアのことは、もうどうでもいいようだな」

侯爵のあまりにも恩着せがましい態度に、彼女は身をこわばらせた。まぶたを開いてきっとにらむ。「シンのことも、あなたと同じくらい嫌っているのかとお尋ねなら、答えは〝イエス〟です!」

オリヴァーが逆上して怒鳴り、何度もマットレスを殴った。ジュリアナは悲鳴をあげたが、なんとか殴られずにすんだ。

「いいかげんにしろ！」

すすり泣きながら、ジュリアナはオリヴァーの頭を両手で叩き、ペチコートの裾をつかむ彼を蹴った。だが縫い目が裂け、腰のあたりまで引きちぎられた。

「いや――やめて！」絞め殺されるのを恐れて叫んだ。

オリヴァーは必死にもがく彼女に無頓着な様子だった。彼はペチコートの生地でジュリアナの両手首を縛り、ベッドの支柱へと引きずった。彫刻がほどこされた木の柱に手首を縛りつけられ、彼女は痛みに悲鳴をあげた。

「じっとしていろ」彼は怒鳴りつけるなり、布の端でジュリアナをしっかりと支柱に固定した。それだけでは飽き足らず、クラヴァットを外して彼女の手首とベッドの支柱のまわりに数回巻きつけて固く結んだ。

ジュリアナが指を動かすと、指先がひりひりした。

「わたしを永遠にベッドに縛りつけておくことは不可能よ」彼女はヒステリックな笑い声をあげた。「いずれ誰かが気づくわ」

「これは一時的な措置だ。いくつか用事を片づけているあいだに、きみに逃げられるわけにはいかないからな」オリヴァーが打ち震えながら言った。

彼に引っ掻き傷ができているのを見て、ジュリアナは野蛮な誇らしさを感じた。爪で引っ掻いた首には赤いみみず腫れができ、肘で小突いた左頬は痣になっている。オリヴァーは汗だくで服も乱れていた。

その彼がそっと唇を重ねてきた。

「今夜はふたりきりだ」オリヴァーはそう明かすと、愛おしむように彼女の膝を撫でた。「だからきみが叫ぼうと、誰の耳にも届かない。きみはわたしがいい夫になれるか疑っているようだが、戻ってきたらその疑念を払拭《ふっしょく》してやろう」

ジュリアナはズボンに覆われた高ぶりを凝視して唇を噛んだ。彼女を痛めつけることで、オリヴァーは欲情したらしい。ジュリアナは縛られた両手を引っ張った。

しかし、結び目はびくともしなかった。

23

ダンカムの屋敷に押し入るところを仲間に見せられなくて実に残念だ、とシンは思った。共犯者の女性たちが愛するジュリアナを救うためにビーズ製のレティキュールで武装しているのを見たら、連中はふらふらになるまで爆笑するに違いない。

この襲撃はあらゆる面において大失敗に終わる可能性があった。

「脇に寄っていてください」玄関に近づきながら、シンは女性たちに命じた。

レディ・ダンカムがくるりと振り向いて両腕を広げ、どっしりとしたオーク材の扉の前に立ちはだかった。「扉を蹴り開けるなんて無理です」

シンは、ずる賢い金色の雌猫によって木につながれた凶暴な犬になったような気分だった。

「もちろん可能ですよ。さあ、脇に寄って見ていてください」

「シンクレア侯爵、この屋敷は五五年間アイヴァース家に受け継がれてきました。その見事な建築は敬意を払うに値します」

「なぜ気にするんです？　ここは今やダンカムのもので、あなた方は追いだされたというのに」

レディ・ダンカムは一歩も譲らず、いざとなれば力ずくでも阻止しようと身構えた。

「それでも、わたしたち一家にとって大切な場所であることに変わりありません。どうか別の侵入方法を見つけてください」

シンが彼女と膠着《こうちゃく》状態になっている隙に、レディ・コーディリアが母親の背後から手を伸ばして扉を叩いた。

「これで不意打ちはできなくなった」彼は憤慨して吐き捨てた。「実にお見事だよ、レディ・コーディリア」

降参したと言わんばかりに両手をあげて、女性陣から遠ざかる。ジュリアナに対する敬意の念が刻一刻とふくらんでいった。この一家で理性的なのは、どうやら彼女だけだ。

「ジュリアナに結婚を強要したダンカムが、あなた方をいそいそと招き入れるほどまぬけだと本気で思っているのか？」

レディ・コーディリアはいらだった顔でにらんでから、ほほえんだ。

「きっと執事が扉を開けてくれるはず。彼をうまく言いくるめれば、なかに入れてもらえる可能性は高いわ」

「執事はどこにいるの？」誰に言うともなく、レディ・ルーシラがつぶやいた。「誰も扉を開けてくれないわ」

「まったく」侯爵夫人がぶつぶつ言った。「なんてことかしら。オリヴァーときたら、自分と同じくらい不作法な使用人を雇うなんて」

今こそ主導権を握るときだ。シンはレディ・ダンカムと腕を組み、レディ・コーディリアがまた扉を叩く前にその手首をつかんだ。ふたりを連れて階段をおり、待ち構えていた馬車へ導いた。

「皆さんは馬車のなかで待っていてください。このまま五五年の歴史がある玄関扉の前で騒々しく言い争えば、誰かが治安官に通報するはずです」

レディ・ルーシラが三人のあとをついてきた。

「誰も騒々しく言い争ってなんかいないわ」

シンはぴたりと立ちどまり、忍耐力を振り絞った。

「あなた方がぺちゃくちゃしゃべるのをやめなければ、わたしが口喧嘩を始めますよ。ダンカムの耳が聞こえないならともかく、向こうも玄関先の騒ぎを聞きつけるはずです」

「彼には聞こえないかもしれないわ。ジュリアナと二階にいるかもしれないし」

それこそまさにシンが恐れていることだった。

レディ・ダンカムもその娘たちも、ダンカムのことをさほど心配していなかった。学者肌で堅物の侯爵が野蛮な本能に身を任せるとは思っていないらしい。

シンはその見方に同意できなかった。

学術的探求心旺盛《おうせい》な気取り屋であっても、ダンカムはしょせん男だ。やつはジュリアナを手に入れるために数々の障害を乗り越えてきた。遠縁のいとこに対するダンカムの思いは、単なる同情とは思えない。

「皆さんはここにいてください」女性たちが指示に従うことを願いながら、シンは命じた。「わたしは壁をよじのぼって裏口を確認します。誰にも邪魔されなければ、玄関の扉を開けますから」

「あなたはこの手の問題に対処した経験がおありなのでしょうね、シンクレア侯爵？」

シンはにやりとして鋭い歯をさらした。

「ええ、そう思っていただいて結構です」

美人の娘を嫁がせたがっている頭のいい野心家の母親たちが、シンや彼の仲間に娘を近づけさせないのには、それ相応の理由があるのだ。

レディ・ダンカムがレティキュールを開き、なかを探った。

「わかりました、どうしてもあなたひとりで屋敷に侵入するとおっしゃるのであれば、わたしのナイフをお持ちください」シンがぽかんと口を開けたのを見て、あわてて言い添える。

「もちろん、念のために持参しただけです」

仰々しくナイフが取りだされた。

「お母様！」ふたりの娘が叫んだ。母親がいざとなれば暴力も辞さない構えでいたことに感心しているようだ。

シンは身をかがめると、右のブーツの裏地に忍ばせておいた細長いナイフを抜いた。「寛大な申し出はありがたいのですが、自分のものを使わせてください」

そう言いながらも、レディ・ダンカムの手から慎重にナイフを奪った。侯爵夫人の行動は予測不可能だ。彼女が動転すれば、装飾がほどこされた子供だましの刃物は、刺されて当然の相手ではなくシンを突き刺しかねない。彼は侯爵夫人のナイフをブーツにしまった。

煉瓦《れんが》の壁をよじのぼるのは簡単だった。反対側に飛びおりたシンは周囲に目を走らせた。夕暮れの淡い光がゆっくりと闇にのまれていく。それでも、揺るぎない足取りで窓から窓へと移動できるくらいには明るかった。屋敷はしっかりと戸締まりがされていて、不気味なほど静まり返っている。裏手に移動し、書斎と思われる部屋へ続く大きくカーブを描く階段をのぼった。小さなバルコニーにたどりつくと、両開きの扉があった。

美しい細工がほどこされた玄関扉をシンに傷つけられるのではないかと侯爵夫人が心配していたことを思いだし、にやりとした。彼女に配慮して、扉の鍵をそっと確かめる。金属がガラスに当たって音をたてた。やはり鍵がかかっている。

ナイフの柄を握りしめ、窓ガラス越しになかを覗いた。薄明かりを頼りに目を凝らしたところ、ほこりや害虫よけの布がかぶせられた調度品が見えた。ダンカムがこの屋敷にいるとしても、わざわざ空気を入れ換えなかったようだ。

その幸運にシンはほほえんだ。

おそらくダンカムは使用人も雇っていないに違いない。シンは慣れた手つきでナイフを翻し、両開きの扉の合わせ目に切っ先を滑らせた。フロストやハンターほど錠前破りに長けているわけではないが、無事に鍵が開いた。片方の扉を開き、狭い戸口からするりとなかに入る。

室内はさらに暗かった。テーブルの端に膝をぶつけて、蠟燭に火を灯したくなった。書斎から応接室に移動しながらも、胸騒ぎがおさまらない。

まるでひとけがないのだ。

ダンカムはどこかにジュリアナを連れ去ったのだろうか？　かすかな人の気配も聞き逃すまいと耳を澄ましていると、耳鳴りがし始めた。

なにも聞こえない。

階段をおり、玄関ホールに向かった。これならレディ・ダンカムや彼女の娘たちに屋敷内を捜索させてもかまわないだろう。扉を開くと、驚いたことに三人の女性は敷居の反対側に立っていた。

「馬車のなかで待っているはずでしょう」

レディ・ダンカムがシンを押しのけた。

「あなたがいつまでも姿を見せないので心配になったんです。わたしたちの助けが必要になった場合に備え、そばにいたほうがいいと思って」

ジュリアナの姉たちはそのまま戸口にとどまりたい様子だった。

「ジュリアナは見つかったんですか？」レディ・コーディリアが尋ねた。

シンはかぶりを振って扉を閉めた。

「まだほんの数部屋しか確認していません。見たところ、ここは無人のようです」

「そんなはずはありません」侯爵夫人が異を唱えた。「オリヴァーはロンドンにもう一週間滞在しているんですよ」

玄関ホールの調度品にも布がかぶせてあった。誰かがいたのかもしれないが、人の気配やここに滞在する予定でいたことを示す形跡は見られない。

ダンカムはこの未亡人に嘘をついたのだろう。

シンは身をかがめてナイフをブーツにしまった。こうしてダンカム侯爵のがらんとした屋敷に立ち尽くしていると無力感に襲われ、なにかを破壊したい衝動に駆られた。レディ・ダンカムはそんなことを許してくれないだろうが。

「ダンカムはロンドンで社交シーズンを過ごすために、この屋敷を整えるのが面倒だったのでしょう。どこか別の場所を借りたのかもしれません」

「どうするおつもりです？　ロンドン中を捜索なさるんですか？」レディ・ルーシラが泣き叫んだ。

「おい！」激怒した男の声が頭上からとどろき、丸天井にこだました。

姉妹の片方が怯えて悲鳴をあげた。四対の目が階上に向いた。

男の顔は影になっていたが、あれが傲慢なダンカムに違いないとシンは確信した。

「ここは個人の邸宅だぞ」ダンカムが二階の踊り場から一歩も動かずに言った。弾を装塡《そうてん》した拳銃《けんじゅう》でシンに狙いを定めている。「おまえたちは不法侵入の罪を犯した。今すぐ立ち去らなければ、鎖につないで執行官の前まで引きずっていく」

レディ・ダンカムが小首を傾げた。「オリヴァー？　あなたなの？」無謀にも数歩踏みだす。「ジュリアナはどこにいるの？」

「レディ・ダンカム、やめてください」シンは鋭く言った。

不法侵入者が身内だとわかっても、ダンカムの敵意に満ちた態度が和らぐことはなかった。

「ジュリアナは二階の寝室で寝ている。高ぶった神経を落ち着かせるために、医者が阿片チンキを投与した。明日、訪問にふさわしい時間に出直すことだ。さあ、帰ってくれ！」

「よくもそんなことを――」レディ・コーディリアがつぶやいた。「わたしたちは身内でしょう、この横柄な愚か者！」

次の瞬間、ダンカムが発砲した。三人の女性は悲鳴をあげ、耳をふさいで四方に散らばり、階段のそばの円テーブルに置かれたマイセン焼きの手塗りの壺《つぼ》が砕け散った。シンは階段を駆けあがった。ダンカムが彼の胸めがけて引き金を引いた。しかしまだ距離があり、向こうが動転していたこともあって、弾は命中しなかった。

シンは相手に二度目の機会を与えるつもりはなかった。そのまま階段を駆けあがると、ダンカムがまた弾をこめようとした。もう一度発砲されれば、今度は避けるのが困難だ。耳の奥で鼓動が激しく鳴り響くなか、踊り場にたどりついた瞬間、ダンカムが装塡を終えた。

「シンクレア侯爵！」レディ・ダンカムが階下から叫んだ。

その声を聞いてダンカムの灰色の目が燃えあがり、せせら笑うように口の端があがった。

彼はなにも言わずにいきなり決闘用の銃を構えて発砲した。

忌々しいろくでなしめ！

六五口径から放たれた銃弾がシンの左肩をかすめた。くそっ！　彼はダンカムに飛びかかり、ふたりして床に倒れた。弾が入っていない拳銃と銅製の薬莢《やっきょう》入れが手の届かない場所に転がり、彼らは互いに優位に立とうともみあった。

左肩を思いきり殴られて、シンは毒づいた。ダンカムはそのまま傷口を攻撃し続けずに這って遠ざかり、よろよろと立ちあがった。次の階の踊り場に向かうつもりらしく、階段に駆け寄る。

臆病者め！

激しく息を切らしながら、シンは獲物を追跡した。肩が燃えるように熱いが、致命傷ではなさそうだ。木の軸柱をつかみ、それを支えにしてさらに階段をのぼった。ダンカムはジュリアナが寝室で寝ていると言っていた。あの男は彼女と引き替えに命乞《ご》いをするほど情けないやつなのか？

「ダンカム！」

シンは侯爵の腰をつかみ、そばの壁に叩きつけた。「彼女はどこだ？」

続いてダンカムのうなじをつかんだ。女性たちが眼下の踊り場まで来た音がした。レディ・ダンカムに邪魔されるまで、ほとんど猶予はないだろう。

閉じた扉に頬がぶつかったとたん、ダンカムがうめいた。シンは侯爵を振り向かせると、今度は通路を挟んだ反対側の寝室の扉に叩きつけた。

ダンカムに詰め寄り、髪をつかんで引っ張りあげる。相手がくつろいだ服装をしていることに冷静に目をとめた。皺が寄ったズボン、亜麻布のシャツ。シャツには染みがあり、いくつかのボタンは外され、クラヴァットも巻かれていない。

「この屋敷には寝室が何部屋あるんだ、ダンカム？」シンは耳打ちした。「数えてみたくなったな」

「やめろ！」ダンカムは低くしわがれた声で叫んだあと、顔面を別の扉にぶつけられた。

侯爵はしゃがみこみ、まるで悪魔でも見るような目つきでシンを見あげた。たしかに服装が乱れ、上着の袖が血に染まり、緑がかった榛色の目に復讐の炎を燃やすシンは、狂気に駆られた殺人鬼に見えるに違いない。

「ジュリアナ！」

しんと静まり返った屋敷に、シンは頭がどうかなりそうだった。

「彼女はどこだ？」

ダンカムのシャツの胸ぐらをつかんで引っ張りあげる。ふたつ先の部屋まで進むころには、侯爵は支離滅裂な言葉をつぶやきながら泣いていた。鼻や口から血が滴り、額にもひどい切り傷ができている。見るも哀れな状態だった。

「最後にもう一度だけ機会をやる」シンは荒々しくダンカムを持ちあげた。「このままずべての寝室が空っぽだったら、貴様を窓から投げ捨てるぞ」

侯爵が血の混じった唾を吐きかけてきた。「地獄に落ち――」

シンは最後まで言わせなかった。忍耐の限界に達し、ダンカムを闇雲に放り投げた。侯爵は、廊下に並ぶいかめしい祖先の肖像画の一枚に顔面から突っこんだ。硬材の床に後頭部を打ちつけたときには、すでに意識はなかった。

「わたしはここよ」

ジュリアナのかすかな声が聞こえて、シンはぱっと顔をあげた。

「どこにいるんだ？」たちまちダンカムのことを忘れ、廊下を突き進みながらそれぞれの扉を叩いた。ふたたび彼女の声がして立ちどまった。

「シンなの？」

怪訝《けげん》そうなジュリアナの声ににやりとして、扉にぐったりともたれた。

「ほかの誰が来ると思っていたんだ？」取っ手に手をかけたとたん、鍵がかかっているのがわかった。

「鍵はいとこが持っているわ」

その短い答えは多くを物語っていた。シンは気絶したダンカムをにらんだ。あの男はジュリアナを罰しようとして閉じこめたのか？　それとも、彼女にやましい意図を抱いてそうしたのか？　今ダンカムに触れたら殺してしまいそうだ。

「さがっていろ」

扉を押すようにして離れた。

レディ・ダンカムがそうしたいなら、あとでいくらでも文句を言えばいい。

思いきり三回蹴ったところで鍵が壊れた。足を引きずるようにして寝室へ入ったとたん、衝撃のあまり両膝をついた。ダンカムはジュリアナと結婚するつもりだと侯爵夫人から聞いていたが、こんなふうに女性を拷問する男だとは夢にも思わなかった。

ジュリアナはベッドの足元の支柱に縛りつけられていた。ドレスをはぎとられ、下着もぼろぼろの状態だ。

「ジュリアナ」

あわててベッドへ這い進み、ブーツからナイフを取りだした。震える手でナイフを握り、ダンカムのクラヴァットにそっと刃を滑らせる。

ジュリアナは両腕をおろしてもらうと悲鳴をあげた。長いあいだ縛りつけられ、筋肉がこわばっていたせいだろう。いったい何時間、ダンカムとふたりきりだったのだ？　あの男になにをされた？

シンは彼女の顔にかかったブロンドの髪を払った。唇が腫れあがり、頬に痣ができ始めているのを見て、歯を食いしばった。

「許してくれ、ジュリアナ。もっと早くきみを見つけられたらよかったのに」

「シン」そっと彼の名前をささやいたジュリアナの瞳は、安堵《あんど》と感謝の念に潤んでいた。

「いとこは――」

「もうきみを傷つけることはない」シンは彼女の手首を結びつけている布を外した。

ジュリアナがひるみ、手首をさすった。

彼はぐっと感情をこらえた。喉が締めつけられる。「あ、あいつはきみをどのくらい傷つけたんだ?」胸に無力感がこみあげた。なにが起きたのか把握しなければならないが、ジュリアナを動揺させたくない。「その――医者を呼んだほうがいいかい?」

彼女はゆっくりとベッドの端に移動した。口の端に用心深く触れて顔をしかめる。

「いいえ、お医者様は必要ないわ。怪我はしていないから」

「そんなはずないだろう!」

シンの激しい反論にジュリアナがびくっとした。「怖くてたまらなかったし、痣もできたけど――」彼がなにを尋ねようとしているのかに気づき、不意に緑色の瞳を見開いた。「いいえ、そんなふうには触れられなかった。いとこはそうしたがっていたけれど。彼は――いろいろ計画を立てていたの」

それ以上、詳しく説明される必要はなかった。シンはジュリアナを引き寄せて抱きしめたかったが、彼女は今にもくずおれそうなほど弱々しく見えた。ジュリアナはこのうえなく勇敢に幾多の苦難を乗り越えた。そんな彼女がどうにか保っている平静を失わせたくない。シンは彼女の指に指を絡ませ、手をぎゅっと握りしめた。

ジュリアナは身をこわばらせたものの、手は引き抜かなかった。

ふたりが結んだ手をじっと見つめてから、血まみれになった彼の肩に視線を移す。

「シン、あなた、出血しているわ」

シンは肩を見おろして顔をしかめた。ジュリアナにすっかり注意を奪われ、怪我のことを忘れていた。「たいしたことはない。ちょっとした災難だ」

「シンクレア侯爵？　ジュリアナ？」レディ・ダンカムの声がした。「オリヴァー？」

シンはジュリアナとともに開いた戸口を見つめた。しばし沈黙が続き、レディ・ダンカムと娘たちはさらに階段をのぼってきたようだ。

「まあ、なんてこと！」

どうやら侯爵夫人は気絶したダンカムを発見したらしい。

彼女が壊れた扉に気づくのを、シンは固唾をのんで待った。

24

シンは治安官を呼びたがった。

だが、ジュリアナがそれを拒んだ。

彼女は廊下に倒れているオリヴァーの脇を通り過ぎたとき、激しく殴られた顔を目にした。いとこの行為に憤り、傷ついていたが、裁判官が下す判決はシンが行った処罰ほど重くないはずだ。

それに、アイヴァース家はさらなる醜聞に耐えられない。

オリヴァーが昔から自負するとおりの賢い男性なら、ロンドンを発《た》って執念深いシンクレア侯爵とは距離を置くだろう。

シンが今回の衝撃から立ち直るには何年もかかるかもしれない。

寝室に入ってきた瞬間、彼の顔には恐怖の表情が浮かび、それがオリヴァーに対する憤怒《ふんぬ》へと変わった。

シンはそう簡単に人を許す性格ではない。

「決闘を申しこむのはやめてちょうだい」

窮屈な馬車の反対側の席でルーシラの隣に座るシンは、ジュリアナにそう釘を刺されると胸の前で腕を組み、物問いたげに右の眉をつりあげた。

「誰に対する決闘だ？　ゴムフレイか？　それともダンカムか？」

「娘をからかうのはやめてください、シンクレア侯爵」ジュリアナをかばうように、母が口を開いた。「この子はあなたが本気だと思っているんです」

母もコーディリアもオリヴァーの寝室に足を踏み入れて以来、ジュリアナのそばを離れなかった。

「わたしが本気ではないと誰が言いましたか？」シンが皮肉めかして言い返した。

ジュリアナはオリヴァーのベッドから持ってきた毛布の端をぎゅっと握りしめた。イブニング・ドレスはあの場に捨ててきた。

「その両方に決闘を申しこむのはやめてほしいと言ったら？」

馬車の明るいランタンに照らされて、彼の白い歯が光った。

「だったら、きみはわたしの答えを気に入らないだろう」

「でも――」

「ゴムフレイとダンカムのことはわたしの問題だ、ジュリアナ」シンが不穏な声で言った。

「きみは治安官に関して自分の意見を通した。今度はわたしの好きにさせてくれ」

シンが決闘についてあまりにも淡々と話すので、ジュリアナはてっきり母親が彼を非難するのではないかと思った。けれども驚いたことに、母はこの件に関してシンに一任しているようだ。

「あなたは冷酷な人殺しではないはずよ、シン」

彼は愕然としてジュリアナを見つめた。「わたしが逆上したらなにをしでかすかわからない男だと、きみは誰よりも承知しているはずだ」

ジュリアナはうなだれた。

彼の主張を否定する言葉はひとつも思い浮かばなかった。

シンは冷酷で情け容赦ない面があると、身をもって証明した。

「シンクレア侯爵」思いがけないほどあたたかい声で、母が口を挟んだ。「肩の具合はいかがですか？　お医者様を呼んだほうがいいかしら？」

ジュリアナの目の前で、シンが血まみれの上着をつついた。先ほどそれについて尋ねたとき、シンは彼女の質問をはぐらかした。

「ご心配には及びません。弾がかすっただけですから」指先をじっと見つめてから、彼はランタンにその指を近づけた。「出血はとまったようです。あとで傷の手当てをします」

「一発目が当たった壺が砕け散ってもオリヴァーを追いかけるなんて、本当に勇敢ですね」

コーディリアが言った。「彼に殺されてもおかしくなかったのに」

シンは愉快そうな顔つきになった。「たしかに、彼はわたしを殺そうとしていました」

ルーシラが両手で耳をふさいだ。「もうオリヴァーのことはひと言たりとも聞きたくないわ」

「あれはマイセン焼きの壺だったんですよ」母がため息をもらす。

ジュリアナは向かいに座るシンを見て、ぽかんと口を開けた。

「あなたは撃たれたの？　オリヴァーがあなたを殺そうとしたの？」

「ええ、二回も」ルーシラが答え、女性らしく身を震わせた。

どうして今まで誰も教えてくれなかったのだろう？

ジュリアナはシンと目が合った。陰になった彼の表情は謎めいていた。

「銃の狙いを定めるには度胸と技能がいる。幸い、きみのいとこはそのどちらも備えていなかった。だから、やきもきすることはない、ジュリアナ。ダンカムはわたしのお気に入りの上着をだめにしただけだ」

シンは冗談を言ったつもりのようだが、お粗末な内容だった。

母の手がジュリアナの頰に触れた。「それでも、わたしたち一家はあなたに感謝しています。オリヴァーはあと少しでわたしの娘と結婚するところでした。もしそうなっていたら、ジュリアナはみじめな結婚生活を送ることになったでしょう」

ジュリアナは胸のうちで同意した。「オリヴァーは密偵を雇っていたの。誰かにわたしたちを見張らせていたのよ」

真っ先に衝撃から立ち直ったのはコーディリアだった。

「彼は密偵の名前を明かしたの？」

「いいえ、でも、お母様がわたしたちをロンドンに連れていく計画を知っていた人物よ。田舎でもロンドンでも、わたしたちと交流があった人物」

誰も該当者に心当たりがなかった。ジュリアナは母の肩に頭をのせた。まぶたを閉じると、家へ向かう馬車の耳慣れた音に心がなごんだ。

「もしもミスター・ステップキンズが密偵だったら？」

ルーシラの問いに、ジュリアナはぱっと目を開けた。愛しいミスター・ステップキンズがオリヴァーの密偵だったかもしれないとほのめかしただけで、姉はつらそうだった。

「彼とは村で出会ったわ」ルーシラが悲しげに姉を見た。「コーディリア、あなたもその場にいたでしょう。彼はとても魅力的で機知に富む人だった」

「その男からジュリアナについて質問されたことは？」シンはそう尋ねて、ルーシラの視線をコーディリアから引き離した。

ルーシラは言葉にならないいらだちの声をあげた。「ミスター・ステップキンズとはいろんな話をして、彼もわたしたち一家に関心を示しました。わたしたちがロンドンに行くと告げたときは、かなり興奮した様子でした」

コーディリアがルーシラの手に触れた。「その後、彼はぱったり会いに来なくなった」

「フィスケン卿だってそうでしょう」ルーシラが冷ややかに言う。「お姉様もわたしも、彼らが会いに来ないのは――」

シンの鋭い視線に気づき、ルーシラはあわてて目をそらした。

ふたりの姉はジュリアナのせいで求婚者を失ったと信じていたのだ。

ジュリアナは手で口を覆い、そっと咳払いをした。「ミスター・ステップキンズは密偵じゃないと思うわ、ルーシラ。誰が密偵であってもおかしくないもの」

シンがたしなめるように無言で険しい目を向けてきた。

たしかに自分の言い分は説得力に欠けると思いつつ、ジュリアナは母に身をすり寄せた。

御者が大声をあげ、馬車の速度が落ち、やがて完全にとまった。御者が台からおりると馬車が揺れた。続いて扉が開く。アイヴァース家の屋敷に到着したのだ。

「少し寄っていかれますか、シンクレア侯爵？」母が尋ねた。

ジュリアナは依然としてシンの視線を感じた。ふたりのあいだには解決しなければならない問題が数多く存在する。けれど今夜は無理だ。彼を家に招待するつもりもない。

シンはジュリアナの胸中を察したらしく、馬車からおり、レディ・ダンカムに手を差しだした。「いいえ、このまま家に帰ったほうがよさそうです」

母や姉たちがシンの手を借りて、ひとりずつ馬車からおりた。最後に残ったのはジュリアナだった。外に出ると、一陣の風に髪が波打った。

勇気を失う前に思いきって尋ねた。「ひとつ質問に答えてもらえるかしら、侯爵様？」

「ああ」

ジュリアナはぴんと背筋を伸ばした。「なぜ彼女はあんなことをしたの？　どうしてレディ・グレーデルはあなたをわたしに差し向けたの？」癪に障ることに、かすかに声が震えた。

シンが馬車の側面に手をついた。顔ははっきりとは見えなかったけれど、ためらっているのが感じとれた。「キッド男爵だよ。姉は男爵を愛している。だが、数カ月前からキッド男爵が次第に隠し事をするようになった。姉は別の女性のせいで彼を失うのを恐れた。男爵がきみに興味を示しているのを見て、きみに彼を奪われたと思ったんだ」

「そうだったの」ジュリアナは納得したようにうなずいたが、内心は違った。キッド男爵とは音楽の趣味が一致しているだけで、彼の私生活の話など聞いたこともない。「わたしがキッド男爵と親しくしているせいで、あなたはわたしを誘惑したのね?」

頭がくらくらし、馬車に戻って座りたい気持ちに半ば駆られた。

「たしかに、きみに近づいたのは姉に頼まれたからだ。姉はわたしにとって唯一の身内だ。その姉がきみのせいで男爵に求婚されないと信じこんでいた。動揺しているベリンダを見て、守ってやりたい気持ちになった」次の言葉を吟味するように、いったん口を閉じた。「だが、これだけは言わせてくれ。わたしは誰の言いなりにもならない。たとえ相手が姉であっても。きみを追い求めたのは、きみがほしかったからだ。きみの純潔を奪ったとき、わたしの頭には姉の復讐のことなどこれっぽっちもなかった」

ジュリアナはふたりの愛の営みについて話したくなかった。「あなたも知ってのとおり、レディ・グレーデルはなにも恐れる必要はないわ」悲しげに告げる。

シンのハンサムな顔には後悔の念が深く刻まれていた。「ああ」

なんてばかだったのだろう。もちろんシンは知っていたはずだ。彼はジュリアナの体だけでなく心も奪ったのだから。彼女もシンを胸の奥まで受け入れた。たとえシンが悪意に満ちた計画にもとづいてジュリアナを追い求めなかったのだとしても、自分勝手な欲望に身を任せたことによって、姉のくだらない復讐をやり遂げたのだ——本人はそう思っていないようだけれど。彼の姉がキッド男爵の愛情をめぐる競争相手だと見なしたジュリアナへの復讐を。

「今さらとはいえ、正直に話してくださってありがとう」

心が千々に乱れたままシンに背を向けた。ゴムフレイ伯爵やオリヴァーよりはるかに深く自分を傷つけた男性から一刻も早く遠ざかろうとしながら、ぼんやりと真珠のネックレスを撫でる。

そのとき、オリヴァーの痛烈な言葉がよみがえってきた。

〝シンクレアはすべての愛人に真珠のネックレスを贈るそうだな。しかも、変わったやり方でその高価な贈り物を女性に与えるとか——〟

ジュリアナはくるりと振り向いて馬車に引き返した。シンが期待するような面持ちで待ち構えていた。

「それからもうひとつ……」

ぐいとネックレスを引っ張ると紐が切れた。真珠が地面に落ちて弾んだが、手に巻きつけたネックレスを彼に差しだした。

「わたしや家族のためにしてくださったことには感謝していますが、もう二度とお会いしたくありません。どうかご理解ください」ジュリアナは涙が暗闇で覆い隠されることを願った。

「それに、あなたからの美しい贈り物もほしくありません。あなたの目にとまったほかの女性たちとなんら変わりないと思い知らされるだけですもの。邪なゲームをなさるなら、どうか別の愚かな女性を探してください、シンクレア侯爵。幸い、ロンドンにはそういう女性が大勢いますから」

シンは平手打ちを食らったようにびくっとした。彼が受けとろうとしないので、近づいてその手をつかみ、てのひらにそっとネックレスを押しつけた。

オリヴァーが一三歳のジュリアナを見て魅力的だと感じた威厳を漂わせながら、彼女はシンに背を向けて歩き去った。

「おまえは母親に与えられた名前にふさわしい男になろうとしているのか？」

フロストが自分を待ち構えていたとわかっても、シンは驚かなかった。自宅に戻ると、ヘムブリーからフロストが図書室で待っていると告げられた。片時もじっとしていない友人は、シンの最高級のブランデーを勝手にグラスに注ぎ、決闘用の銃を磨いていた。

「もうへとへとで、おまえの謎めいた言葉につきあう気力はないよ、フロスト」シンは上着を脱いで近く椅子に落とした。亜麻布のシャツはぞっとするような有様だった。シャツの前が真っ赤な血で染まり、胸板に張りついている。肩の傷の手当てをするというレディ・ダンカムの申し出を断って正解だった。女性たちはすっかりうろたえて大騒ぎしたに違いない。

シンは傷口が開かないように気をつけながらシャツを脱いだ。

銃を磨いていたフロストが顔をあげた。「おまえの母上はアレクシウスという言葉が〝守護者〟や〝保護者〟を意味すると信じてそう名づけたと、一度おまえから聞いたことがある」

「それは幼いころベルから聞いた話だ」顔をしかめて、生々しい傷口のまわりの血をこすり落とした。「だが、父からはまったく異なる話を聞かされた。それによれば、ビザンティン帝国のアレクシウスという皇帝は兄から王冠を奪って目玉をくり抜き、地下牢《ろう》に監禁したそうだ。もしそいつが今も生きていたら、おまえは〈ノックス〉の会員に推薦するだろう」

その挑発的な言葉に、フロストは含み笑いをもらした。「ひどい言いようだな。でもこの数週間のおまえの言動を振り返ると、レディ・グレーデルの話のほうが正しそうだ。おまえには母親の血が色濃く流れているらしい――好むと好まざるとにかかわらず。きっとそのせいで父親にうとまれたんだろう」

ほかの理由同様、それも当てはまりそうだとシンは思った。認めてもらいたい一心でどんなにがんばっても、父を満足させたことはなかった。しまいには互いを憎むようになっていた。

「失礼します」

ヘムブリーが湯気の立ちのぼる湯が入った洗面器と傷口に巻く包帯を持って、図書室に入ってきた。

シンは執事から洗面器を受けとって机に運んだ。フロストが持っていた銃を脇に置いて立ちあがった。

「わたしに任せてくれ、ヘムブリー」フロストはそう言って、執事の仕事を肩代わりした。「おまえの主人の面倒はわたしが見るよ。この男にはあたたかい食事が必要だ。おそらく、朝からなにも食べていないはずだからな」彼は清潔なタオルを湯にひたし、余分な水分を絞った。

「ただちに食事の手配をします、チリングスワース伯爵」

フロストがシンに向かって言った。「さあ、座れ」

「誰もがいそいそとおまえの命令に従うのか、フロスト？」傷口に熱いタオルを無造作に押しつけられ、シンは鋭く息を吸った。「くそっ、気をつけろ。痛いじゃないか」

友人は舌打ちした。「おまえはゴムフレイに耳を撃ち抜かれなくて幸運だったよ」

シンがアイヴァース家を訪ねたあとゴムフレイを探しに行ったことを、フロストは見抜いていた。「ゴムフレイの屋敷をあとにしたとき、やつはわたしの頭に銃口を向けることはおろか立ってもいられない状態だった。それにおまえと最後に話して以来、新たな敵は作っていない」

それを聞いて、フロストが嘲るように鼻を鳴らした。彼は手当てを続け、血に染まった湯がシンの腕や胸や背中を流れ落ちた。「ほう。だったら、レディ・ジュリアナと話したんだな。それで、誰に撃たれた？　彼女の未亡人の母親か？　ふたりの姉の片方か？　それともレディ・ジュリアナ本人か？」

「彼女のいとこのダンカム侯爵だ」

シンはフロストと別れたあとの数時間について語った。話し終えるころには、肩にしっかりと包帯が巻かれていた。

身を乗りだしてヘムブリーが持ってきた清潔な亜麻布のシャツをつかむと、フロストが愉快そうに目を輝かせて言った。「つまり、おまえが女性のあそこや真珠を気に入っていることを誰かが彼女にばらしたわけか。それは最高に気まずいな」

おそらく暴露したのはゴムフレイだろうとシンは踏んでいた。

フロストの手を借りて、シンは袖に腕を通し、頭からシャツをかぶった。

「ジュリアナはネックレスを首から引きちぎり、わたしの手に押しつけた」顎の脇をこすりながら、彼女の悲しげな瞳と痣のできた頬を思い浮かべる。「ジュリアナがネックレスのことで激怒するのは当然だ。あれは……卑劣なおふざけだった。これまで多くの女性に同じことをしてきたが、別れ際に良心の呵責を覚えたことはなかった」

「なんというろくでなしだ」

シンは哀れみの表情を浮かべる友人をじっと見据えた。

「おまえはあっさり人を侮辱するよな、フロスト。わたしのことをまぬけだと考えているんだろう。だが、わたしはジュリアナを大切に思っている。彼女を傷つけたくせに、嫌われていると思うとつらい。ジュリアナがいとこと結婚するとレディ・ダンカムに告げられたときは、彼女を取り戻すためなら人殺しも辞さない構えだった。どうやらジュリアナを愛してしまったようだ」

フロストがシンの頭のてっぺんを叩いた。

「なんで叩くんだ？」

「おまえが分別を失ったからさ。女性の愛情は、失って嘆いたり自由と引き替えにしたりするほどの価値はない。愛はまともな男を破滅に導く」フロストは決闘用の拳銃を机から手に取った。「いっそのこと、銃口を耳に当てて引き金を引いたらどうだ？　少なくとも慈悲深い死を迎えられるぞ」

シンは笑い、顔に向けられた銃を押しのけた。「おまえは卵から生まれたんじゃないのか？　おまえの妹は、兄の女性に対するそういう皮肉な見方を知っているのか？」

フロストの愉快そうな表情が陰った。「リーガンの面倒はちゃんと見てきた。それなのにわたしに文句を言うのなら、妹は恩知らずというものだ」

フロストはそれ以上、妹についてなにも言わなかった。おそらくリーガンは、皮肉屋の友人の心に痛手を与えた唯一の女性だろう。両親が亡くなったあと、フロストは妹の保護者となり、彼女は何年も野放し状態だった。遠縁のいとこに指摘されて初めて、妹にはもっと監視の行き届いた環境が必要だと認めた。フロストはリーガンの激しい抗議を無視して、妹を寄宿学校に送った。

ふたりとも、その状況を喜ばしく思っていなかった。

それにリーガンは、兄の横暴な仕打ちをいまだに許していない。

フロストが腕組みをした。「レディ・ジュリアナとはまだ縁を切っていないようだな」

「ジュリアナのほうは、もう縁が切れたと思っている。彼女の意志を尊重するのが優しさというものだろう」シンは上着の内ポケットに入っている糸の切れた真珠のネックレスのことを考えた。もうゲームは終わったのだ。

「そうだな。だが、おまえは彼女に対して良識的な行動を取ったことは一度もない」

「そのとおりだ」シンは目にうっすら笑みを浮かべた。

ジュリアナは、シンが彼女を追い求めたのは姉に頼まれたからにすぎないと思いこんでいる。それに欲望に駆られたからだと。あのときは激高するあまり反論できなかった。しかしレトルコット伯爵邸の榛の木を見あげ、びっくりしたジュリアナの顔を目にして以来、シンはずっと彼女を求めてきた。そばにいたいと切望してきた。その気持ちは今も変わらない。

「ともかく、ゴムフレイとジュリアナの忌々しいいとこは、こらしめてやらなければならない」シンはあのふたりに銃弾を撃ちこむまで満足できそうになかった。

「近々、おまえがレディ・ジュリアナを勝ちとろうと四苦八苦するのが見られそうで楽しみだよ。あらゆる手段を講じて失敗したあかつきには、この銃で頭を撃ち抜けばいい」

25

「嘘をつく必要はないわ」寝室に入ってきたコーディリアが言った。「彼の後ろ姿を見送っていたんでしょう」

ジュリアナは頬が赤く染まるのを感じた。

「そんなことしてないわ。あの人は嘘つきで、正真正銘の獣だもの」

姉の足音が聞こえたとたん、ジュリアナは急いで窓辺を離れ、小さな書き物机の脇の椅子に移動していた。

「お母様はシンクレア侯爵を応接室に通したの？」

「ええ、そうよ」コーディリアはオーク材に真鍮《しんちゅう》飾りがほどこされた上品な椅子の背をつかみ、数メートル離れたジュリアナの椅子の隣に運んだ。「たしかに目に余る欠点がいくつもあるけれど、彼はあなたをオリヴァーとの悲惨な結婚から救った。安心してちょうだい、お母様はシンクレア侯爵を完全に許したわけではないわ。でも、侯爵はどんな情けでも喜んで受け入れるでしょうね。あなたがちっとも許してくれないから」姉は腰をおろしてドレスの皺を伸ばした。

ジュリアナが引きちぎった真珠のネックレスをシンの手に押しつけて歩み去ってから、一週間が経った。彼はすでに二度訪ねてきて、彼女に面会を求めた。今回は三度目の訪問だ。そのたびにジュリアナは一階におりるのを拒んだが、母や姉たちはシンに同情して応接室に迎え入れた。そんな家族に、裏切られた思いを抱かずにいるのは容易ではなかった。それでも彼が訪ねてくると、姉たちにきかずにはいられない。

「彼は元気そうだった？」

シンの訪問のあと、ジュリアナは毎回同じ質問をした。

コーディリアは考えこむふりをした。「シンクレア侯爵曰《いわ》く、肩の傷はもう痛まないそうよ。わたしたちにお辞儀をしたとき、彼の動作にぎこちなさは感じなかったから、たぶん本当のことをおっしゃっているんだと思うわ」

今回だけは。

ジュリアナは書き物机の上で組みあわせた両手を見おろした。シンはわたしの気遣いに値しない人だけど、気にかけずにはいられない。なんて忌々しい人だろう！　たとえ彼が死んでも、この悲しみが癒《い》えることはない。それでも、ひとりでいるときに自分をさいなむ心の傷や怒りをどうにかできればいいのにと願ってしまう。

「シンクレア侯爵はあなたに会いたがっていたわ」姉はきかれもしないのに言った。「お母様はあなたが横になって休んでいると答えたけれど、侯爵がそれをうのみにしたとは思えない」

「わたしは本当に休んでいたのよ、コーディリア」組んでいた両手をほどいてこめかみをさすった。「それに、彼がどう思おうと知ったことではないわ」これ以上なにも得られないのに、なぜシンが三度も訪ねてきたのか、ジュリアナは理解できなかった。

「それが真実なら、あなたはそんなに悲しまないはずでしょう」コーディリアが手を伸ばして、書き物机に小さな包みを置いた。

ジュリアナはこめかみをさするのをやめ、机の上の小さな布の包みを凝視した。シンは最初の二回の訪問では花をたずさえてきた。あれは母を懐柔するために違いない。だが、この贈り物はまったく別物だ。ジュリアナは包みを手に取った。彼女の拳よりも小さく、赤の細いリボンがしっかりと結ばれている。「彼はなにか言っていた?」

「ええ、でも、お母様もわたしもおかしな伝言だと思ったわ。真珠はもう好みじゃない、とおっしゃったの」

「そう」

シンがジュリアナとの邪なゲームをあきらめたと知って、彼女はどきっとした。しかし、すぐに顔をしかめて自分に言い聞かせる。彼がここ数日――いえ、ここ毎晩――どう過ごそうと、もう関係ないわ。

「伝言はそれだけ?」

「ちょっと風変わりな贈り物だけど、あなたを思いださせるものだとおっしゃっていたわ」

ジュリアナがリボンをほどき始めると、コーディリアがこらえきれずに身を乗りだした。

「なんなの?」

ジュリアナはシンが風変わりなものをわざわざ買った理由がわからなかった。だが、彼女が首から引きちぎったネックレスを返してきたわけではないと知ってほっとした。そんなことをされたら、ハンマーでひと粒残らず真珠を叩きつぶしただろう。

緑のベルベットの包みをほどくと、シンの贈り物がきらりと光った。金のブローチだった。彼の大胆さに息をのみ、ジュリアナは言葉を失った。

身を寄せてきた姉が覗きこむなり、鼻を鳴らした。「たしかに変わっているわね。なぜ侯爵は金色の葉がついた小枝を見て、あなたを思いだすの?」

ジュリアナは答えなかった。美しいブローチはとても精巧な作りで、ハート形の葉やぎざぎざの縁を見たとたん、それがなにかわかった。榛の葉だ。三枚の葉の内側には木の実があった。金色の殻のなかに、実に見立てた大きな真珠が入っている。

シンはレトルコット伯爵邸の裏庭で出会った晩を思いださせたいのだろう。ジュリアナが榛の木の枝にしがみついていたとき、シンとレディ・レトルコットはその木を逢い引きの場に選んだ。偶然ジュリアナを見つけた彼は、夫人との火遊びを切りあげた。

ジュリアナは唇を嚙みながら、ブローチをじっくり眺めた。あのとき、シンは見ず知らずの他人だった。彼はジュリアナの名前も知らずに彼女を求めてきた。その賞賛のまなざしは覚えている。彼が守ってくれたおかげでレディ・レトルコットの逆鱗に触れず、なぜふたりを盗み見ていたのか説明もせずにすんだ。

シンは抜け目ない男性だが、姉に頼まれたとしても、あんな突飛な出会いを計画できたはずはない。

けれどもシンは、ジュリアナに対する欲望と競争相手を倒したい姉の思惑を一緒くたにすることに良心の呵責は覚えなかった。ジュリアナはため息をつき、ブローチをまた包み直した。

「ジュリアナ？」

「なあに？」遅ればせながら、姉の質問に答えていないことに気づいた。「ああ、シンクレア侯爵の贈り物ね、わたしにもどういう意味かさっぱりわからないわ」ジュリアナは嘘をついた。

「自分が世間の笑い物だと知っているの？」

姉から怒りをぶつけられても、シンは驚かなかった。ベリンダが訪ねてくるまで八日もかかったのは意外だったが。この数日間、姉から尊大な呼び出しの手紙が十数通届いたものの、すべて無視した。あきらめの悪いベリンダは、シンの友人のひとりを追いつめて今夜の居場所を突きとめたらしい。

今夜の予定を台なしにした裏切り者の正体がわかれば、仕返しをしてやりたい気分だ。

「やあ、ベル。相変わらずきれいだな」シンは、きらめくエメラルドとダイヤモンドのドロップ形のイヤリングに触れた。「この気前のいい贈り物は誰からもらったんだ？　キッド男爵か？」

ベリンダは彼のお世辞につきあう気はなさそうだった。「わたしはイヤリングの話がしたくて、ロンドン中あなたを探しまわったわけじゃないわ。わたしが知りたいのは、あなたが完全に正気を失ったかどうかよ。この一週間、わが家の応接室は愛する弟の噂話をしに来た客でごった返していたわ。どの話もあなたやシンクレア一族の名にまったくそぐわないものだった」

「噂話には耳を貸さないんじゃなかったのか？」彼はそっけなく言った。

シンが立ち去ろうとすると、ベリンダが彼の腕をつかんだ。「だからあなたはゴムフレイ伯爵の書斎で彼に詰め寄り、明くる日の夜明けに決闘したの？ 伯爵の左肘を撃ち抜いたそうね」

シンは姉の手首をつかみ、近くの小部屋にいざなった。「気をつけてくれ。それ以上大声で話されたら、わたしは国外に脱出せざるをえなくなる」

「おまけに、あなたは逃げだしたダンカム侯爵を血まなこになって探しまわっているともっぱらの噂よ」

寝室に閉じこめられてベッドの支柱に縛りつけられたジュリアナを発見したときの記憶は、今も彼の頭から離れなかった。「ダンカムはいとこに乱暴して結婚を強要しようとした。そんな男は銃傷を負わせるくらいの罰では手ぬるすぎる」

「いとこですって？」ベリンダが蔑むように唇をゆがめた。「まさかレディ・ジュリアナ・

アイヴァースのことを言っているんじゃないでしょうね？」

「だったらどうする？」

「つまり、すべて本当なのね」姉は胸に手を当てた。「あなたの友人たちから聞いたことは――」

「誰だ？　誰が告げ口をした？　そいつらの名前を教えろ」

ベリンダが小首を傾げ、威嚇するような物腰のシンをしげしげと眺めた。弟に傷つけられるとは思っていないが、慎重に言葉を選ばなければ自分の取り巻きが彼の怒りにさらされるのは明らかだった。

「社交界の人々の半数から耳打ちされたわ。彼らを全員撃つ気？」彼女は閉じた扇でぴしゃりと弟の手を叩いた。「いったいなんのために？　初めて自分に目をとめてくれた男性に、いそいそと脚を開いたまぬけな小娘のために？」

ベリンダのジュリアナに対する憎しみはまったく不当なものだ。だがシンがジュリアナをかばえば、姉はますます怒りを募らせる恐れがある。「そんなひどいことを口にするものじゃない。姉上のことを同じように考える連中もいるはずだ」

姉の瞳が傷ついたように陰った。「男性は美人にころりとだまされるのよ。ゴムフレイ伯爵のボックス席での醜態を目にした人なら誰でも、レディ・ジュリアナがあなたを嫌悪していると知っているわ。あなたはこのばかげた振る舞いによって、なにを得ようとしているの？　レディ・ジュリアナのつまらない母親やきょうだいにこびへつらったり、彼女に目をつけた男性全員に決闘を申しこんだりして、許しを得るつもり？」

シンはベリンダの頭上の壁をてのひらで叩いた。姉は彼がかろうじて手をあげずにいることに気づいたらしく、びくっとした。

「キッド男爵は仕事絡みでレディ・ジュリアナに興味を持っただけだ」姉の注意を引きつけたまま、シンは一語一句はっきりと告げた。

ベリンダは希望を抱いたように表情を和らげたが、その気持ちを弟と分かちあう気はないらしい。「でも、断定はできないはず——」

「キッド男爵本人からそう聞いたし、彼が嘘をつく理由はない」壁からおろした手を姉の肩にのせた。「われわれは身勝手なきょうだいだ。姉上の嫉妬とわたしの傲慢さが、若い令嬢の評判をずたずたにした。われわれの行為によって、彼女は無遠慮な人々の餌食《えじき》となった。自分がしたことを完全に償うのは不可能だが、そう努めることはできるはずだ」

「つまり、あなたにこの愚かな行為をやめさせることはできないのね」

「ああ。だから邪魔しないでくれ」シンは姉の額にキスをして退いた。

舞踏室のほうに振り向くと、ジュリアナと彼女の姉たちが目に入った。部屋の反対側にいても、ジュリアナが気まずい思いをしているのがありありと見てとれた。シンは大理石の柱にもたれ、飢えた目で彼女の全身に視線を這わせた。

背後からベリンダの声がした。「まさか……あの小娘との結婚を考えているわけではないでしょうね？」断じて認めないと言わんばかりの口ぶりだ。

「心配することはない。レディ・ジュリアナのほうが決して承諾しないよ。シンクレア一族の汚れた血が流れるわれわれは結婚できない運命だ。わたしより、姉上のほうがそれをよくわかっているはずだろう」

26

「彼がいる」

コーディリアに耳打ちされて、ジュリアナの鼓動が速くなった。人々の顔に視線をさまよわせ、決して信用できない男性の姿を探した。どうしても忘れることのできない男性の姿を。

「庭に面した扉のそばにフィスケン卿がいらっしゃるわ」

コーディリアは近ごろ会いに来なくなった求婚者のもとに向かおうとしたが、ルーシラとジュリアナが手をつかんで引きとめた。

ルーシラがフィスケン卿に目を凝らした。普段はかけようとしない眼鏡が恋しくなるほど距離が遠い。「お母様は今夜フィスケン卿も出席すると言っていたわね。ひょっとして、彼に連絡したのかしら？」

コーディリアがさっと青ざめた。

「まさか、お母様がそんなことをするはずがないでしょう！」

母ならなにをしてもおかしくない、とジュリアナは内心思った。なにしろ娘の幸せがかかっているのだから。「フィスケン卿が戸口から離れる気配はないわ。お姉様が到着したことにまだ気づいていないんじゃない？」やきもきするコーディリアをなだめようとして言う。

「彼がお姉様に気づいたのに避けるつもりだったら？」

コーディリアがよろめいた。「ああ、そんな屈辱には耐えられないわ」

ジュリアナはルーシラをにらんだ。ミスター・ステップキンズが姿を消しただけでなく、アイヴァース家を見張るためにオリヴァーに雇われていたことが明らかになって、ルーシラが今も打ちひしがれているのはわかる。でも、コーディリアには妹たちの支えが必要だ。

「ルーシラの言葉には耳を貸さないで。ルーシラは眼鏡がないとなにも見えないし、フィスケン卿の態度をとやかく言う立場にないんだから」

ジュリアナが母親に説得されてコリンジ卿夫妻の舞踏会に出席することにしたのも、コーディリアの支えとなるためだった。数週間前ロンドンに到着して以来、ジュリアナは純潔を失い、敵を作り、母親のカードゲームでの借金のかたに差しだされ、憎むべきいとこに襲われそうになった。シンとかかわったせいで、上流社会の大半の人々から恥ずべき女性というレッテルを貼《は》られた。今や彼女の評判はずたずただ。自分の作品を出版する可能性も消えた。いわばロンドンに愛想を尽かされたのだ。良識ある女性なら、敗北を認めて田舎に戻るだろう。

コーディリアと彼女の愛しの男性のあいだを十数人の客が行き交っていた。退屈そうだったフィスケン卿の顔が、コーディリアに気づいたとたん、うれしそうに輝くのを見て、ジュリアナの胸が詰まった。忍耐力が微塵もない姉は、大胆にも彼に手を振った。フィスケン卿がにっこりして開いた扉のほうを顎で指し、庭を散策しようと無言で誘った。

コーディリアはフィスケン卿から視線を引き離すと、妹たちを横目で見た。

「彼のもとに行くべきかしら？　それともお母様を待つべき？」

ジュリアナはコーディリアを思って胸が張り裂けそうだった。姉が躊躇するのはよくわかる。

「フィスケン卿のところに行くべきよ。開いた戸口のすぐ外にいれば、なんの問題もないし」次の瞬間、姉に抱きつかれて息をのんだ。「お姉様はひとりじゃないわ。戻ってくるまで、ここで待っているから」

「ありがとう」

コーディリアはとても幸せそうだった。文字どおり宙を舞うような足取りで舞踏室を横切り、フィスケン卿のもとへ向かった。彼がお辞儀をして曲げた肘を差しだし、ふたりは戸口の外に姿を消した。

「あれは賢明かしら？」

ジュリアナはルーシラと視線を交わした。「たぶん賢明ではないわね」無頓着に肩をすくめる。「人は恋をすると愚かなことをするものよ」

ルーシラがうなずいた。遠くを見つめる姉の目が悲しげに曇った。「お母様を見つけて、フィスケン卿がいらしたことを伝えてくるわ」

「カードルームを確かめてみて。レディ・コリンジはカードゲームにはまっているけど、かなり弱いという評判よ。お母様は誘惑に負けて、彼女のテーブルに座っているかもしれないわ」

　ジュリアナは遠ざかるルーシラの後ろ姿を笑顔で見送った。幼いころから、姉のきびきびとした歩き方はまったく変わっていない。そのとき、ふたりの老婦人と目が合った。片方がもう一方に耳打ちしながら、どちらもジュリアナをじろじろ見ている。けれども彼女の視線に気づいたとたん、ふたりは背を向けた。

　姉たちがそばにいないせいで、ジュリアナは無防備な気分になった。まさに、独善的な社交界の荒波に放りこまれた社会の除《の》け者だ。ルーシラのように視力が悪ければよかったのに。それなら通り過ぎる紳士淑女の詮索する視線も、冷酷な嘲笑や哀れみも目にせずにすんだはずだ。

「レディ・ジュリアナ」

　キッド男爵の声がして、彼女はびくっとした。

「男爵様」膝を折ってお辞儀をすると、彼もお辞儀をした。「今夜お目にかかるとは思ってもみませんでした」

「こんなふうに偶然お会いできて本当に幸運ですよ」

　キッド男爵は好奇心に満ちた視線やささやき声には無頓着な様子だった。彼はグレーデル伯爵夫人の策略を知っていたのだろうかとジュリアナが自問するのは、これが初めてではなかった。男爵は、ジュリアナに対する自分の優しさや関心が伯爵夫人に与えた悲しみにまったく気づいていないようだ。それが真実なら、彼の幻想を打ち砕くのは残酷というものだろう。

「なぜですか？」

近くにいる数人の客からじろじろ見られるのに耐えかねて、ジュリアナは壁に沿って歩きましょうと手ぶりで示した。キッド男爵が腕を差しださなかったことに内心感謝した。たとえそうされても断っただろう。彼は隣で足並みをそろえた。

なんの前置きもなく、男爵が切りだした。「あなたのために出版業者を見つけました」

「まさか、ご冗談でしょう？」不作法に口走り、ジュリアナは口を覆った。「どちらの出版業者ですか？」

「わたしですよ」彼女が言葉を失うと、男爵の目がうれしそうにきらめいた。

ジュリアナは信じられずにかぶりを振った。「いつ？　どうやって？」

男爵は舞踏室を見まわし、詳細を語るのを躊躇した。

「申し訳ありませんが、ここは仕事の話をする場にはふさわしくありません。ですが、われわれの努力は無駄にならなかったと断言できます。わたしは共同経営者を見つけて、リスクを分かちあうことにしました。わが社はあなたの楽曲を皮切りに、数多くの作品をこの世に送りだしていく予定です」

ジュリアナの視界がぼやけた。キッド男爵のことは信頼していたが、彼女の代理として交渉に当たった彼が何度も断られるのを見て半ばあきらめていたのだ。

「なんてすばらしい知らせでしょう！　ああ、でも！」唇に指を当てる。「わたしは近々ロンドンを発つことになったんです」

男爵がぴたりと足をとめた。「それは実に残念です。ぜひ考え直していただけないでしょうか？　共同経営者もあなたに会いたがっていますし、この新たな計画についていろいろ話しあわなければなりませんから」

ジュリアナはこみあげる感情に喉を詰まらせた。

「男爵様、今までいい友人でいてくださってありがとうございます」

キッド男爵が真顔になった。口のまわりにかすかに皺が寄る。

「あなたは寛大なお方だ、レディ・ジュリアナ。正直、わたしが自分のことにばかり気をとられていなければ、あなたやあなたのご家族にとって、もっとよい友人になれたはずです」

「それは……」彼女は困惑して口ごもった。

「ですが、シンクレアがゴムフレイの一件を片づけてくれました」

つまり、キッド男爵はゴムフレイ伯爵のことを知っているのだ。だとすれば……。

ジュリアナはシンの名前が出たことに気づき、背筋をぴんと伸ばした。

「片づけたとはどういうことですか？　いったいなにをしたのです？」

シンクレア侯爵がなにをしたか彼女がまったく知らないことに、キッド男爵は遅ればせながら気づいた。「いや、まことに恐縮です。てっきり、レディ・ダンカムからシンクレアがゴムフレイに決闘を申しこんだことをお聞きになっているものと……」

シンがわたしのために自らの身を危険にさらしたの？

「いいえ」ジュリアナはきっぱりと言った。

「おそらくレディ・ダンカムはあなたを動揺させたくなかったのでしょう」キッド男爵がしゃがれた声で言った。「シンクレアの銃弾はゴムフレイの腕に命中しました。伯爵は今後一生、ワイングラスやフォークを口へ持ちあげるたびに、シンクレアのことを思いだすはずです。すみません、レディ・ジュリアナ。決闘の話を持ちだすなんて配慮に欠けていました」気遣うように彼女を見る。「顔色がよくありませんね。なにか飲み物をお持ちしましょうか？」

ジュリアナは開いた戸口から庭を眺めた。コーディリアとフィスケン卿はまだ戻っていないようだ。「ええ、そうしていただけるとありがたいです」

ひとりきりになるためなら、男爵に告げる口実はなんでもよかった。シンがゴムフレイ伯爵に決闘を申しこんだことを、なぜ誰も教えてくれなかったのだろう？　まったく、あの忌々しい人は死んでもおかしくなかったのだ！

「以前はあなたにキッド男爵を奪われたと思っていたわ」

グレーデル伯爵夫人がふらりと近づいてきて、ジュリアナは身をこわばらせた。

「キッド男爵はただのお友達です」

「アレクシウスもそう言っているわ」伯爵夫人は喉元のエメラルドとダイヤモンドのネックレスに触れた。「でも、わたしはあなたの意図を読み違えたわけではなかった。ただ、相手の紳士を間違っただけで」

ロンドンを離れる利点のひとつは、この不愉快な女性と二度と顔を合わせずにすむことだとジュリアナは思った。「レディ・グレーデル、わたしはあなたにも、あなたの無数の恋人にもまったく興味がありません。あなたとかかわりがある人々のリストを送ってくだされば、全員避けるようにします」

「弟には絶対に近づかないで、レディ・ジュリアナ」

伯爵夫人はさっと踵《きびす》を返して立ち去った。彼女が本当にジュリアナに脅威を感じているなら、ジュリアナのためにパンチを取りに行ったキッド男爵を見つけて足止めするだろう。

ジュリアナはため息をついた。キッド男爵が彼女の作品を出版したがっていると伯爵夫人が知れば、突然浮上したこの計画は中止に追いこまれるかもしれない。

「なんて恐ろしい女性だ、そう思わないか？」チリングスワース伯爵が、冷たい青緑色の目で伯爵夫人の後ろ姿をじっと見つめながら言った。「ひと言擁護させてもらえば、ベリンダはこれまで自分のおもちゃを誰かと分けあったことがないんだ。シンがきみに興味を持ったせいで、彼女の狭量で完璧な世界が脅かされたというわけさ」

「興味深い考察ですこと」ジュリアナは伯爵夫人にも隣の紳士にも嫌悪感を覚えて口をすぼめた。「わたしはレディ・グレーデルのことを、単に執念深く身勝手で浅はかな女性だと思います。彼女は自分より劣っていると見なす者の羽をむしって喜ぶような性格です」

伯爵はのけぞって吹きだした。「そして、きみは簡単に怖じ気づかない女性だ。きみがこの部屋に入ってくるのを見たとき、そのくらいはわかったよ」

舞踏室に足を踏み入れて詮索好きな人々の視線に身をさらすために、ジュリアナは持てる限りの勇気を必要とした。ジュリアナの一部は今でも逃げだしたかったが、チリングスワース伯爵やほかの誰かが彼女を怯えさせようとしてもがっかりするだけだ。

ジュリアナは扇を開いて顔をあおいだ。「あなたもレディ・グレーデルに負けず劣らずわたしを嫌っていらっしゃるし、なにかおっしゃりたいことがあるのでしょう？　いったいなんのお話ですか？　脅迫？　賄賂？　それとも、もっと直接的な手段を講じるおつもりですか？」

チリングスワース伯爵がほほえみ、まっすぐ並んだ歯が覗いた。シンや不道徳な友人たち同様、彼も由緒正しい家柄の出だ。不快な匂いを漂わせるように嘲笑を浮かべていなければ、ハンサムに見えたかもしれない。

「レディ・ジュリアナ、わたしはまだ間接的な手立てを講じるだけの技能を身につけていない」冷ややかな青緑色の目が愉快そうにきらめいた。「あそこにシンがいる」

ジュリアナが不安に駆られて目を見開くと、伯爵が眼前に立ちはだかり、舞踏室から逃げだすのを阻まれた。

「心配することはない。わが友はこれ以上きみを辱めることなど望んでいない。シンはきみやきみのご家族には近寄らないはずだ」

冷酷なシンの仲間や異母姉と違って。

「どうしてそんなことをおっしゃるんです？　シンに頼まれたんですか？　それとも、これは新たな策略ですか？　レディ・グレーデルのように獲物をいたぶるのがお好きなのですか？　あなたが騎士道精神を備えていらっしゃるとは思えませんが」

伯爵が含み笑いをもらした。「あなたのわたしに対する評価は恐ろしく低そうだ」

「ケンプ卿の舞踏会で、あなたは出会ったばかりのわたしの唇を奪ったわ。あれ以降の言動を考えても、あなたがならず者だという第一印象は変わりません」

「たしかに」チリングスワース伯爵はそっと頭をさげた。「こんなことを言うと気を悪くされるかもしれないが、きみがシンと一緒にいるところを見て以来、きみを嫌うようになった。あいつはきみを単なる情事の相手だと思いこんでいた。飢えを満たすための一時的な愛人であり、嫉妬深い姉に嫌われた小娘だと。わたしだけがシンの嘘を見抜いていた」

化粧台に大事にしまってあるブローチのことがぱっと頭に浮かんだが、ジュリアナはあわてて打ち消した。「あなたは間違っています」

「そうかな？」しばらく考えこんでから、伯爵はその可能性を否定するようにかぶりを振った。「まあ、様子を見るとしよう」

「お互い遠まわしにものを言うのはよしましょう。シンが抱いているのは罪悪感です。それと、悪気のないわたしの母から押しつけられた責任感も多少はあるでしょう」

「ほう。では、シンがきみの名誉のために決闘したと聞いてもなにも思わないんだな？」

弱点を探られていることに気づき、ジュリアナはわざと冷静な表情を保った。

「シンが夜明けに決闘する相手は、ゴムフレイ伯爵が最初でも最後でもないはずです。あなたやあなたのお仲間のように不埒な紳士は、毎週のように決闘の予定が入っているのではありませんか？」

思いがけない春雨のあと、木の葉からしたたり落ちる雨滴のように、彼は侮辱的な言葉を払いのけた。「なんて頑固な女性だ」

ジュリアナが身を引く前に、チリングスワース伯爵は彼女の手を取って深々とお辞儀をした。そして手袋に包まれた指のつけ根にそっとキスをした。

「そして美しい。このふたつは分別のある男を破滅に導くことが多い。その運命から逃れることを望まない男を助けようとしても無意味だ。では、ごきげんよう」

ジュリアナは彼を引きとめなかった。

チリングスワース伯爵が仕掛けてきたゲームにつきあうつもりはない。ふと、扇の縁から覗いたとたん、シンが目に入って、ジュリアナはびくっとした。伯爵とのやりとりを見られていたのだろうか？　どうやらそのようだ。シンは足早に舞踏室を横切ってチリングスワース伯爵をつかまえた。

ふたりの会話は短かった。シンの激しい身ぶりから、彼が自分の代わりにジュリアナと話すようチリングスワース伯爵を差し向けたわけではないとわかった。ヒュー卿やセイントヒル侯爵がふたりに加わり、あっという間に口論は激しさを増した。楽団が演奏していても、シンの声が今にも聞こえてきそうだ。不意に彼がジュリアナのいるほうを向き、視線が絡みあった。その衝撃は彼女の爪先まで走った。

最初に目をそらしたのはジュリアナのほうだった。

ふたたび盗み見たときには、シンもチリングスワース伯爵も舞踏室から姿を消していた。おなかにぽっかり穴が開いたように冷え冷えと感じるのは、シンが近づいてこなくてほっとしたせいだと自分に言い聞かせる。

舞踏室の反対側の戸口から、コーディリアとフィスケン卿が入ってきた。姉は隣の男性への愛情を隠そうともせずに顔を輝かせている。そんな幸せそうなふたりに、母とルーシラが右側から歩み寄るのが見えた。

結婚式の準備をするようになったら、母と暮らすのは耐えがたくなるだろう——母が残りのふたりの娘に花婿を見つけるまでは。

ジュリアナは人目につかないようその場にとどまり、楽しげな家族を遠くから眺めた。

27

コリンジ卿夫妻の舞踏会から一週間後、フィスケン卿はコーディリアに正式に求婚する許可をレディ・ダンカムに求めた。侯爵夫人はこれで経済的な問題が解決すると見越して、未来の花婿をあたたかく迎えた。

コーディリアも幸せそうだった。一番上の姉が母と秋の結婚式の計画を進める一方、ルーシラはサー・チャールズ・スタンスベリーの気を引こうと躍起になっていた。彼はレディ・コリンジに紹介された男性だった。ほぼひとまわり年上の控え目なサー・チャールズは、快活なルーシラに魅了されたようだ。母はふたりをまさに理想的な組みあわせだと評したが、ジュリアナは懐疑的だった。

ルーシラの熱狂的な態度には閉口させられることがよくあるからだ。

とりわけ、ルーシラが是が非でも自分の意志を通そうとするとき、ほかの家族はそのわがままを許すことが多かった。

「絶対に行かなきゃだめよ」ルーシラが猫撫で声で言った。「ヴォクスホールで大いに楽しみましょう」

ジュリアナは以前、シンとその庭園を散歩してみたいと思っていた。ヴォクスホールはさぞにぎわい、楽しいはずだと。音楽や花火はすばらしいだろうし、シンのことだから人目を盗んで唇を奪おうとするに違いないと。

「ええ、きっと楽しいでしょうね。でも、わたしは今夜家にいたいの」

「お母様」ルーシラが嘆くように甲高い声をあげると、応接室にいるほかの家族は顔をしかめた。「絶対一緒に来なければだめだと、ジュリアナに言ってちょうだい」

ジュリアナの前の書き物机には数枚の白紙が散乱していた。母とコーディリアがテーブルクロスに刺繡《ししゆう》をするあいだ、作曲に慰めを見いだそうとしたのだ。

だが、うまくいかなかった。

コーディリアが手元から視線をあげた。「オリヴァーの手紙のせいで思い悩んでいるのね」

コリンジ卿夫妻の舞踏会の二日後、いとこの手紙をたずさえた使者が到着した。オリヴァーはジュリアナを傷つけたことを後悔し、一家に許しを求めていた。レディ・ダンカムはその書状を火にくべ、使者を送り返した。

「それもあるわ」ジュリアナは認めた。

ルーシラが窓辺に駆け寄って通りを見おろした。「オリヴァーはわたしたちのことなんてちっとも気にかけていないわ。あの人はシンクレア侯爵を恐れているだけよ」

「わたしもルーシラの言うとおりだと思うわ、ジュリアナ」コーディリアはそう言うと、刺繡糸が詰まった隣のバスケットに手を突っこんだ。「オリヴァーはシンクレア侯爵の怒りをなだめようとしてあの手紙を書いたのよ。そうしなければ、侯爵の報復を恐れて何年もロンドンには来られないもの」

シンが拳銃を握りしめながらロンドンの通りでオリヴァーを追いまわすばかげた光景が、ジュリアナの頭に浮かんだ。こみあげる涙と笑いに胸を引き裂かれ、唇を噛んだ。

「ふたりとも、そんなことを言って妹を怯えさせるんじゃありません」侯爵夫人はリネンに針を刺して糸を通した。「ジュリアナ、シンクレア侯爵は立派に決闘をやり遂げたわ。ゴムフレイ伯爵は、シンクレア侯爵を見くびってはいけないと思い知ったはずよ。オリヴァーにひとかけらでも分別があれば、とっくにロンドンを発ってアイヴァース館に戻ったでしょうね」

「あとでフィスケン卿もヴォクスホールにいらっしゃるそうよ」コーディリアが告げた。

「わたしたち一家と、もっと親しくなりたいんですって」

負けじとルーシラが口を挟んだ。「今夜のソリストはミス・ポヴィよ。慈善演奏会で彼女の歌を聞いたサー・チャールズによれば、天使のような歌声だとか」

「ねえ、みんなで仮面をつけたらどうかしら」コーディリアが大げさに眉をつりあげて、ルーシラを笑わせた。「きっと社交界の人々から風変わりで謎めいていると思われるわ」

ジュリアナは顔をさげて笑みを隠した。まったく、姉たちときたら。

「あなたも一緒に行くのよ」母がジュリアナの代わりに決断を下した。「家族が一緒にいたほうが安心だもの」

「ダンカムはロンドンを発ったようだ」

シンはダンカムが逃げだしたという知らせを冷静に受けとめながら、従僕が上着の袖を確認できるように両腕をあげた。「それはたしかか?」

ヴェインがたくましい腕を組むと、上品な上着の布地がぴんと張った。「慎重に調査するために、ボウ・ストリートの捕り手を雇った。きみも知っている男だと思うが」

シンは眉をひそめた。「誰だ?」従僕が彼の両腕を脇におろして上着の袖口を引っ張る。

「ミスター・ステップキンズだよ」

それが誰かに気づき、シンは目をみはった。「レディ・ルーシラとつきあっていたミスター・ステップキンズか?」これで、あの男が突然姿を消した謎が明らかになった。

ヴェインが頭を傾け、凝っている首を鳴らした。「数カ月前、ダンカムはアイヴァース一家を監視するためにステップキンズを雇った。どうやらレディ・ダンカムが自分の命令に従うとは思っていなかったようだ」

何度も侯爵夫人と顔を合わせているシンは、彼女が末娘に劣らず頑固だと知っていた。

「ステップキンズはダンカムの居場所を知っているのか?」

ヴェインが首を振る。「いや。ダンカムがレディ・ジュリアナを家族から引き離した時点で、自分の仕事は完了したと思ったらしい。ステップキンズはアイヴァース家が通報して誘拐罪で起訴されることを恐れている」

「もう充分だ」シンは静かに告げ、しつこい従僕と豚毛のブラシから身を引いた。

「わたしにせっつかれて、ステップキンズはダンカムのロンドンの家を確かめた。屋敷には誰もいなかった。レディ・ジュリアナを誘拐したとき、ダンカムはあそこに長居をする気はなかったのだろう」

つまりレディ・ダンカムが言うとおり、ダンカム侯爵は臆病者だったわけか。シンは衣装戸棚に歩み寄り、両開きの扉を開けた。本当なら上機嫌になっておかしくないのに、焦燥感が募った。レディ・ダンカムは侯爵からあんな仕打ちを受けながら、シンがあの男に銃弾を撃ちこむことに賛成しなかった。さらに、ジュリアナはその手の復讐を承認しないと警告してきた。

レディ・ダンカムによれば、ジュリアナはほぼすべての面においてシンを快く思っていないらしい。先日ジュリアナがベリンダやフロストと鉢合わせしたことを思うと、シンに対する意見が好転したとは思えない。

彼は衣装戸棚の一番上の引き出しを開き、黒のベルベットの仮面をいくつか取りだした。従僕から帽子を受けとり、仮面のひとつを友人に渡す。

「われわれはこれからどこに行くんだ？」ヴェインが尋ねた。

「クラブに寄って、ほかの仲間にも声をかけよう」シンはヴェインが好奇心に駆られてついてくるのを見越して部屋を出た。「今夜はヴォクスホールをぶらつきたい気分だ」

濃青色のイブニング・ドレスを身にまとったジュリアナは、顔の上部を仮面で覆った。青いベルベットの仮面には、金色のスパンコールと小粒の真珠とダチョウの羽根飾りがあしらわれている。緊張気味にシンのブローチを撫で、母や姉たちとヴォクスホールの小道をたどった。なぜ今夜その優美な小ぶりのブローチをボディスにつける気になったのか、自分でもわからない。母も姉たちもブローチを褒めてくれたが、今回に限ってシンの名前を口にしなかった。

「彼は見つかった？」仮面の目の穴が小さすぎて不機嫌そうなコーディリアが問いかけた。

「ここでわたしたちと合流すると約束してくれたのよ」

何千人もの人々でにぎわう庭園でフィスケン卿を見つけるのは至難の業だった。飲んで騒ぐ客のなかには、仮面をつけて浮かれる者もいれば、下層階級の人々や流行の最先端の衣装に身を包んだ者もいる。後者は下層階級と交わることに異存はないようだ。その場の誰もがお祭りの雰囲気や強い酒を楽しんでいた。

「こんな人だかりのなかでフィスケン卿と落ちあうには、楽団のそばに移動して彼に見つけてもらうのが一番よ」

コーディリアが同意しないので、ジュリアナは姉を振り返った。気の毒に、姉は今も異国風の仮面と格闘していた。「ねえ、わたしにやらせて」

ジュリアナは姉の仮面の位置を直した。「これでさっきよりよくなった？」

「ええ、ありがとう」

「あなたたち、急いでちょうだい」母が懇願するように言って歩調を速めた。「もう演奏が聞こえる気がするわ。遅刻してしまったかしら？」

「お母様、そんなにあわてなくても大丈夫よ」ジュリアナは笑いのにじむ声で言った。足早に移動するアイヴァース一家に目を向けた人は皆、レディ・ダンカムの足音を目にすることだろう。「音楽は耳で楽しむもので、目で楽しむものではないわ」

「生意気なことを言うんじゃありません、ジュリアナ」母が怒った顔でにらんだ。「フィスケン卿がわたしたちに見捨てられたと思うかもしれないじゃないの」

いらだった母や恋をしてそわそわする姉たちと違って、穏やかな気分のジュリアナは内心でため息をついた。並木道に入ると、明かりの灯る東屋《あずまや》や音楽に誘われた。柱廊の一階のボックス席では、人々がさまざまな料理を試してはパンチやワインで流しこんでいる。

「ああ、よかった」ルーシラがつぶやいた。ややドレスに皺が寄ったものの、一家そろって無事に目的地へたどりつけてほっとした様子だ。

ジュリアナは目を閉じて音楽に耳を傾けた。体に流れこんできた旋律は、ワインのように彼女を酔わせた。音楽なら理解できる。音楽は人に謙虚な気持ちや畏敬の念を抱かせ、絶望に打ちひしがれる者に慰めを与えてくれる。

その曲の最後の音が薄れるとまぶたを開けた。短い間を置いて、奏者が楽譜をめくり、楽器を構えた。笑い声や数百人の低いざわめきに交じって、次の曲を心待ちにする空気が漂っていた。

「どうやらミス・ポヴィの出番には間に合ったようね」ジュリアナは誰にともなくつぶやいた。

母がなだめるようにジュリアナの肩に手を置いた。彼女は横を向いて母の指にキスをした。

楽団の演奏が始まった。

耳慣れた旋律が流れてきて、ジュリアナはぱっと顔をあげた。これはわたしが作曲したソナタだ！　思わず手で口を覆い、ルーシラを見つめて、母やコーディリアへと視線を移した。

それは冗談めかして『情熱』と名づけた作品だった。ピアノ演奏しか想定せずに作った曲だが、誰かが編曲したらしく、ヴァイオリンやフルートの流れるような音色がピアノと心地よく調和していた。

その美しい響きに、ジュリアナは胸を打たれた。

三人の奏者が演奏を終え、聴衆が拍手喝采すると、もはや涙をこらえられなかった。

「お母様」すすり泣きながら仮面を外す。「どうしたらこんなことが？」

ルーシラとコーディリアも仮面を取った。ふたりの瞳にも喜びの涙が光っていた。

レディ・ダンカムも仮面の紐を解いた。「あなたの美しい音楽はみんなで味わうべきものよ、ジュリアナ。お父様が生きていたら、どんなに誇らしく思ったでしょう！」

ジュリアナは母をきつく抱きしめた。「いったいどんな手を使ったの？　誰に賄賂を渡したの？」

レディ・ダンカムが身を引いて吹きだした。「そんなことしていません。自分の手柄にしたいところだけど、わたしは演奏に間に合うようにあなたを連れてくるよう頼まれていただけよ」

「そしてこのとおり、お母様は無事に使命を果たした」コーディリアがからかうように言う。

ジュリアナは当惑して眉間に皺を寄せた。「だったら誰が？　キッド男爵？」

レディ・ダンカムがぞんざいに手を振った。「たしかに男爵もかかわっているけれど、ほかにも……」ジュリアナの真後ろにたたずむ誰かにうなずき、言葉を濁した。

まさか、そんなはずは……。

自分が間違っているわずかな可能性に息を詰めながら、ジュリアナはさっと振り向いた。

黒の衣装に身を包んだシンが、黒いベルベットの仮面を外した。ジュリアナが彼のブローチを身につけていることに気づくなり、緑がかった榛色の目がうれしそうにきらめく。彼は曲げた肘を差しだして低い声で言った。「わが麗しの魔女よ、星空の下を一緒に歩かないか？」

28

ジュリアナが言葉を失った光景は一見の価値があった。しかしシンは、彼女がそのままずっとおとなしくしているとは思わなかった。レディ・ダンカムからあたたかい言葉をかけられたあと、彼は曲げた肘にジュリアナの腕を絡ませて歩きだした。

「どういうことかわからないわ」ようやく口を開いたとき、彼女の声はこみあげる感情にひび割れていた。「なぜこんなことを?」

色とりどりの明かりに照らされた歩道ではふたりきりになれないため、彼は楡《にれ》の木の小さな林の陰にジュリアナを導いた。

シンは彼女の頬の涙を親指でぬぐった。

「どうか泣きやんでくれ、きみを泣かせるつもりなどなかった」優しくささやきかけて、そっと唇を重ねる。「わたしのせいで、きみはもう充分に涙を流した」

ジュリアナの体が震えた。「もしも同情心でしたのなら――」

「同情なんかじゃない」彼女の非難の言葉を遮った。「わたしは――きみとキッド男爵の計画を知っている」

「いったいどうして?」

ジュリアナが憤慨したのを見て、彼はほほえんだ。魔女は衝撃から立ち直り、互角に闘う準備が整ったようだ。シンは公平な闘いによって彼女を勝ちとりたかった。

「キッド男爵が立ちあげた出版社の影の共同経営者は、このわたしだ」

「なんですって!」

歩道のランプの明かりで、ジュリアナの驚愕の表情が見てとれた。彼女はレディらしからぬ強さでシンを突き飛ばした。彼は笑いながらよろめき、楡の木にもたれた。

「なぜそんなことを!」

ジュリアナの手に手を重ねて、自分の胸に押し当てる。「そうせずにはいられなかった。わたしは作曲に関してまったくの素人だが、きみの作品は自宅の応接室以外でも鑑賞されるべきものだ。きみにとって音楽がいかに大事か、今まで理解していなかったことをどうか許してほしい」

「あなたらしくないわ」彼女はかぶりを振った。「これもゲームの一種なんでしょう――」

シンはジュリアナの肩をつかむなり向きを変えさせ、木の幹に彼女の背中を押しつけた。

「そのとおりだ。たしかに、わたしはきみにあるものを求めている。それが手に入るなら、自分の富も称号も投げだすだろう。わたしはきみの許しがほしいんだ」

「シン――」

「いや、シンじゃない」苦々しい声で応えた。「シンは生まれたときから身勝手さを叩きこまれた男だ。レトルコット伯爵邸の榛の木を見あげてきみを見つけるまで、彼は利己的に振る舞うことしか知らなかった。シンはきみにすらすらと嘘をつき、自分の欲するものが得られるまできみを操ろうとする男だ」

彼は頭をさげて額を触れあわせた。「だが、アレクシウスはきみを愛している。毎晩きみをこの腕に抱きたいと切望している。きみのために闘い、きみの秘めた夢をすべてかなえてやりたいと」

弧を描く彼女の眉に沿って、羽根のようにそっとキスの雨を降らせた。

「しかしアレクシウスがそうであるように、シンもわたしの大きな一部だ」自分の汚れた美徳や欠点を思い、シンは口元をほころばせた。「だが、そのどちらもきみがいなければ満たされないままだ。もしもわたしを受け入れてくれるなら、きみと結婚したい」

「えっ！」

それは彼が思い描いていた反応ではなかった。

ジュリアナはしゃくりあげてレティキュールに手を伸ばしたが、並木道で彼と顔を合わせたときに落としてしまったことに遅ればせながら気づいたようだ。おそらく彼女の家族が拾っただろう。

シンは上着の内ポケットからハンカチを出して差しだした。「わたしを許せないんだな」ぼんやりとつぶやく。

彼女も同様に苦しんでいるらしく、眉間に皺を寄せた。「侯爵様、これはそんなに単純な話ではありません」

「ああ、そのとおりだ、わが親愛なるジュリアナ」ダンカムがシンの後頭部に銃口を押しつけて言った。

ジュリアナは、シンがゆっくりと背筋を伸ばすのを怯えながら見守った。彼はジュリアナが発砲に巻きこまれないよう高潔にも身を引こうとしたが、彼女はシンの両手をしっかりとつかんだ。

シンの緑がかった榛色の目が無言の怒りに燃えあがった。しかしジュリアナはかぶりを振り、彼の手を放さなかった。

無言のまま膠着状態に陥ったふたりを見て、オリヴァーが含み笑いをもらした。

「ジュリアナの頑固さにはしばしば手を焼かされる。そうだろう、シンクレア？」

シンの頭から目をそらさずに、オリヴァーが続けた。

「さあ、いい子だから、シンクレアから離れるんだ。ずいぶんきれいなドレスを着ているじゃないか。わたしがしびれを切らして発砲したとき、それをきみの恋人の血で台なしにしたくない」

「彼の言うとおりにするんだ」シンがぶっきらぼうに告げ、ジュリアナをじっと見つめて自分に従わせようとした。

彼女はしぶしぶシンの両手を放し、右に数歩移動した。

「あまり離れるな、ジュリアナ」オリヴァーがとがめた。「助けを求めに行こうなどと考えたら、最悪の結果が待っているからな」

遠くの空で花火の音がした。花火があがるたびに観客が歓声をあげ、音楽がかき消される。歩道に人影はなく、砂利道に伸びる影は幽霊の指を思わせた。たとえ通行人に向かって叫べたとしても、オリヴァーが引き金を引けばシンは死んでしまう。

ジュリアナは乾いた唇を舐めた。「オリヴァー、こんな恐ろしいことはやめてちょうだい。銃をおろしてくれれば――あなたについていくわ」

「だめだ！」

彼女はシンのしゃがれた叫び声を無視した。

「あなたはわたしたち一家に許しを求めた」ジュリアナは緊張しながらシンをちらっと見た。「その謝罪を受け入れます。だから、どうかお願い」

オリヴァーがせせら笑った。「きみの恋人はそんなに寛大ではないはずだ。シンクレアは仲間とともにわたしを見つけようと、ロンドン中をくまなく捜索していた。もっとも、わたしは一週間以上つかまらずに逃げ延びたがね」

シンが胸の前で腕を組むのを見て、ジュリアナはその冷静沈着ぶりに驚いていた。彼が激怒しているのは明らかだが、頭に銃を突きつけられていても、ちっとも不安そうに見えない。

「おまえの協力者は誰だ？　ステップキンズか？」

「ルーシラのミスター・ステップキンズなの？」彼を失った痛手から姉があっさり立ち直っ

ていることに安堵しつつ、ジュリアナも尋ねた。

「ステップキンズはボウ・ストリートの捕り手だ」シンが説明した。「いや、捕り手だった、と言うべきだろう。裁判官は誘拐や殺人といった犯罪を厳しくとがめるはずだ」

「もう黙れ！」

オリヴァーの怒号に、ジュリアナはびくっとした。

「わたしがおまえたちの捜索をどうかいくぐったかは問題じゃない」オリヴァーはシンの後頭部に銃口をぐいと押しつけた。「ジュリアナ、こっちに来るんだ。残念だが、シンクレアは追いはぎに殺されることになる」

「いや！」

オリヴァーが初めてジュリアナをじっと見つめた。その顔は傷ついたようにゆがみ、愕然としていた。「きみは自分の命と引き替えに守りたいほど、この男を愛しているのか？」

彼女は真剣な表情でうなずいた。「ええ」

その堂々とした態度に、オリヴァーの目が燃えあがった。喉の奥から唸り声をとどろかせて、ジュリアナの怯えた顔に銃口を向ける。

シンは躊躇しなかった。

腕を振りあげてオリヴァーの腕を叩き、狙いをそらした。彼女が耳を覆って悲鳴をあげると、運よく銃弾は空に向かった放たれた。

いや、そう見えただけかもしれない。

オリヴァーが真っ青になり、よろめいて一歩さがった。振りまわそうとした銃もシンに取りあげられ、彼の腕のなかに倒れこんだ。

ほかにも人がいることに気づき、ジュリアナはびくっとした。暗がりから三人の人影が立ちあがった。シンの友人のヴェインライト伯爵とセイントヒル侯爵、そしてチリングスワース伯爵だった。チリングスワース伯爵のおろした手には拳銃が握られていた。

「わたしはそいつを撃ち殺したのか？」

シンがしゃがみこみ、負傷したオリヴァーを地面におろした。

「それはいずれわかる」

「治安官を呼んでこよう」ヴェインライト伯爵が足早に立ち去った。

チリングスワース伯爵はオリヴァーの生死などおかまいなしの様子で、シンのほうを銃で指した。「まったく、シンクレア、おまえはそのろくでなしが死ぬまでしゃべり続けるんじゃないかと思ったぞ」

シンが友人をにらみつけた。「ジュリアナがダンカムを挑発してわたしの身代わりになろうとする前に、おまえたちの誰かがダンカムを気絶させられるよう、この男の注意をそらしていただけだ」

シンは険しい目で彼女を見たが、表情を和らげた。「きみはわたしを愛しているんだな」

ジュリアナは喉を詰まらせそうになった。なんて傲慢な人かしら、これほどの目に遭ったのに、わたしをからかうなんて。吐き気とめまいに襲われ、彼女は頭に手を当ててふらついた。

「彼女を抱きとめろ！」

ジュリアナはなすすべもなく暗い闇にのみこまれた。

29

今夜はみんなにとって大変な晩だった。

手すりをつかみ、ジュリアナはゆっくりと階段をのぼった――ようやく平静を取り戻したというのに、こみあげる不安に屈しそうになりながら。取り乱すことの多い母が愛用している銀製の細長い容器に入った気つけ薬を娘の鼻の下に突きだした。つんとした匂いで意識を取り戻したジュリアナは、このうえなく恥ずかしかった。

周囲には大勢の人が集まっていた。野次馬が死にかけたオリヴァーを見に来たのだ。もっとも、瀕死《ひんし》の状態の彼を助けたがっている人もなかにはいたけれど。その場には顔見知りのほかに、しらふの治安官も交じっていた。その混乱に乗じて、母と姉たちはシンの仲間の手を借りてジュリアナを馬車に乗せた。

シンの居場所は誰も知らないようだった。

数時間後、治安官がアイヴァース家の屋敷の玄関扉を叩いたとき、ジュリアナはシンがわざと彼女たち一家から距離を置いているという事実を受け入れざるをえなかった。オリヴァーがシンの頭に銃口を向けていた恐怖の数分間を振り返り、シンと彼の仲間たちがオリヴァーに罠を仕掛けたのだと悟った。その結果は、必ずしも彼らの計画どおりではなかったが。ジュリアナは静かに廊下を進み、寝室にたどりついた。扉を叩こうと拳をあげたのちに腕をおろし、取っ手をつかんだ。これから始める闘いは正攻法では勝てない。

扉を開き、暗い室内に足を踏み入れた。

「きみはもうベッドに入っているはずだろう」

そんな出迎えを受けるとは予想しておらず、あしらわれるのは心外だったが、ジュリアナは大目に見ることにした。いったん廊下に出て、明かりの灯るランプをつかむ。

「こんばんは、シンクレア」彼女は明るく言った。「わたしの具合を尋ねてくれて感謝するわ」

ベッド脇のテーブルにランプを置いた。

シンは押し殺した声で悪態をつき、距離を置くように身を翻した。彼が立ちあがってシーツを腰に巻きつけるのを、ジュリアナは唇をとがらせて見守った。シンが裸で寝ているとは思ってもみなかった。

「ジュリアナ」彼がマットレスの端に腰かけて手を差しだしてきた。彼女はシンが座っている側に移動して、彼の手にてのひらを重ねた。ぎゅっと手を握りしめられ、ひるみそうになるのをこらえた。「どこか怪我をしたのか?」

ジュリアナは苦笑いを浮かべた。「傷ついたのは自尊心だけよ。今まで気絶したことなんて一度もなかったのに。本当に恥ずかしかったわ」

シンを笑わせたくて言ったのに、どういうわけか、かえって不機嫌にさせてしまったようだ。

薄暗い寝室のなかで、シンの顔は陰になっていた。以前のジュリアナであれば、その近寄りがたい表情を見てあとずさりしただろう。

「きみのいとこは死んだよ」

「知っているわ」そっとつぶやいて、シンの隣に腰かけた。「治安官が訪ねてきたから」

シンは疲れ果てたようにため息をついた。「近々正式な事情聴取が行われるはずだ。だが、裁判官がフロストに有罪判決を下すことはないだろう。なにしろ、わが友はわたしたちふたりの命を救ったのだからな」

ジュリアナは黙ってうなずいた。チリングスワース伯爵のことは好きになれるかどうかわからないが、彼が助けてくれたことには感謝している。

「わたしに責められると思っていたの？」

シンが彼女のブロンドの巻き毛をもてあそんだ。ジュリアナがわざわざ髪を結わずに垂らしたままにしたのは、それが彼の一番好きな髪型だからだ。

「われわれの計画はダンカムを隠れ家からおびき寄せることだった。あの男があとをつけてくることは予期していたが、拳銃を頭に突きつけられるとは思ってもみなかったよ」

彼女は口元を手で覆ってくすくす笑った。

シンはジュリアナを押し倒し、両脇に手をついて彼女が起きあがるのを阻止した。「今回の忌まわしい出来事を愉快だと思うなら、きみは気絶したときに頭がどうかしたに違いない」

緑の瞳を潤ませて彼を見あげた拍子に、忘れられない光景が次々と脳裏をよぎった。

「オリヴァーがあなたやわたしを撃とうとしたことは、ちっともおかしくなんかないわ」

オリヴァーに銃を向けられたとき、ジュリアナの心臓は痛いほど脈打った。

「ジュリアナ、起きたかもしれない出来事はすべて忘れるんだ」シンが彼女の顔にかかった髪を優しく払いのけた。「きみはいとこの取った行動に対してなんの責任もない」

「あなたもそうよ」

シンが目を細めて首を傾げた。ジュリアナがそれを言いたいがために彼をうまく誘導したことに、気づいたらしい。「自分は人一倍頭が切れると思っているんだろう」

「ええ、凄腕《すごうで》の策士から学んだもの。わたしは数週間、あなたの手法を観察してきたのよ」

生意気な口調で応える。

シンの目の陰りがいくぶん薄らいだ。彼はジュリアナのマントの紐をほどき、彼女がその下に着ているものを見て毒づいた。「ナイトガウン姿でロンドンの通りをうろつくなんて、いったいなにを考えていたんだ？」

「あら、そんなお堅いことを言わないで」ジュリアナは肩をすくめるようにしてマントを脱いだ。「頭のてっぺんから足首まで、マントですっぽり覆われているのよ。玄関の扉を開けてなかに入れてくれたヘムブリーだって、わたしの格好に気づきもしなかったわ」

その無頓着な態度がシンの神経を逆撫でしたらしく、彼はジュリアナを引っ張りあげてマットレスの上に座らせた。「きみの軽はずみな行動が母上の耳に入ったら、きみは一カ月間寝室に閉じこめられるぞ」

ジュリアナは唇を嚙んで笑みを押し殺した。この愛すべきならず者は、いらだった夫が口にしそうなことをまくしたてている。高慢な態度に見えるよう、彼女はつんと顎をあげた。

「あなたがわたしと結婚してくれればそんなことにはならないわ、アレクシウス」

その言葉にシンが凍りついた。

ジュリアナは大胆にもナイトガウンを脱ぎ、床に放った。

続いて拳を開き、あの忌まわしい晩、シンが劇場で捨てた小さな白い羽根を見せた。

はっとしたように彼の目が見開かれた。

シンがシーツを腰からはぎとって飛びかかってきた。熱くほてった裸の体に覆いかぶさられ、ジュリアナは甲高い歓声をあげた。白い羽根は宙を舞ってから、ゆっくりと床に落ちた。

羽根のことなどすっかり忘れ、ジュリアナは屹立したものを太腿にこすりつけられると、低い承認の声をもらした。無言で誘惑するように片方の膝を曲げ、脚の位置をずらす。

「まあ、きみの言うとおりにしてやってもいいが」シンは情熱的なキスで彼女の唇を押しつぶした。

息を弾ませながら数分が経過したあと、ジュリアナはあえぐように言った。「愛しているわ、シン」かたくこわばった欲望の証に体を満たされ、彼の背中に爪を食いこませる。シンが彼女だけに見せる優しさのみならず、彼の邪な面も求めていることをわかってもらいたい。

緑がかった榛色の目に独占欲をあらわにして、シンがそっとジュリアナの頬を撫でた。

「わたしもきみを愛しているよ、わが麗しの魔女」

訳者あとがき

亡きダンカム侯爵の三女ジュリアナ・アイヴァースは、家族とともにロンドンで社交シーズンを過ごしていた。数年前に父が他界したのを機に一家は生活が苦しくなり、母が娘たち三人を立派な紳士に嫁がせると決意したのだ。だが浮かれる姉たちと違って、ジュリアナは花婿探しに関心がなく、別の願いを胸に秘めていた。

悪名高い放蕩者のシンことシンクレア侯爵は、唯一の身内である異母姉に頼まれて、ある令嬢を誘惑することになった。気乗りのしない彼だったが、相手の正体が判明したとたん、当初の目的を忘れて追い求め始めた。何人もの女性と情事を楽しんできたシンにとって、若い令嬢を口説き落とすのはたやすいことに思われたが、そこには予想もしない展開が待っており……。

著者のアレクサンドラ・ホーキンズは、このデビュー作が本邦初紹介となります。英国文化をこよなく愛する彼女は一〇代からロマンス小説を愛読し、いつか自分も作家になりたいと夢見ていたそうです。そんな著者の作品はどれも官能的な色合いが濃く、本書も例外ではありません。

この物語に登場する舞台のひとつ、ロンドンのヴォクスホールは、綱渡りの曲芸やコンサート、花火など、さまざまな娯楽を提供する人気スポットだったそうです。風刺画家のトーマス・ローランドソンが描《か》いたヴォクスホール（Vauxhall Gardens by Thomas Rowlandson）がインターネットで見つかるので、ご興味がおありの方はぜひご覧になってみてください。かなり精密に描かれていて、当時の様子が生き生きと伝わってきます。

さて、本作は〝ローズ・オブ・ヴァイス〟シリーズの第一作に当たり、作中で登場したレインコート卿やヒュー卿がヒーローとなる第二作〝Till Dawn with the Devil〟や第三作〝After Dark with a Scoundrel〟はすでに本国で刊行されています。来年にはヴェインライト卿が主人公となる〝Sunrise with a Notorious Lord〟が発表されるとか。シンの仲間である放蕩者の彼らがどのように恋に落ち、どんな女性に心を奪われるのか、大いに気になるところです。

では、不埒な紳士シンと世間知らずな令嬢ジュリアナの情熱的なロマンスを、どうぞお楽しみください。

二〇一一年一〇月

ライムブックス

真珠《しんじゅ》は偽《いつわ》りの調《しら》べ

著　者　　アレクサンドラ・ホーキンス
訳　者　　竹《たけ》内《うち》楓《かえで》

2011年11月20日　初版第一刷発行

発行人　　成瀬雅人
発行所　　株式会社原書房
〒160-0022東京都新宿区新宿1-25-13
電話・代表03-3354-0685　http://www.harashobo.co.jp
振替・00150-6-151594
ブックデザイン　川島進（スタジオ・ギブ）
印刷所　　中央精版印刷株式会社

落丁・乱丁本はお取り替えいたします。
定価は、カバーに表示してあります。
 ISBN978-4-562-04420-7　Printed in Japan